訪問看護師さゆり＊の探偵ノート

石黒順子
Yoriko Ishiguro

＊
Visiting nurse
Sayuri's
Detective Notes

講談社

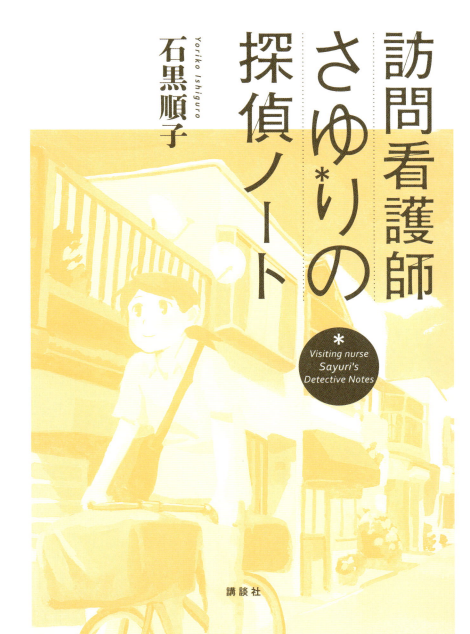

目次

装画　加藤健介
装丁　大岡喜直（next door design）

訪問看護師さゆりの探偵ノート

二〇〇九年　二月二日（月）

お昼用にチョコレートバナナチーズサンドの用意をし、カリッと焦《こ》がした目玉焼きとベビーリーフをのせたトーストを朝食にほおばると、時計はもう八時四十五分を示している。

あわててマンションを飛び出し、職場への道を走る。舗装路は濡《ぬ》れて、あちこちに薄い水溜《みずた》まりができている。昨夜の大雨の名残《なごり》だ。

今朝はすっかり晴れあがり、気持ちのいい下町の朝だ。見あげれば、青い空に白い雲がぽっかり浮いている。冷たく静かな空気を胸いっぱいに吸い込むと、いっそう、晴れやかな気持ちになる。

右手から、飛鳥山《あすかやま》駅の小さなホームを離れた可愛《かわい》い都電が、ガタゴトやってくる。雨に洗われたのだろうか、朝日を浴び、全体が清潔に光っている。

ゆっくりと目の前をすぎる。その窓につり革を握ったサラリーマンたちが、ひしめいて立っているのが見える。

通りすぎるのを待って、小走りで線路を横断する。そうしたら、信号のある交差点に、旗を持ったおじさんが一人、ぽつねんと立っていた。

「おはようございます！」

思いきって声をかけてみたら、

「おはようございます」

とおじさんも返してくれた。

その声に、なんだかほっとして、挨拶《あいさつ》っていいなとしみじみ思う。思いながら、職場に向かって駆け続けた。

一週間ほど様子を見にきていた母も帰り、久しぶりに迎えた一人の朝、寂《さび》しくなるかもしれないと心配していたのだけれど、おじさんの挨拶がそんな不安をちょっぴり消してくれた。

私、白井《しらい》さゆり、二十六歳。国立病院付属の看護専門学校を卒業し、総合病院で五年間経験を積み、いつかはやってみたいと思っていた訪問看護の世界に飛び込もうと、ここ飛鳥山の訪問看護ステーション「はるか」にやってきた。これまでの病院勤めがチームプレーだとすると、訪問看護は個人プレー、その不安は大きい。

ステーションの新戦力となるはずだったが、おっちょこちょいな性格の上、技能などまだまだ頼りなく、戦力どころか足手まといになることもしばしば。そんな挫折《ざせつ》感に耐えつつ、毎日奮闘している。

二十六歳という年齢は、病棟では立派な中堅だが、ここでは新人と言わせてもらっていいだろう。「はるか」の平均年齢は三十八歳。みなさんたくましい母であり、主婦であり、看護師なので、その頼りがいは一級品。私など、子供のようにみんなに面倒をみてもらっている。

老人の多い下町で、訪問に回る先の方々もみなさんご高齢だから、私の訪問は、孫の来訪くらいに思われている。まあこれが、いつわらざる現状だ。

現在、勤めはじめてやっとひと月。毎日四、五件から、多いと六件というハードなタイム・スケジュールをこなす。初回は先輩と二人での訪問。次回からは基本的に一人でうかがう。そうな

二〇〇九年　二月二日（月）

ると処置の際、そばで教えてくれる人がいないから、責任重大となる。

訪問先までの道を憶《おぼ》えるのもひと苦労。自作の地図に、訪問先の所在地を赤くマークしては、それが日に日に増えていくのを楽しみにする。マークが増えるのは、任せてもらえる患者さんが増えている証《あかし》だ。

週明けの月曜日、いつもより部屋を出るのが遅くなってしまい、ステーション「はるか」にギリギリに駆け込む。ユニフォームに着替え、タイムカードを押そうとすると、「今日は朝礼の日です」と書いた紙がホワイトボードに貼《は》ってある。

月はじめの第一月曜日は、ここから少し離れた母体病院「中森《なかもり》総合病院」で院長のお話がある。それを忘れていた。ほかのスタッフはみんな行ったらしい。

部屋に入ると、谷崎明子《たにざきあきこ》所長が残っていた。どうやら私と同じく、朝礼出ない組のようだ。そこへみんなが帰ってきた。

「おはようございます。今日の朝礼、出られなくてごめんなさい」

すかさず謝りの言葉をかける所長と、その後ろに隠れる私。すると誰かが、「コーヒーのいい匂《にお》い」と言った。本当だ、言われてみれば、コーヒーの香ばしい香りが、朝の慌ただしさにふらつく私の頭を癒《い》やしてくれている。

「ごめんなさいね、コーヒーまで淹《い》れてしまって……」

所長が、朝礼を欠席して、コーヒーなんか飲んでいると指摘されたように思ったか、申し訳なさそうに言った。

九時すぎに、カンファレンス（前回の訪問の報告、変更、連絡事項など情報の共有。問題事例の検討。今日の予定報告など）が始まる。週末の報告と、緊急の報告を、当番の人がひと通り話す。その合間にも電話が鳴る。男性利用者、伊賀忍《いがしのぶ》さん・九十歳、奥さんと二人暮らしのお宅を朝訪問した、ヘルパーさんからのものだった。

所長が電話を代わった。どうやらお小水の管、膀胱《ぼうこう》留置カテーテルが抜けてしまっていたらしい。これは男性器の尿道口から直径五ミリほどの管を入れ、膀胱の中で小さな風船を膨《ふく》らませて抜けないように固定してあるものだ。そうすると二十四時間、膀胱に溜まった尿はその管を通して流れ出し、ベッドサイドに吊《つ》り下《さ》げられた袋に溜まる仕組みになっている。

風船は、五から三十ミリリットルの蒸留水で膨らませると、膀胱内でピンポン球くらいの大きさになる。そのカテーテルが抜けたのだ。

蒸留水がもれたり、膀胱内で風船が破損し、自然に抜けたものなら尿道が損傷する危険はない。痛みもさほどないだろう。しかしそんな例、私はあまり聞いたことがない。だいたいは風船が膨らんだまま、外部から物理的な力が加わり、抜けてしまうことのほうが多く、これだと尿道損傷のおそれがある。前立腺《ぜんりつせん》損傷の場合など、出血が止まらない可能性もないとはいえない。

聞きながら私は、以前働いていた病院での体験を思い出していた。あれは新人時代、深夜勤務でのこと。夜が明け、ちょうど眠気が襲ってきそうな時間帯で、目をこすりながら、さあこれからラウンドしようと廊下に出た途端だった。

ぎょっとした。廊下に点々と赤い液体が落ちている。こんなところにどうして血液が。しかも、こんな早朝に――？　悪い予感がして血痕《けっこん》を追っていくと、おぞましい光景が待っていた。

夜間、緊急入院してきた軽いアルコール依存症の男性、佐藤《さとう》さんが、浴衣型の病衣の前をはだけた姿で立っていた。道路で酩酊《めいてい》状態になっているのを発見され、搬送された佐藤さんは、点滴をし、体内のアルコールを排出すべく、お小水の管を入れられていたのだ。それが今や、男性器の先から管は抜きとられ、足にまで血液が垂れているのが見える。挿していたはずの点滴の針はとっくに引き抜かれ、腕からも出血していた。

「佐藤さん、どうしたんですか⁉」

驚きのあまり、とっさに声が大きくなる。と同時に、不測の事態を招いてしまった自分を責めた。ほんの一時間前に部屋を覗《のぞ》いた時には静かに眠っていたのに、アルコールが抜け、眠りから覚醒《かくせい》した佐藤さんは、自分の置かれた状況が理解できず、意識が朦朧《もうろう》としたままベッドから起きだし、廊下を彷徨《さまよ》っていたのだ。

そんな彼を保護し、一緒に自室へ戻るようにとうながした。入れていたはずのおしっこの管はどうなったのか、ドキドキしながら部屋へ戻ってみると、血まみれのシーツの上に、膨らんだ風船のついた管が、ポロンと放り出されてあった。

点滴台はベッドサイドに置かれたままになっていて、かけられた点滴ボトルと、そこに繋《つな》がっていた点滴ルートの先には留置針が付いたままだらりとぶら下がり、床には点滴の水溜まりができていた。看護師になって二年目に経験した出来事だった。

そんな光景を思い浮かべつつ、カンファレンスの話を聞く。どうやら、浅野《あさの》さんが伊賀さん宅へ朝一番に緊急訪問し、管を入れ直すことになったようだ。浅野さんは最年長の頼もしい看護師だ。痛々しい惨事になっていないとよいのだが――。

カンファレンスが終わると、十時に最初の訪問が入っていた。訪問前に、手順と物品のチェックをする。

感染予防のため、訪問先の家に入った際は、手洗いとうがいをまず行う。そのためのタオルを、訪問カバンに入れる。訪問カバンには、そのほかこんなものが入っている。体温計、パルスオキシメーター（脈拍数・血中酸素飽和度を測定するもの）、血圧計、聴診器、アルコール綿、アルコールスプレー、血糖測定セット、爪《つめ》切り、やすり、ニッパー、ペンライト、医療廃棄物用ボトル、注射器、皮膚保護材、消毒・処置セット、人工呼吸時に、口が直接触れないようにするためのフィルム、筆記具、メジャー、ホチキス、印鑑、朱肉、それにカルテ、携帯電話、訪問先の鍵、などなど。

ユニフォームはうす緑色のポロシャツに、ベージュのズボン。首からネームタグをぶら下げる。これに、私たちの所属する「訪問看護ステーションはるか」の名と個人名が印刷されたカードが入っている。

雨が降れば合羽《かっぱ》を着るし、冬場の今は防寒対策にフリースを着込んで、手袋をはめる。なかなかの重装備だ。夏場は日焼け防止の腕カバー、サンバイザーなどが要《い》るらしい。物品チェックを終え、いざ出陣。

「行ってきま～す」

とひと声発すると、

「行ってらっしゃ～い」

とみんなで、元気よく送り出してくれる。

気持ちのよい青空の下、電動アシスト自転車に跨《また》がる。外の空気は冷たいが、完璧《かんぺき》な装備のおかげで、寒さが服の中に入ってこない。電動アシスト自転車ができたおかげで、遠い場所や坂道も楽になり、以前より、移動時間を短縮することもできるようになった、と所長が話していた。

一件目の訪問先へと向かう、大竹正《おおたけただし》さん、七十八歳のお宅だ。

「大竹さんのうちは戦後、まだここらへん一帯が焼け野原とバラックだった頃に家を建てて、その当時のままなんですって。すべて、大竹さんの手造りの家なの」

所長が教えてくれた。

昨夜は大雨だった。独《ひと》り暮《ぐ》らしの大竹さんは、昔はタンスや本棚を作る職人だったことがあるのだろうか。自分の住む家まで一人で造ってしまうなんて、普通は考えられない話だ。それにしても、あんな嵐《あらし》の中、自作の家にたった一人で大丈夫だったろうか。

戦後って？　バラックって？　戦争を知らない子供たち、なんて世間のおとなたちが話しているのを耳にすることがあるけれど、私たちの世代だって、もちろん戦争を知らない。そういう話をされると、いたたまれないというか、すみませんという気分になる。戦争を知らなくてごめんなさい。

大竹さんの家の前に着く。古くて、小さくて、両隣にある大きな鉄筋の三階建てに挟まれてしまうと、谷になったそこだけ、時代が遡《さかのぼ》ったような錯覚にとらわれる。

一見したところでは無事で、家には何ごともない様子だ。

「大竹さん、こんにちは」

言いながら、木枠にガラスが塡《は》め込まれた玄関の戸を横に開けようとするが、これが思いどおりにいかない。

「こ、ん、に、ち、は……」

言い直しながら、全然開かない玄関の戸をガタガタゆすってみる。が、まったくびくともしない。気合を入れ、戸のはしを両手で挟んで持ちあげ、浮かせるようにしつつ、左へスライドさせる。ぎしぎしいいながら、どうにか私が通れるくらいの隙間《すきま》が開いた。

戸も敷居もすべて手造りで、長年使われてきたこれらは、磨耗しきっていて、ただ塡められているだけでは、と疑いたくなるような代物だ。だから力まかせに開け、戸が敷居からはずれてしまったが最後、もう二度と元に戻らなくなるような気がして、力を込められない。優しく、しかもうまくコツを摑《つか》んでやらないと、開かない。

ようやく家の中に身を入れると、訪問前になんだかひと仕事したような気がして、少しだけ疲れた。手造り感あふれる室内に、エアコンが入ったのは数日前のことだという。

大竹さんは、うずくまるように、ベッドの上で布団にくるまり、まるくなっていた。

「大竹さん、こんにちは」

返事はない。物が散乱する周囲を見渡す。他人の家に入ること自体、そうないことなのに、不自由な男性の住まいに一人で訪れ、作り笑いになりそうな自分がいるけれど、そんなことは無視して、任務の遂行に努める。

「大竹さん、元気でしたか？　痛いところなんかないですか？」

大竹さんは、動ける頃から持病の腰痛に悩まされている。頭からくるまった布団が、やっとほんの少し下げられた。

「はるかの白井です。今日は訪問の日ですよ。お休みのところ、ごめんなさいね」

布団がだんだんに下げられ、大竹さんの顔が見えてくる。

「はるかさん？　看護婦さんか」

大竹さんが返事をしてくれる。

「ごめんなさいね、お休みのところ。お変わりないか、体温や血圧なんか測らせてくださいね」

訪問早々にして、素早くバイタルを測る。バイタルサイン、それは体温・脈拍・呼吸・血圧などの測定のこと。高齢者の、現在の命の力が、ここに現れる。

三十分訪問なのに、玄関を開けるのにすでに数分を費やしている。手際よくやらないと、時間をオーバーしてしまう。

「室内は暖かいですね」

数日前に入ったというエアコンから、暖かい風が吹いてくる。断熱材のない木造の家では、隙間風も入るし、防寒対策が危ぶまれるが、この暖かさならひとまず安心だ。奥にある流しや、部屋の隅《すみ》はひんやりとしていそうだが、私たちがいる場所は、ほどよく暖まっている。

「あなたたちが来るかと思って、つけといたんだよ」

「わざわざ私たちのために？　ありがとうございます」

訪問があるのを知っていて、大竹さんはエアコンをつけておいてくれたのだ。体温計がピピッと鳴った。

「お熱もないですね、痛いところはありませんか？」

腰の具合が気になる。

「どこも痛いよ」

ぶっきらぼうな大竹さんの返事。腰や足が痛くて、内服薬や座薬で痛みをコントロールしている。今日は寒さのためか、痛みが強いようだ。

前に訪問した時、痛い時には座薬、と判断して入れようとしたら、強く拒否されたことがある。やってあげればいいというものではなく、やはり、相手のペースを摑むことが大事だ。

「もしよかったら、座薬を使いましょうか？」

言い方を変え、本人の意思を確認してみるが、反応がない。私が来る前に自分で入れたか、座薬を使うほどの痛みではないのかもしれない。

「入れなくてもよさそうなら、様子見ましょうか」

また反応がないのは、放っておいてくれという意味だろうか。いや、そうでもない。新米の私にはまだ本当には心を開いてくれてはいない様子がうかがえる。

「ごめんなさいね、やることをやったらすぐに帰りますから……」

そう言って、少し残念な気持ちになりつつも、薬の確認をする。今朝の薬もまだ飲めていないようだ。

「大竹さん、今朝の薬、まだ飲めていないようですね、ここに置きますよ」

今朝の分の薬を枕《まくら》もとに置いて、次の訪問までの薬を、薬カレンダーにセットする。

薬カレンダーには縦に曜日、横方向には朝食後、昼食後、夕食後、寝る前、と書いてある。ちょうど一週間分、計二十八個のポケットがついているカレンダーだ。

二〇〇九年　二月二日（月）

このそれぞれのポケットに、薬を入れていく。最近では、高齢者の薬はワンドーズ（朝なら朝の分、昼なら昼の分と、飲む薬がまとめられているもの）にされていて、何種類もの薬が、一つの袋に入っている。セットしやすく時間も短縮できるし、何より本人が分かりやすく、薬の飲み忘れや、飲み間違いを起こす危険性も少なくなる。

大竹さんも、かなりの量の薬を飲んでいる。狭心症の薬、高血圧の薬、糖尿病の薬、膝関節症《ひざかんせつしょう》の薬、整腸剤、胃薬など、併せて朝だけでも十種類もの薬を飲んでいる。その中に、食前に飲む薬と、食後に飲む薬とが分けられていて、薬を飲むことだけでも朝から大忙しだ。本当に、病気になって、薬を飲むって大変なことだなあと思ってしまう。

ところで大竹さん、ご飯は食べたのだろうか。そんな心配をしながら、薬のセットを終える。

「大竹さん、ご飯は食べましたか？」

大きなお世話のような質問だが、食生活への配慮も、訪問看護では大切なテーマとなっている。ベッドの前に電気炊飯器が置かれ、中にはお手製のおじやみたいなものが入っている。

今日はこれを食べるのだろうか。それともこれは、すでに食べ終えた残りなのだろうか。そんなことを思っていたら、頭の上から声が降ってきた。

「これで何でも調理するんだよ。焼肉だって、さつま芋だって」

「これで焼肉ですか？」

炊飯器で焼肉とは初耳、素っ頓狂《すっとんきょう》な返事になる。

「そうだよ、何だってできるよ」

当たり前のように話す大竹さん。

「温めた釜《かま》の上に肉載せておけば焼肉」

「はあ……」

とため息のような返事しか出ない。内釜の中で焼くのだろうか。そんなことをして、危険ではないのだろうか。そう思いつつ、予想もしない裏技披露に驚いてしまう。知らないのは私だけなのだろうか。

それより、薬を飲んでもらわないと。

「大竹さん、薬減ってないみたいですよ。朝ご飯は食べましたか？」

「いいよ、そんなもの……」

言ってからはっとする。大竹さんに、ぶっきらぼうな返事をさせてしまったからだ。いっぺんにあれもこれもと言ってしまって、機嫌を損《そこ》ねてしまった。

「ああ、ごめんなさい」

素直に謝り、はじめからやり直し。

病院で管理しているのとは違い、何をどれくらい食べているかはもちろん、ご飯を食べたかどうかさえ、確認が曖昧《あいまい》なことが多々ある。三十分という時間ではゆっくり話す時間もなく、結局のところ自己申告や、身の周りの様子から判断するしか、方法がない。

大竹さんの息子さん家族が隣に住んでいるが、寝食はともにしていない。食事は、自炊の他はフィリピンから来た息子さんのお嫁さんが時々、大竹さんの様子をうかがいつつ、おかずを持ってきてくれたり、娘さんが買ってくる菓子パンに頼ったりしている。それでは栄養に偏りが出る。だが何より、せっかくの差し入れも、大竹さん自身あまり好んで食べてはいないようだ。

「……昨日からなんにも食べていないんだよ」

と大竹さんがぼそりと言った。

大竹さんの家には、はるかの母体である中森総合病院から処方されている栄養補助のため、栄養補助ドリンクが常備されている。コーヒー、バナナ、マンゴー味などがあり、いつでも飲めるようにしてある。が、それも飲んでいないということは、それらに飽きてしまったということだろうか。それとも冷蔵庫に保管されているので、この季節、体が冷えて飲めないのだろうか。

大竹さんは、アンコが好きだと聞いたことがあるから、何か少しでも胃に入れてもらおうと、買ってあるあんパンを勧めたこともあるが、本人が食べるのはまだ見たことがない。食べられず、賞味期限切れで毎回捨てられている可能性もある。

そんなこんなしている間に、三十分なんてあっという間にすぎる。

「大竹さん、ここにドリンク置いておきます。あと薬と……」

時間に驚き、投げ捨てるように言葉を残す。

時間に追われているとはいえ、自分が発した言葉に心が痛む。薬もドリンクも、あとは本人の意思に任せるしかない。三十分という限られた訪問時間は、本当にあっという間にすぎる。

二月三日（火）

十一時に虹野《にじの》コンさん、八十一歳への訪問が入っている。

コンさんは、もと警察官の夫、岩助《いわすけ》さん七十九歳と二人暮らし。マンションのオーナーで、五階の一室を住まいとし、一階にはコンさんが経営する割烹《かっぽう》料理屋「お多福《たふく》」が入っている。マンションの窓からは、通りに沿って流れる音無川《おとなしがわ》、岸に沿って、しだれ桜がずっと植えられているのが眼下に一望できる。幅がさほどないその川には、赤い木の橋の他に、石橋が何本か渡されている。とてもよい環境だ。

コンさんは、親に譲り受けた割烹料理屋「お多福」の暖簾《のれん》を守るべく、長年女将《おかみ》を務めあげてきた。お店を繁盛させ、こんなに立派なマンションにも建てかえた。けれどある日、脳梗塞《のうこうそく》で倒れて半身が麻痺《まひ》した。一度はリハビリで回復し、自力で生活できるまでになったが、不幸はその後もコンさんを襲い続け、今度は違う場所が梗塞して、完全に寝たきりになってしまった。

三ヵ月ほどは病院や施設で療養したが、現在の規定では、強制退院せざるを得ず、在宅療養の身となった。二度目の発作の後、帰宅してしばらくは岩助さんがコンさんの食事の介助をしていたが、寝たきりになったせいか、それとも環境の変化のせいか、食事量がどんどん減り、ほとんど食べられなくなってしまった。コンさんの食欲が、まったく失《う》せてしまったようだと岩助さんは話す。医師からも原因不明と言われている。

長年の飲酒や、偏った食生活が災《わざわ》いしてか、脳梗塞の発症と同時に、動脈硬化、高脂血症をはじめ、もろもろの疾患が発見されていった。割烹料理屋なのだから、野菜などの食材も豊富だろうし、美味《おい》しく食べる方法ももちろん知っているだろうが、店を切り盛りするのに追われて、食事をとるひまもなく、相当に忙しく働き続けたことが推察される。

加えて、遺伝的な要素もきっとあったのではないかと私は思う。もっと早くに病院にかかっていれば、早期発見ができ、寝たきりにはならずにすんだかもしれない。寝たきりになってから

二月三日（火）

は、さすがに岩助さん一人での介護はむずかしく、介護ヘルパーが導入されている。

食事の量が減るにしたがい、コンさんの活気はどんどんなくなり、再度入院して手術を行い、お腹《なか》に直接栄養を送る経管栄養の処置を受けて自宅に帰ってきた。それをきっかけに、週二回、火曜と木曜日に訪問看護が入るようになった。

元気だった頃は商売柄、お客さんのあしらいも上手だったコンさん。陽気で社交的で、よくしゃべる人だったと聞いている。が、今は言葉を発することがほとんどない。

年下でもうじき八十歳になる夫の岩助さんは、警察官として立派に勤めを終え、定年退職を機に、新居の自宅マンションで、コンさんと二人の悠々自適の暮らしに入っていた。

コンさんが寝たきりになってからは、介護によく努《つと》めている。岩助さんが話しかければコンさんも一生懸命目で応えようとするし、うなずこうともする。

コンさんの病気を目のあたりにしてからは、岩助さんも自分の健康に配慮するようになったし、今年五十五歳になるお多福の板長もまた、他人事とは思えなかったらしく、コンさんを担当している管理栄養士について、しばらく栄養学や食事作りの勉強をした。

それからは、昼食と夕食は下のお多福の板長が作って、届けてくれるようになった。店で出している食材を用い、低脂肪、低カロリーを心がけ、白身魚や、脂肪分の少ない肉、大豆製品などを使って作ったおかず、それに食後のフルーツまでが添えられて、理想的な健康メニューになっている。これはずいぶんと恵まれた環境だ。

マンションの表の歩道に自転車を止め、一階入口にあるインターフォンに、虹野家の部屋番号を打ち込む。

「はるかです」

と名乗って、部屋側からガラス扉のロックを解除してもらう。ブーンと音がしてドアが開くようになるから、これを押して、ロビーに入る。

エレベーターで五階に上がる。それから外廊下を歩いて、虹野家のチャイムを押す。インターフォンを通し、微《かす》かに岩助さんの返事が聞こえた気がしたけれど、声が遠い。それで玄関扉を開け、直接奥に声をかけた。

「虹野さん、こんにちは。はるかの白井です。上がってもいいですか?」

「どうぞ」

と奥から岩助さんの声。

あれ、と思う。普段なら、岩助さんが柱にもたれ、こっちに半身を見せてくれていたりする。今日は声だけで、廊下に人の姿はない。そのかわりに、玄関の上がり口の隅に碁石が二つ載った碁盤が置かれていた。

視線を落とすと、女ものの真新しい下駄《げた》があった。白い木肌に赤い鼻緒がついていて可愛らしい。とそう思って見ていたら、前方の部屋から、ついと和服の女性が姿を現した。お化粧をしっかりとした、三十前くらいの女性だ。華やいだ風情で、丸顔だけれど鼻筋が通り、小顔でちょっと顎《あご》が飛び出し、とてもきれいな顔立ちをしていた。

伏し目がちに廊下を進んできて、私には目を合わせず、そのまま腰をかがめてお辞儀をした。私も礼を返した。彼女は、そそくさと下駄を履いて玄関を出ていく。急いでいるふうだ。

誰だろうなと思いながら靴を脱いで廊下に上がり、コンさんが寝ている部屋に向かう。廊下を歩いていって奥の扉を開けると、横に長く十二畳ほどのリビングが広がる。南西向きの部屋の窓には、八枚ものガラスがはめられている。

窓外の景色は、視界を邪魔するものがないから、下町の街並みがいっぱいに広がる。部屋には明るい陽が射《さ》し込《こ》み、いっそうの開放感がある。窓の下を流れる音無川、その表面がキラキラ光って、せせらぎが聞こえるようだ。

リビングの左側に、スライド式の間仕切りがあり、これを開けると和室になっている。一段高い、八畳ほどの和室には、低めのベッドが置かれていて、コンさんが横になっている。畳からわずか五十センチほどの高さで、座布団にすわる岩助さんと、コンさんの目線が同じ高さになっている。もしコンさんが転落したとしても、大きな事故にならずにすむ。

ベッドのそばの座卓に、さっきの女性が運んできたらしい昼食の盆が、一つ載っていた。花形の小鉢や、小皿がいくつか並んでいる。

それでさっきの人が、下のお多福で働いている女性なのだと分かった。今日は煮魚の小皿の脇《わき》にはデザートのメロンもあり、おいしそうだ。

「コンさんこんにちは。今日の調子は、いかがですか？」

まず、奥さんのコンさんのほうに声をかけた。が、返事はない。これはだいたいいつものことだ。言葉が不自由なのだから仕方がない。でも今日はなんだか、それだけではないような空気を感じた。横顔を見せたコンさんの表情が険《けわ》しい。

「岩助さん、こんにちは」

畳の上の座布団に、足を投げ出してすわっているご主人のほうにも挨拶すると、なんとなく困ったような、苦笑いのような表情を岩助さんは見せた。

「あれ、岩助さん、どこか痛いんですか？」

思わず訊《き》いた。岩助さんは、座布団の上からまったく動く様子がない。顔も、なんとなく痛みに堪えているような感じに見えた。

「うん？　なんで？」

岩助さんが訊き返す。どこかが痛いわけではない様子だ。

「いえ、ずっとそこに、すわってらっしゃるので」

ほかに理由でもあるのだろうかと思いながら問う。

「いやあ……」

声の調子が、何か意味ありげに思えた。

「碁、やってらっしゃるんですか？」

すると岩助さんは、ごく小さな声でこんなことを呟いた。

「ご飯が運ばれてくる時はわし、ここを動いちゃいかんから」

質問とはまったく関係のないことのように思える答えが返ってくる。

「え？」

私が驚くと、コンさんが不快そうな声をたてた。

気を取り直し、コンさんの処置にかかる。

ベッドのそばの座卓に、色とりどりの料理の載った盆が置かれている。経管栄養となったコンさんは、口からはもうほとんどものを食べられない。だからせっかくの板長さんの心づくしも、目で楽しむ程度。調子がいい時に、岩助さんのを少しもらって味見をするだけだ。

半分消化された栄養液を胃に直接入れて、コンさんは栄養を摂《と》っている。また尿閉で、尿道から膀胱にかけ、常時膀胱留置カテーテルが入れられている。ベッドの手摺《てす》りにかけたバッグに、お小水が溜まっている。

経管栄養の処置も、お小水の廃棄も、ごくわずかな楽しみとしての食事の世話も、みんな夫の岩助さんがやっている。終わりの見えない長期の介護生活で、訪問看護中に、岩助さんをねぎらうことも必要だとみんな心得ている。岩助さんのほうが逆に倒れてしまうのではないかと心配なのだ。

しかし、毎日こなしている岩助さんを見ると、手馴《てな》れていて感心することが多いし、処置をしながら、普段の介護の様子を聞いたり、相談に乗ったりもするが、こちらが教わることも多々ある。今は介護サービスをうまく使い、毎日の生活が楽になって大変助かっている、という言葉を聞いてちょっと嬉《うれ》しい。

今日はいつもより早めの十一時からの訪問なので、ちょうどお昼にぶつかる。

「今日もお食事ありますね。まずそれ、召し上がりますか？」

少し早い昼食になるが、訊くと、コンさんはいやいやをする。

「処置が先でいいですか？」

すると言葉は返らないが、どうやらそれでいいようだ。岩助さんが後ろで見守っている。

「何か、手伝うかね？」

「えっ？　いいえ。どうぞ、岩助さんはお食事なさってください」

彼も首を横に振って、

「あとで温めて食べるからいいですよ」

と言う。

訪問カバンから血圧計を出し、まずバイタルを測らせてもらう。その間に岩助さんがお湯を沸かして洗面器に入れてくれたので、それにタオルを入れ、湿らせる。

パルスオキシメーターを、手指の先に挟んで血中酸素飽和度を測定する。正常な範囲だ。

それがすんだらパジャマの前を開き、タオルを体の前面にかぶせ、しばらく待って温まってから拭《ふ》いていく。ふくよかな体格の人だと、脂肪で脇の下が密着した状態になる。汗をかいたままの状態が長く続けば、蒸《む》れて皮膚がかぶれ、赤く炎症を起こすことがある。そういう場合は、清潔にして、軟膏《なんこう》処置をする。

コンさんの場合は瘦《や》せ型なので、脇の下に隙間があって、汗でくっつくことはない。もともと皮膚が過敏で、赤くなりやすいため、湿らせたタオルでよく拭き、清潔にしてから軟膏を塗る。

お腹の真ん中、みぞおちの下あたりの場所に、直径〇・八センチ、長さ三、四十センチほどのチューブが出ている。このチューブは胃の中まで繫がっている。コンさんのメインの食事は、これを使って胃の中に直接流し込む。

チューブの付け根に、渦巻き状にティッシュが巻いてあり、取りはずすと茶色に変色していた。栄養液が、チューブの挿入口から洩れる場合があるので、それを吸い取るためだ。

汚れを防ぐため、日に一度はティッシュの交換をしてもらう。基本的にはヘルパーさんにもやってもらっているが、岩助さんも、気になった時は換えてくれているそうだ。

「チューブから、けっこう液が洩れているみたいだよねぇ。これしてると、よく吸ってくれるんだ。していないと、下着が濡れるだろう。洗濯が大変なんだよなぁ」

と、岩助さんが日頃の苦労話をしてくれる。

コンさんのチューブの挿入口にはきれいな瘻孔《ろうこう》ができているが、周囲の皮膚が糜爛《びらん》し、ところどころむけて、赤くなっていた。

挿入口のティッシュが汚れるのは、注入した栄養液が洩れている場合がほとんどだが、胃液や胆汁様の液が染《し》み出《で》ている場合もないとは限らず、洩れたものの性状や、量の観察が必要だ。コンさんの皮膚の損傷は、チューブの固定板の部分が瘻孔の周囲の皮膚にあたって擦《こす》ったため、糜爛したようだ。

保清の処置がすむと、洗面所に行って手を洗い、栄養の準備にかかる。手を洗うたびに、手洗いを徹底するよう教育された時代を思い出す。病棟勤務の頃、一つの手技が終わったら、その都度手洗いをするようにと、耳が痛くなるほど言われた。もちろんこれは、院内感染防止のためだ。

保清の後片付けと、栄養の準備をしている最中《さなか》、岩助さんがコンさんの横にお膳《ぜん》を運んできて、

「魚食べるか?」

と聞いている。

しばらく黙っていたが、コンさんがうなずいている。それで岩助さんが、煮魚のかけらを少しだけ箸《はし》でつまみ、口に入れてあげている。

コンさんはゆっくりと咀嚼《そしゃく》している。咀嚼といっても、しっかり噛《か》んでいるわけではなく、口の中で味を楽しむ程度だ。

「豆腐、食べるか?」

また岩助さんが聞いている。うなずくのを待ってから、もう冷めている豆腐を箸ですくいとって、口に入れてあげる。

「煮豆食べるか」

コンさんがうなずく。ふっくら甘く煮た黒豆が、お皿の上でつやつや光っている。豆の皮は消化が悪いので、皮を取り、中身だけすりつぶしてあげている。

岩助さんの配慮はきめ細かい。今日のコンさんは食欲があるほうだ。こうして見ていると、とても心温まる、仲睦《なかむつ》まじい老夫婦の姿だ。

栄養液の準備が終わると、岩助さんのほうもひと通り終わった様子だった。ベッドの横に栄養セットをセッティングし、パジャマと下着のボタンを二つほどはずし、チューブを外に出す。栄養液の前に白湯《さゆ》を投与するボトルを、天井からさがったS字フックに引っかけ、チューブを繋ぐと滴下しはじめる。

「わしはこっちで食べているから」

岩助さんはお膳をソファのほうに持っていき、自分の食事を開始している。

「はい、どうぞ」

とだけ応えると、今日の状態、観察、ケア内容などを記録する。白湯が終わったので、栄養液をボトルにあけると、ゆっくり滴下を始める。

二月三日（火）

「白井さん、何か問題があったかね？」

こちらの様子をうかがいつつ食事している岩助さんが、訊いてくる。

「岩助さん、チューブのところ、少し赤くなっていますよね。根もとに巻いているティッシュですが、食事のたびに交換したほうがよさそうですけど、それは大変ですか？」

やるのは身近にいる岩助さんになるから、無理なことは、お願いすることはできない。

「いや、それぐらいなら大丈夫だよ」

岩助さんの快《こころよ》い返事に、ひと安心する。

「ではそれで、しばらく様子を見てください」

と、ソファにかけて自分の食事をとっている岩助さんに言う。

栄養液はボトルに四百ccほど入っていて、順調に滴下している。二時間ほどで終わる予定だ。

訪問時間を超えるほどの時間を注入にかけられるのは、岩助さんが常時ついていてくれるからだ。彼はこれから夜まで、ずっとベッドサイドにいる。コンさんと生活をともにしているのだから、岩助さんの存在はとても大きい。

コンさんのように、面倒をみてくれる家族が家にいるなら、お腹にチューブが入っていても大丈夫だが、介護者が付きっ切りになれないお宅では、こうはいかない。

注入は、イメージとしては点滴のような感じだ。ぽとりぽとりと滴が落ちるあれだ。もっともイメージはよく似ているが、点滴と栄養を間違って注入した医療事故が起こったことがあるので、誤解を招くような表現は気がひける。

胃や腸の手術をした人が、一時的に管から栄養を入れるが、この場合、胃腸の消化機能を考慮し、ゆっくり落とすことで、胃からの逆流や嘔吐《おうと》、下痢などの症状を防ぐ。食物は口で咀嚼されれ、食道を通って胃の中に入る。それぞれのところで消化酵素と混ざり、攪拌《かくはん》され、時間とともに徐々にどろりとした状態に変化していく。嘔吐すると、さらさらでなくどろっとした吐瀉物《としゃぶつ》が出る。あの状態だ。その過程を経《へ》て、次の腸に移行する。

消化に関する一連の運動や機能のどこかに障害が起きると、これが充分にはできなくなる。そのため、固形物では栄養が摂りづらくなる。栄養液は、半分消化されたかたちの液体なので、すみやかに消化吸収されやすい。それでも、いきなり大量に胃に栄養液が入れば、不快感はもちろん、嘔吐や下痢を起こしかねない。

コンさんの場合、咀嚼と嚥下《えんげ》以前の食欲低下が問題なのだが、胃腸の機能は年齢並みと見てよい。正確に言えば、高齢なので脱水傾向にあることへの配慮が必要だが、注入速度には、それほど神経質にならなくても大丈夫そうだ。

ベッドサイドから離れ、帰り支度を始める。壁に貼られた薬カレンダーを確認し、カレンダーのポケットに薬を入れていく。これらは、夫の岩助さんが水に溶かし、栄養液が終わったあと、チューブから注入してコンさんに与える。

ふと見ると、カレンダーにMD、AD、K、GD、S、AD、A、Oなどというアルファベットが書き込まれている。これ、何の記号だろうなと不思議に思う。

「……岩助さん、これ何ですか？　カレンダーのこのアルファベット」

私は訊いた。

すると岩助さんは、もごもごと口の中で何か言おうとしている。それから、

「大したものじゃない、なんでもないよ」

と口ごもった。腑《ふ》に落ちないまま、コンさんのお宅を後にする。

二月四日（水）

訪問から戻ると、ステーションの中にはいつもと違う気配が漂っていた。

「ただいま戻りましたあ」

「あ、白井さんにも紹介するわ」

所長はそう言うと、隣に立っている白衣姿の男性を前に押し出した。見ると、歳は二十代後半、背丈《せたけ》は170センチくらいだろうか。にこやかな丸顔に少し長めの髪、おっとりとした雰囲気を感じさせる男性がそこにいた。

「ほら先生、自己紹介して……」

所長が隣の男性に手で合図している。

「えっ、自分でですか？」

「そうよ」

男性は照れて赤くなり、小声でそう言うと、
と所長は、当たり前でしょう、といった顔をした。

「えっと……」

やっと男性が口を開いた。どこかで聞いたことのあるような声だ――、あっ、思い出した、テ

レビなどで有名な某落語家の声に似ている。

「今月から中森総合病院に、新人研修でお世話になります赤堀《あかほり》といいます。こちらのステーションにもお世話になることがあるかと思いますが、よろしくお願いします」

とどこおりなく挨拶を終えると、赤堀先生は頭を下げた。控《ひか》えめで、なかなか好印象だった。

「はるかの白井さゆりです。こちらこそ、よろしくお願いします」

こちらも、頭を下げた。

「これでひと通りの紹介は終わったわね。先生、こちらもいろいろと訊きたいことがありますから、今度お時間を作って、お食事会でもしましょうね」

所長がそう言って、自己紹介の場をまとめた。

外は夕焼け色に染まりつつある。ピピピピ、という電子音が聞こえた。

「あっ、ぼくの携帯です、病院からだ。すみません、これで失礼します」

ポケットから携帯を取り出すと、赤堀先生はあわててそう言った。

「あら、来た早々忙しいのね。先生、馴れるまで大変でしょうけど、頑張ってくださいね」

所長がそう言って、赤堀先生を励ます。

赤堀先生は気弱そうに笑うと、ステーションを出ていった。

二月五日（木）

昨夜、夜半からまた大雨になった。この時期の天気は変わりやすい。今日も大竹さんを訪ねる。

　大竹さんは週に二回施設のデイサービスに通い、そこで入浴もしている。しかし最近は血圧が下がって入浴ができなくなり、たまに救急車で運ばれたりもしていた。デイサービスでは、本人が元気そうでも、収縮期血圧が九十以下になると入浴ができない決まりになっている。

　救急車で運ばれた大竹さんは、病院で点滴をするともとどおり元気になり、家に戻った。入院経過は極めて良好で、三度の食事もすべてたいらげたという。大竹さんの体調不良は、食事をはじめとするさまざまな環境の要因が大きい。家庭でも、食事や家庭内環境がきちんと整えられれば、充分健康に生活できる体だ。しかし、それがむずかしいのだ。

　雨はあがったが、外では相変わらず風がゴーゴー唸《うな》っている。戸もガタガタ鳴っている。今日は曇天《どんてん》で肌寒い。

　エアコンを購入するまでは、大竹さんは石油ストーブ一つで暮らしていた。そこで暖をとるだけでなく、調理までするのだ。石油ストーブと炊飯器が、大竹さんの調理器具のすべてだ。これで何でも作れるらしい。

　表に寒々しい風が吹くこんな日は、三匹の子豚の話を思い出す。一番目のお兄さんは藁《わら》の家で、狼《おおかみ》にすぐに吹き飛ばされ、二番目のお兄さんは木の家で、これもまた吹き飛ばされ、末っ子の子豚が時間をかけてレンガの家を建て、三匹ともそこで安全に暮らしたというお話。

　最近では鉄筋構造の、末っ子豚型の家がずいぶん増えてきた。隙間風や雨漏りのする、築百年以上も経《た》つ木造のわが家を思い出す。大竹さんの家も、木造建築だ。

「トイレに行ってないみたいですね。お小水がパックにいっぱいみたいだけれど……」

尿瓶《しびん》代わりに使う牛乳パックが、ベッドの近くに置いてあり、お小水がなみなみと溜められている。ご本人が用を足し、溜まったらトイレへ捨てにいくのだそうだ。

「行けないんだよそっちには」

大竹さんが言う。動けないのだろうか。

「どうしてですか？　どこか痛いんですか？」

「ゆうべ、また土砂降りだったろ？　それでそこらへん、水浸しなんだ」

昨夜は確かにひどい雨だった。夜中じゅう、強い雨が世の中を叩《たた》きつける雨音となって、私の寝床にもずっと聞こえていた。

眠ってしまった私は、朝になってすがすがしく目覚めたけれど、大竹さんは夜中じゅう、屋根からもれてくる雨の音に怯《おび》えなければならなかったかもしれない。

大竹さん宅のトイレのほうを見る。廊下に浸水した雨は、もう出ていってはいたけれど、床が乾くまでには、まだしばらくかかりそうだ。

「ふた晩も大雨続いてさ、とうとう水浸し」

大竹さんは言う。うなずきながら、私の心の中も、水浸しになってしまったように重くなった。

しゃべっている大竹さんをよく見ると、耳に輪ゴムをかけている。耳の周りにぐるっと輪ゴムがはまっているのだ。

「大竹さん、どうしたのですか？　耳に輪ゴムなんかして」

興味津々、輪ゴムの廻《めぐ》らされた耳に目を近づけると、

「いいんだよ！」

と、怒ったように言って、私から体を離した。どうやら、耳から輪ゴムをはずされると思ったらしい。

「ごめんなさいね」

触られるのを拒《こば》んでいるふうだったから、前かがみになっていた体を戻し、謝った。

「こうすると、よく聞こえるんだよ」

大竹さんは、そう小声で教えてくれた。

「え～？　そうなんですか」

その意味が、すぐには分からなかった。何かのジンクスなのかと思い、一応そう答えてみただけだ。

しかしあとでよくよく考えてみたら、耳に輪ゴムをはめることで、頭にへばりつくようにして付いている外耳の部分が壁のように立ちあがり、集音効果が上がるのだ。

セーラー服の襟を立ててると遠くの音がよく聞こえるようになる、あれと同じ原理だ。自分も輪ゴムを耳にはめてみたら、なるほど、確かによく聞こえる気がする。

大竹さんは何でも知っている、それによく工夫もするお爺《じい》さんだ。家だって、自分で建てたくらいなのだからすごい。

冷蔵庫には、お芋などが入っている。これって戸棚代わりなの？　と思うような品揃《ぞろ》えだ。

二月六日（金）

午後一番の訪問は、独り暮らしの女性、田中恵子《たなかけいこ》さん、八十二歳。もともとは栃木の病院の娘さんだったそうで、個人医院の医師に嫁《とつ》ぎ、息子も私大付属病院の医師になっている。後に続くものと思われたお孫さんだったが、彼は医者は嫌だと言って文系に進んでしまったそうだ。医者の家系が絶たれたと、悔《くや》しそうに嘆いているのを以前に聞いたことがある。

恵子さんは、私のことを「フィリピン」と、勝手にあだ名で呼んでいる。何故《なぜ》フィリピンになったかというと、和歌か何かの話をした時、私が分からなかったことがあって、

「あんた、そんなことも知らないの？　日本人じゃないのか」

と言われ、以来「フィリピン」になった。

最近、フィリピンから大勢の看護師が来ているので、私のこともフィリピンから来た外国人看護師かというわけだ。他の事業所の人や、同じステーションの仲間のスタッフにも、私のことは「あのフィリピン」で通っているらしい。

嫌な気持ちになることもあるが、言っている本人からは別に悪意は感じられない。お嬢様特有の意地悪心なのだろうと思う。そうしないと自分が優位に立てないのかもしれないし、それとも私を日本人と認めたくない、何らかの理由が彼女にあるのだろうか。

「フィリピンはうらやましい。何にも考えていないのが顔見てすぐ分かる」

私を見てそんなことを言う。ちょっとむっとして、どう反応したらいいのか困ってしまう。私

だって考えていることはたくさんあるのに。

この言葉は彼女の心の複雑さの表れのようにも思う。今日の会話もほかのスタッフへの愚痴《ぐち》から始まるのだから、私のことだってほかの人にはどんなふうに言っているか分からない。だからこうした言葉を鵜呑《うの》みにはできないし、ほかのスタッフへの愚痴を聞いても、話半分に受け取るようにしている。とそう言うと、こっちもちょっと意地悪かなと思われてくるが。

恵子さんのそばにすわり込み、じっと話を聞く。毎回一時間の訪問の間、ひっきりなしに、しかも自分のペースで話し続けるなか、腰を折るのはとうてい不可能。こちらの聞きたいことを、どのタイミングで聞きだそうか――。

気持ちよく話すリズムを乱さないようにしながら、隙をうかがい、合いの手を入れる傾聴は、ある種のテクニックがいる。そう私は心得ている。

今日は月初めで、計画書に直筆サインが欲しいところだ。その旨を素直に申し出ると、寝たまま書くとのこと。彼女が床上生活で得た業《わざ》なのだろう。

「寝たままなんかで書けるんですか？　起きて書いたほうが書きやすいでしょうに。じゃ、どれどれ特技を見せてもらおうかな」

などと言って恵子さんにファイルを渡すと、

「よし、じゃ、見せてあげよう」

と、発奮した声が返ってきた。

言葉のとおり、寝たままサインしてくれるものと思っていたら、いきなり、ベッドにくくりつけられていたタオルの端《はし》をギュッと引っ張り、ベッドの上で上体を起こすと、くるっと回って、足をおろしてすわったからびっくりした。

「なんだ、恵子さん、ご自分で起きられるんじゃないですか」

ちょっと嬉しい裏切りに、そう言うと、

「いつもはできない。元気が出ないとできないの。今日は元気が出たから。よし、じゃあ今日はもっとすごいのを見せてあげる！」

威勢よくそう言うと、恵子さんはつかまり立ちしながら、部屋の出口に向かって歩いていった。

唖然《あぜん》。しっかりした足取りだ。台車を押しながらトイレまで行き、いつもの用の足し方や、自分流のやり方のあれこれを、説明してくれた。

（なんだ、自分でできるんだ……）と呆気《あっけ》にとられる。呆《あき》れながらも、心の中では笑うしかなかった。

二月七日（土）

九時半からの朝一番の訪問先へ向かう。

預かっている鍵で玄関の扉を開けると、九十歳のおじいさんが立っていた。内藤和平《ないとうわへい》さん、もと自衛官で、今でも立派な体つきをしている。

「おはようございます。はるかです。こんなところに立って、どうしたんですか？」

突然他人が家に入ってきて、驚いてしまったのだろうかと思った。

訪問看護に行く日はほとんど曜日、時間とも決まっているので、心して待っていてくれる人もいるのだが、人によっては日時の感覚が明確ではなくなってしまっている場合もある。しかし、たいていは私たちの顔や声を聞くと安心するようである。と言うより、統一されたユニフォームや耳なれたステーションの名前が、安心感を与えるのだろう。

「おはようございます。ちょっとトイレに行ってました」

和平さんのいつもの腰の低い、丁寧な挨拶だ。

本当に礼儀正しく、律儀な印象を与える。そこからベッドへうながし、すわってもらうように声をかける。ベッドは二つあって、隣には奥さんの康子《やすこ》さんが寝ている。

この前来た時、和平さんは介護認定についての不満をもらしていた。介護認定とはその人の介護の必要度を表す基準で、それによって、受けられるサービス内容が異なってくる。重度であればあるほど介護保険適用（一割負担）の枠が広がるし、低ければその枠が狭まり、足が出た分は当人の全額負担となる。

和平さんは軽い脳梗塞を患い、入院していたが、訪問時も廊下に立っていたように、身体的に自立度が高いので、要介護度が低く認定される。

この要介護度の認定であるが、認定調査員によっても異なるし、利用する側の自己申告的なところもあるから、完全に公平なものかは、首をかしげるところがある。もちろんできるだけ基準が一貫するよう、細かな決まりごともあるし、認定基準は文書化されて分厚い冊子にまとめられてもいる。しかし、世の中に完全な平等がないのと同様、介護を受ける状況は人それぞれであるのが現実だ。

「この前役所から人が来て、介護もして大変ですねって言って帰ったんだよ。私が介護できるように見えますか？　私のほうだって介護が必要なのに。介護して大変ですねって、そう言ったんです」

退院後、役所の人たちが和平さんの認定調査に来た際、隣のベッドにいる寝たきりの妻を見て、そう言ったのだろうと推測する。

「私のほうが病気で面倒看てもらわないといけないのに」

和平さんの語気は強い。確かにこの方の言い分もわかる。高齢で、食事やら入浴やら、さまざまな家事などできるわけがなく、娘も週に一度は泊まりにきてくれるが、それ以外は寝たきりの妻と二人きり。日に何度かは妻のおむつ交換や、食事の支度《したく》にヘルパーさんが来てくれているのだけれど、それでも心配はあるだろう。

だが実際は、歩けない、寝返りが打てないなど、具体的な身体的障害がないと介護が必要とは認定されない。訪問時にも立っていたように、いくらできないと言っても、歩いて家のトイレに行けるわけだし、寝たきりで、何もできなくなるから援助が必要なのであって、そうなるまでは、厳しいながらもみんな自力でどうにかやっているということだ。

「私は家の外に出られないのに、自動車に乗ったり、出歩いている人が私より重症ってことありますか？」

それはあり得ない。でも車椅子《くるまいす》生活で、障害者用の車を使用しているような場合はあり得る。自分の足で歩けるかどうかと、車を持っているかどうか運転できるかどうかは介護認定の基準には関係がない。

しかし行動範囲や生活の質という点から見れば、和平さんの言うように、和平さん自身のほうが身体的にも精神的にも悪い状況に置かれているかもしれない。和平さんの不満は続く。

「私はこんなに辛《つら》いんだから、重症にしてもらったほうがいいですかね。私、本当に重くなったほうがよいのではないかと考えてしまいますよ、こんなことではね」

　理不尽に対する憤りが、彼を不健康な精神状態へと導いているようだ。私も心の中で、そういうところもあるかもしれないと一瞬思いそうになる。しかし、口からは違う言葉が出ていた。

「いいえ、それはいけません。介護度はあくまでも認知機能や身体機能で判定され、それに見合ったサービスが、税金の補助で公平に受けられるようにするためのものです。だから、介護度が重度になるということは、寝たきりになる、動けなくなるということで、それを望みますか？」

「いや、それは大変だ。寝たきりになったら大変ですよ」

　今回の病気を機に、寝たきりということを、和平さんは私などよりずっとリアルに感じているはずだ。こんな言葉を聞けばそれがよく分かる。そして、私自身も介護認定の問題点をあらためて認識させられ、和平さんに感謝した。

　行政のやることには不満や反感はつきものだが、和平さんとのやり取りで、本来どうあるべきかが自分の内で明確になった瞬間だった。サービスといっても、行政は何でも屋ではない。まくし立てるように話す和平さんに、

「そんなに辛いですか？」

　と問うてみる。

「辛いです」

「何が辛いですか？」

「自己主張できないのが辛い」

和平さんの答えに目を丸くする。

「だって、自己主張してるじゃないですか、自分で話せているのだから」

そこまで言った時、自分の心に引っかかるものがあった。言葉を話しはするけれど、口に出せない思いを心にしまい込む辛さは、私にも覚えがあるのを思い出したからだ。和平さんの反論が返ってくる。

「だってあの人たち、家に来て、介護大変ですねって。人ごとだと思って。私が介護できる人間に見えますか？」

よくよく聞くと、和平さんの怒りは、実のところ介護認定そのものに対するものではないようだ。介護認定に来た調査員の、特に悪気のない、しかし思いやりに欠ける言葉に対するもののようだ。

ねぎらいのつもりで言った言葉が、そのようには心に届かないことがある。おなじみの言葉かもしれないが、共感のこもる言葉や、真実味を感じてはじめて、自分のことを思って言ってくれたと、相手は理解する。

「ご自分も病気をされて大変なのに、奥さんは寝たきりで、介護をしなければいけないような状況に置かれて大変ですね、とそういう意味だと思いますよ」

私が言うと、彼の態度は一変し、

「あ、それなら分かる。あなたにそう言ってもらってよかった」

と和平さんは言った。

機嫌が直り、感謝され、その思いがけないほどの反応に、逆に驚いてしまう。

「あなたはよく話を聞いてくれる。よかった、よかった」

そう言ってくれ、私は彼の辛さの質を理解した。

「自己主張できないのではなく、話を聞いてもらえないことが辛いのですね」

自分に言い聞かせる意味でも、私は理解したことを口にした。

二月十二日（木）

寒風がビューッと吹くと、体がブルッと震えた。襟元に風が吹きこまないようにしっかりボタンを留めて、手袋をはめる。電動アシスト自転車に跨がり、午後からの訪問は久々のコンさんと岩助さんのお宅に向かう。

コンさんの家に向かう道すがら、石造りの門を構えたお宅が左手に見える。その奥にはお庭があって、梅の木の先についているつぼみが膨らみはじめているのが見える。この寒さでは咲き頃はまだの様子で、膨らんだつぼみは固いままだろう。思わず自転車を停《と》めて見入る。

春の到来を身近に感じつつ、また自転車をこぎ進めると、ようやく五階建てのマンションが姿を現す。ここの最上階で虹野夫妻が生活している。お多福の暖簾はお店の中にしまわれていて、お昼のピーク後の休憩らしい。

和風の店構えとは全然違う、店の横のガラス扉を押し開け、マンションのロビーに入る。腰くらいまでの高さの壁に、床と同じ黒い御影石《みかげいし》が張られていて、つやつやしたその表面が、とても贅沢《ぜいたく》に感じられる。

エレベーターで五階に上がり、少し廊下を行くと、インターフォンの左上に虹野家の表札が掲げられている。５０５と書かれたプレートに、虹野という文字が入っているのだ。

ボタンを押すと、奥でチャイムが鳴り、

「は〜い」

と岩助さんの声が返ってきた。

「こんにちは。訪問看護はるかです」

インターフォンに向かってそう言うと、

「開いてますから、どうぞ」

と、岩助さんの声がする。

ドアを開け、靴を脱ぎつつ視線を上げると、玄関の靴棚の上に、黄色い花の咲いた植木が置かれていた。福寿草《ふくじゅそう》だ——、と思い出し、昔、田舎《いなか》のお祖父《じい》さんが、庭の福寿草を植え替えて部屋に飾ってくれたことを思い出した。

その上の壁に、カレンダーがぶら下がっていた。大きなカレンダーで、月ごとに日付の下にメモを書く余白があるタイプのものだ。

前の訪問で見た、和室にあったものが、玄関先に移っている。昨日の日付まで、つまり十一日まで、日付の余白にアルファベットが記載されている。前回と同じだ。ＭＤ、ＡＤ、Ｓ、Ｄなどといったアルファベットが並ぶ。今日の日付、二月十二日（木）のところは空白でよく見ると火曜と木曜のところは他の日も空白になっている。訪問看護の日と重なるが何か意味があるのだろうか。昨日の十一日（水）はＡＤ、十日（火）は空白、九日（月）ＡＤ、八日（日）ＡＤとＡＤが三日続いている。

何の記号だろう——。不思議に思って見ていると、奥の部屋から、やっと岩助さんが姿を見せ、重そうに体を運んできた。

「岩助さん、こんにちは。お久しぶりです。元気にしていましたか？」

と挨拶すると、

「やぁ、やぁ、やぁ。はるかさんか。元気ですよ」

と、にこやかに返事をしてくれた。

「岩助さん、これ、何ですか？」

カレンダーを指差し、前の訪問の時と同じことを訊いてみる。

「えっ、いやいや、別に……」

すると岩助さんは、また視線をキョロキョロさせている。

はっきり答えない岩助さんを見ながら、まずいことでも訊いてしまったのだろうかと思う。予想外の岩助さんの反応に、こちらのほうが困ってしまった。気まずい雰囲気が漂う。上がり口の隅には今日も碁盤が置かれている。そしてその上に碁石が二つ載っているのが目に入った。

「あっ、別にいいのですけどね……。失礼しますね」

岩助さんに断りの言葉をかけ、コンさんのいる居室のほうへ足を運ぶ。スライド式の間仕切りが閉じている。そっと開けて和室に入ると、目を閉じたコンさんの横顔が見えた。今日は安らかな表情だ。

ベッドの上、天井のほうに目を向ける。天井からぶら下がっているS字フックには何もかかっていない。お昼の栄養が終わっている。お腹がいっぱいになったのか、コンさんはうとうとしているふうだ。

私の気配に気づいたのか、コンさんが薄目を開けた。そこで私はベッドサイドにしゃがみ込み、

「コンさん、こんにちは」

と小さく声をかけてみる。すると、今度は目をパッチリと開けて、

「あぁ、はるかさん」

と言って、にこりと笑ってくれた。やはり今日は機嫌がいい。

背後に岩助さんの気配を感じた。スライド式の間仕切りのほうへコンさんが視線を投げかけ、岩助さんを見たのがうかがえる。

するとその瞬間、急にコンさんの表情がブスッとしてしまった。振り向くと、岩助さんは和室には入ってこず、いそいそとリビングのほうへ行ってしまった。

何かあったのが推察された。こういうのは、以前には見られなかったことだ。いつもなら岩助さんもベッドサイドに来て、声をかけながらケアを一緒にしたり、奥さんの今日の様子を話してくれた。二人は仲がよく、訪問の際にはいつも、私に楽しい話を聞かせてくれたものだ。

話題はたいていコンさんが元気だった頃のことで、お店が忙しかったこととか、それでもなんとかかんとかやりくりしてやってきた苦労話。二人で仲睦まじくやってきたことを話してくれ

た。なのに今、二人の間に溝ができてしまったかのようで、冷たい空気が流れている。今日の岩助さんは、リビングのソファにドスンとすわってしまうと、こちらに顔を見せることもしない。

時計に目をやると、すでに十分も時間が経っていた。急いでバイタルを測り、栄養チューブの挿入口を点検する。皮膚の糜爛はきれいになっている。ティッシュも汚れてはおらず、きちんと取り換えてくれているようだ。岩助さんにその様子も聞きたかったが、今日の様子では少々聞きづらい。

ケアに取り掛かる。今日は膀胱留置カテーテル取り換えの日になっている。ベッドサイドに目をやると、お小水が千二百ミリリットルほど、バッグに溜まっている。

「コンさん、今日はお小水の管を取り換えますよ」

そう言うと、コンさんはコクリとうなずいてくれた。

さっきのとげとげしさが消えた。内心ほっとため息が洩れるような心境。仲のよい夫婦でも、ケンカしてしまうこともあるということだ。

必要な物品の準備に取りかかる。布団を剝《は》ぎ、パジャマを脱がせる。必要最低限の露出に抑え、寒さや羞恥心《しゅうちしん》に配慮し、交換しやすい体位にする。

今入っているお小水の管、膀胱留置カテーテルを抜くため、先端から横に飛び出しているバルブに注射器の先端を挿し、内筒を引く。すると、二十ミリリットルほどの水が引けてきた。

この水は、カテーテルの先端についたバルーンを膨らませるためのものだ。これをしぼませた今、もう抜く準備ができた。

「コンさん、管を抜きますから、お口で呼吸してください。フーフーって感じにですよ」

と言いながら、すぼめた口から自分で息を吐《は》いてやってみせる。すると、コンさんもフーフーと真似《まね》をして深い呼吸をしてくれる。

「上手ですね」

そう言いながら、息を吐くのに合わせて管をスルっと引き抜く。

透明だったお小水の管は茶色に変色して、かなり汚れているのが分かる。

続いて尿道口周辺の陰部を消毒し、準備した新しい管を、滅菌してあるセッシ（ピンセット型のもの）を使ってゆっくり挿入する。体内に入れる管はすべて滅菌されている。体内に細菌が入って、膀胱炎などの原因になる尿路感染を防ぐためだ。

女性の尿道は、男性に較《くら》べ短い。四センチほど管を挿入すると、お小水が管の中を通って、体外に流れ出てくるのが見える。これは管の先端が、膀胱内に届いたというしるしだ。

続いて、注射器を使って蒸留水を二十ミリリットルほど注入し、膀胱内にあるはずのバルーンを膨らませる。ゆっくりと注入するが、注射器の抵抗もないし、コンさんの表情に苦痛も見てとれない。うまく入っている。

注入し終わったら、管をゆるく引っ張り、抵抗を感じれば、バルーンが膀胱内に固定されているという確認になる。

「コンさん、お疲れさまでした。きちんと入りましたからね」

足をもとの位置に戻して、布団をかける。ベッドの手摺りにお小水の溜まるバッグをかけると、薄めの色のお小水が、もう溜まりはじめていた。

お通じも二、三日に一度はきちんとあると、介護ヘルパーさんのノートに記入されている。常用薬の整腸剤でコントロールできている様子だ。

　続いて、体の向きを変えながら、全身のチェックをする。仙骨部（尾てい骨のあたり）がやや赤くなっているが、床ずれなどはできていない様子だ。皮膚保護材を貼り、床ずれを予防する。足の乾燥が目立つので保湿クリームを塗る。

　足をもみながら軟膏を伸ばすが、顕著なむくみなども見られない。

　背中が少し赤くなり、乾燥している。

「コンさん、ここかゆくないですか？」

と訊くと、コンさんは顔をしかめながらうなずく。

　本人持ちの保湿剤の軟膏を塗り、手のひらで背中をマッサージすると、コンさんは気持ちよさそうに目をうっとりさせた。同時に、コンさんの背中は丸まって小さくなっている。

　もとの体勢に戻し、麻痺側の腕の下にも枕を入れ、少し頭側が高くなるようにする。振り返ると、岩助さんがこちらに背を向けてソファに横になっているのが見える。

　今日のケア内容をノートに記入する。

「コンさん、また来週の火曜日に」

　と声をかけてベッドサイドから離れようとして下を向くと、脇のゴミ箱に串《くし》が三本入っているのが目に入る。和菓子かな、誰が食べるの？　岩助さん？　コンさん――、なはずはないか、などと不思議に思いながらも和室を出る。

「岩助さん、今日のケア、終わりました。それから、胃瘻のチューブの様子、どうですか」

　ソファ越しに声をかけると、岩助さんがのっそり起きだし、こちら側に向きを変える。

「あぁ、だいたい食事ごとにティッシュを交換するせいか、ほとんど汚れることがなくなったよ」

岩助さんがのんびり応える。

「そうですか、そのおかげで、皮膚の様子も糜爛がなくなりとてもよいですね」

そう伝えると、少し岩助さんの表情が緩《ゆる》んだ。しかし、問題を一つクリアすると、また新たな問題が浮上してくる。

「今日はお小水の管を取り換えました。お尻《しり》や背中の皮膚がところどころ赤くなっていますね。でも大きなトラブルにはなっていないようです。ヘルパーさんにも、おむつ交換時や入浴後、軟膏を塗るようノートに書いておきました。私たちや、ヘルパーさんが来ない時は、軟膏を塗ってあげてくださいね」

悪化しないことを願いつつ、岩助さんにお願いする。

渋々《しぶしぶ》うなずく岩助さんに一礼をしてリビングを出る。岩助さんが後から追いかけてくる。玄関で靴を履きながら、さっきの串を思い出し、

「岩助さん、和菓子好きなんですか？」

と顔を上げると、岩助さんの驚きを隠したような顔があった。

「お団子の串ですよね？　まさか、コンさんは食べられないでしょう」

と言うと、ますます気まずそうな表情になって、急に思い出したように、

「あれっ、次はいつもどおり来てもらえるんだっけな」

と岩助さんが訊いてくる。

「はい。今月はお休みありませんよ。ではまた、来週の火曜日に」

と言うと、せかされるように虹野家を後にした。

ドアの外に出て腕時計に目をやると時間ぎりぎりだ。

エレベーターの中で、ふとあのカレンダーの文字を思い出した。不思議なアルファベットの記号。岩助さんが書いているものと思われるが、いったい何を表しているのだろうと思う。三日続いたＡＤのアルファベットと三本の串、何か関係があるのだろうか。

それにしても、早く二人が仲直りしてくれたらいいなと思う。でないと、訪問するこちらとしても気を遣ってしまう。

二月二十四日（火）

今朝、コンさんの発熱が最近続いていて、お小水も少ないとの報告がヘルパーさんからあった。医師の指示を受け、私が朝一番にコンさんに点滴をし、次の訪問に行く時間にちょうど点滴が終わるよう、調節してきた。

今日の訪問では、白いマスクが私の顔を覆《おお》っている。インフルエンザ流行の時期だからだ。利用者さんによっては、どうしてマスクをするのかと質問してくる人もいる。それを問うのは、私が風邪でも引いているのか、うつされないか、と疑う意味もあるし、マスクをして自宅を訪問されるのは、自分が世間から疎《うと》まれる感染症の患者のようで、あまりいい気分ではないらしい。

説明して、できるだけ理解を得るようにしてはいるが、相手によってはどうしても不快に感じることがあるようなので、外出時はマスクをし、室内でははずして顔を見せるようにした。

久々の虹野家の訪問となる今日は、朝からこの前の訪問のことがたびたび思い出されていた。カレンダーを巡ってのあの気まずいやり取り。それにコンさんと岩助さんの関係の変化だ。ただの一時的なケンカであってくれたのなら、気のせいですますこともできた。それが今朝のカンファレンスで、コンさんを訪問した私以外の人からも、そういう話題が出たのだ。ほかのスタッフも気づいたということは、二人の仲たがいはその後もずっと続いているらしい。私の気のせいではなかったということだ。

虹野家に着くと、時計の針は三時になろうとしていた。今日二回目のコンさんのお宅だ。チャイムを押し、インターフォンに向かって挨拶をする。

「こんにちは。はるかです」

「あ、はいはい」

と、岩助さんのいつもの声。ドアを開けると、上がり口の隅に碁盤が置かれていた。朝は気づかなかったが、こんなところに置いているなんて、外に持ち出して誰かと碁を打ってきたのだろうか――？　碁盤の上には黒い石がまた二つだけ置かれている。何だろう。

前回にも見た光景。近頃は、訪問のたび、この碁盤と碁石を見かける。記憶が確かなら、和服姿の若い女の人とすれ違った日からだ。それとも前からあったのだけれど、私が気づかなかったのだろうか。まさか、彼女と碁を打つわけでもあるまい。彼女とすれ違った二月三日より前は確か和室の畳の上に置かれていたものだ。

岩助さんは、碁を打つらしい。腕前はいかほどなのであろう。利用者さんで碁好きの人はけっこういる。デイサービスに通っている人でも、仲間内で集まって囲碁クラブのようなものを作っている。介護に追われる岩助さんは、たまにはそういったところに足を運び、外の空気を吸うのもいいだろうと思う。

カレンダーは、引き続き玄関の壁にある。日付のところに、今日もまた、さまざまなアルファベットが書き足されている。

靴棚の飾りは、可愛らしい小さな雛人形《ひなにんぎょう》に変わっていた。岩助さんが飾るのだろうか、季節感を楽しむなんて、粋《いき》なところがある。男性にしたら、いや男性でなくとも、ずいぶんまめな性格だなあと思う。

しばらく時間が経っても岩助さんが姿を現さないので、

「こんにちは、上がりますね」

と声をかけ、リビングのほうへ向かう。

ドアを開けると、今日もまた、開放感のあるリビングが広がる。ここからの眺《なが》めはとてもいい。

「あぁ、はるかさん、待っていましたよ」

岩助さんが、スライド式の間仕切りを開けて姿を現した。

「どうです、点滴のほうは順調ですか？」

点滴を確認すると、もう少しで終わりそうになっている。

「ちょうどよかった。そろそろ終わりますね」

点滴の速度を少し速める。後ろから岩助さんが声をかける。

「あいつ、ここんとこ、熱が出たりで、風呂《ふろ》に入れてもらえてないんですよ。熱って言っても微熱程度で、薬を使うほどじゃなし、ときどき下がったりはしているんですけれどもね……」

岩助さんが詳しく教えてくれる。朝は時間がなくてゆっくり話を聞けなかったからだ。

「熱下がりましたかね。ちょっとみてみましょうね」

言って、私はコンさんに近づく。

「コンさんこんにちは」

コンさんの体に触れると、熱い感じはもうない。

「よかった、お小水も出てきていますね」

色も薄くなり、量も出ている。コンさんは、きょとんとした視線を私へ投げかける。別段ぐったりした様子もない。

体温を測ると、熱は下がった様子だ。ご高齢の方は体温調節も自分ではできなくなってくるし、体温が変化しやすい。単にこもり熱の場合もあり、体表の熱を放散させると、すぐに平熱に戻ることもしばしばある。

「熱は下がっています」

「そう、よかった。心配させるなぁ」

と言いつつも、今日も岩助さんはコンさんの側へはやってこない。二人の冷戦状態は、どうやら続行中のようだ。それでも岩助さんはコンさんを放っぽりっぱなしというわけではないので、それがせめてもの救いだ。

「白井さん、風邪ですか?」

二月二十四日（火）

岩助さんが訊いてくる。その言葉で、自分がマスクをしたまま、まだはずしていなかったことに気づく。急いでマスクをはずし、否定してからインフルエンザ予防の話をする。二人はすでに、近くの診療所でインフルエンザの予防接種を受けたそうである。

「もしかしたら、微熱はそのせいもあるかもしれませんね……」

と言うと、

「そうかもしれないね。先生もそんなことあるかも、なんて言っていたから……」

と岩助さんが言った。

ともあれ、一週間ほど入浴できなかったわけだから、コンさんもさぞかし不快だろう。さっそく保清の準備にかかる。

湯を張ったたらいと、湯の入ったボトル、石鹸《せっけん》を、ベッドサイドに置く。もう一つのたらいには熱湯を入れ、タオルを沈める。最初に陰部の洗浄をする。管による皮膚の損傷などはないか、点検する。

コンさんに横になってもらったまま膝《ひざ》を曲げ、その下に、バスタオルを三枚重ねて折り曲げたものを置いて、体位を固定する。

足の下にビニールシートを敷き、その上にたらいを載せて、中にゆっくりと足を浸《つ》ける。膝の上から、たらいが隠れるくらいまで掛け物をして、温度が下がるのを防ぐ。

固く絞ったタオルで、足浴をしているコンさんの体を拭いていく。大腿《だいたい》、腹部、胸部、手から腕、首、顔と拭き終わると、足もポカポカに温まったようだ。たらいから足を取り出して拭き、温かいうちに軟膏を塗る。

爪の周りは入浴だけでは洗いきれない。足の指先をこすると、たくさんの垢《あか》が取れてきた。爪の周りもきれいにしてあげる。

普段でもコンさんの足の色が、まだらに暗赤色みたいになっていることがある。これは足の先端の血行があまりよくないことを意味している。糖尿病のある人などは、ここから潰瘍《かいよう》を作っていって、治りにくくなる場合が多いと言われるし、実際潰瘍ができて毎日消毒したり、ガーゼを交換したりする人をみたことがある。コンさんの場合も、糖尿病があるので、定期的にみないといけない。

体を横に向け、背部や臀部《でんぶ》を同じように清拭《せいしき》する。仙骨部がやはり赤いようだ。十センチ四方に切ったテープを貼り、皮膚を保護する。

「コンさん、お疲れさま」

コンさんがスッキリした表情を見せてくれる。でも岩助さんは相変わらずで、あんなに仲睦まじかった二人はどこへやら。岩助さんとコンさん、二人の冷戦は続き、どうやら慢性的なものになってしまったようだ。

二月二十五日（水）

今日一番目の訪問は佐々木菊《ささききく》さん。血圧一つ測るのさえ四苦八苦、「バカヤロー」などの怒声を発する人だ。

私はいつになく気分が落ち込んでいる。ここ二、三日、帰省することを真剣に考えていた。鬱《うつ》なのだろうか。こっちで一人で働き続けていく自信がなくなってきている。実家に帰りたい気持ちは最高潮に達していた。こんな気持ちでも、仕事には行かなくてはならない。

預かっている鍵で開錠する。

「菊さん、こんにちは」

静かに休んでいるようだ。できることならこのまま静かに寝させてあげたい。しかし、決まった時間内に決められたことをしていかなくてはならないのだから、それは許されない。

「ごめんなさいね」

と言いながら、そっと布団を剝がす。

「う～ん」

と言って腕を払う仕草《しぐさ》をする。やはり最初からして困難なようだ。

菊さん、お願い静かにしていてねと、心の中で祈りながらのバイタル測定。途中までよしよしと思ったが、マンシェットを膨らませはじめた途端、菊さんが腕を曲げて力を入れてしまう。血圧を示す針が、それに合わせて大きく振れる。

今後のケアを思い、やや重苦しい気分になるが、そんな気分は心の中から閉め出し、物品準備にとりかかる。だいたいを娘さんが用意してくれるので、お湯などを入れるのみでケアに入れる。

絞ったタオルで体を拭く。ひどい円背《えんぱい》で背中がこんもり曲がっているのと、自然に腹筋に力が入ってしまうため、頭が持ちあがり、背中は介助なしで楽々拭けるくらいまで浮きあがる。脇の下をきつく閉めてしまうので、ゆっくりと腕を持ちあげながら拭く。なかなかの力だ。脇腹には何本もしわがよっていて、肩関節も拘縮して、腕が体幹にぴったりくっついているため、蒸《む》れて、皮膚がかぶれている。しわの間は特に汚れやすい。拭いて軟膏を塗る。

菊さんも、虹野コンさんと同じで、お腹の真ん中より少し左寄りから、直径〇・八センチ、長さ十五センチほどのチューブが出ている。胃の中まで繋がっているチューブだ。

チューブの付け根には、渦巻き状にティッシュが巻いてある。取ると、茶色に汚れている。栄養液が洩れるので、それを防ぐためである。清潔を保《たも》つため、一日に一度は交換しなくてはならない。

菊さんも、付け根周囲が糜爛している。皮膚が赤くなり、ところどころ剝《む》けている。洗浄し、軟膏処置をする。

菊さんの場合は暴《あば》れるから、強い力でチューブを引っ張りそうになるわ、自分で糜爛しているところを掻《か》きそうになるわで、処置中、思わず「危ない」の声が出てしまう。その声に本人も反応し、少し動きがおとなしくなる。

私はすべてを放り出して実家に帰りたい気持ちでいっぱいになる。だけどもし私がこの地から去ったら、ここに残された菊さんたちはどうなってしまうのだろう。動けないまま取り残され、見捨てられてしまう、と思う私は傲慢《ごうまん》だろうか。

自分の意志の弱さが逃亡を考えさせている。こっちのそんな内心を察してか、

「おまえなんか嫌いだぁ！」

と菊さんが突然叫んだ。自分を見捨てて行く気なのかと訴えているように感じられた。

「ごめんね菊さん。これ、やらなきゃいけないことなのよ……」

そう菊さんに言わなければならない私の気持ちは重く、泣きそうになる。いつもなら負けずに言葉巧《たく》みにあやし、有無を言わさずケア終了となるところだ。でも自分のコンディションの悪い時、菊さんのこういうひと言は、自分の全エネルギーを奪い去ってしまう。どんなに頑張っても報《むく》われない、そういう気持ちに負けそうになる。

私にどうしろと言うのか、この状況を変えることは私にはできない。だから、お願い、言うことを聞いてちょうだい、とそんな気持ちでいっぱいになる。先輩ナースたちは、こんな状況の時にも負けずに頑張っている、心の底から尊敬してしまう。

この日は排便処置がないだけ救われた。チューブの付け根の周りを清潔にして、栄養液の準備をしてチューブから流すと、やっといつもの幸せそうな菊さんの顔に戻った。お腹が減っていたのだろうか。ほっとするが、今日という今日は消耗のほうが激しく、早くきり上げたい一心だった。

部屋に帰ってみたら、郵便受けに小さな荷物が届いていた。送り主は父になっていた。父から荷物が届くことなんて生まれてはじめてだ。荷物が届いたよと電話しようとした矢先に、父からの電話が鳴った。

「おお、荷物届いだが。いがさゆり、よぐ聞げよ。週末、金沢《かなざわ》さ旅行して、前から食べでみでど思てだ珍味、おまえさも食べでもらおうって思て送たがら。フグって知ってんでろう？ 毒持てる。それの卵巣。猛毒で、人も食べだら死ぬほどだど言われでるらし。それどご、そご独自の加工して食べらいるようさしたもので、そごでしか手さ入らねものらし」

父からの電話も珍しいのに、電話口の向こうの父は、興奮しているのか、まくし立てるように一気にそこまで話したのだった。いつも穏《おだ》やかな父が、こんなに熱っぽく語るのに感動を覚えたくらいだ。

フグの毒なら、話に聞いたことはある。以前、フグ料理の店に連れていってもらった時、白身や皮の部分、その中に白子もあったように記憶しているが、あれは白子だから大丈夫だったのだろうか。そんなことをぼんやり思いながら父の話を聞いていた。

包みを開けると、真空パックに包まれた茶色の塊《かたまり》が出てきた。開けてみると、フグの卵巣。人も死ぬほどの猛毒。

ふと「カラシレンコン」を連想した。レンコンの穴にカラシ味噌を詰めて揚げた食品を、真空パックにして市販したもの。真空内では空気がないため、菌は繁殖・生存できないと思われがちだが、嫌気性菌は空気がなくても生存できる。その特殊な菌の毒によって、食中毒事件が発生したと、看護学生時代に授業で聞いた。

目の前の茶色の塊に目をやる。売り物なのだから、まさかこれで死ぬはずはないと自分に言い聞かせたが、カラシレンコンの例があるわけで、などと思ってしまう。冷静を自らに強《し》いて、えいやっといった気持ちで塊を口に入れた。

味はよく分からない。というより塩気が強くて、ただしょっぱいだけというのが正直な感想だった。ご飯と一緒なら美味しいのだろうか。そんなことを思いながら残りは冷蔵庫にしまい、いそいそと眠りにつく。

三月一日（日）

「赤堀先生？　はい、白井です。え？　食事ですか？　ええ、いいですけど。分かりました。では……、六時五十分に……」

電話を切ると、すぐにベッドから起き出し、シャワーを浴びにバスルームへ向かう。先週はずっと勤務で、しかもすわるひまもなく、クルクル動きまわった一週間だった。

電話の相手は中森総合病院の研修に来ている新米医師の赤堀先生だ。いきなりでびっくりした。

先生は、背はさほど高くないが、どちらかというと可愛らしい顔立ちで、看護師や患者さんには受けがいい。みんなが話しているところを総合すると、医師である父親の後を継いで、自分もこの道を選んだそうだ。今は病院に勤務しているが、いずれは実家の赤堀医院を、大きくしていきたいらしい。顔に似合わず、と言うと失礼だが、野望は大きい。

その赤堀先生が、自分を食事に誘ってくれた。その理由はよく分からない。たぶんステーションで一番若くて、いろいろと話を聞き出せそうだと思ったからだろう。でも私ができる話なんて限られているのだが。

線路沿いの道を歩いていき、駅に近づくと、人の流れが変わってくる。駅に向かう人がドンドン集まって、にぎやかな雰囲気になってくるのだ。駅前の停留所からバスに乗る。一つめの音無川のほとりのバス停でおりる。橋の上は休日を楽しむ人々がたくさん歩いている。

携帯を出して着信一覧を出す。すると、その時画面が光り、着信音が流れて、「赤堀先生」と文字が出た。タイミングよく向こうからかけてくれた。

「はい、もしもし」

電話に出ると、

「あ、白井くん？　今どこ？」

赤堀先生の声。

「先生、お待たせしました。私、今ちょうど音無川の、花見橋のあたりに着いたところなんです」

バス停付近の交差点の周りを、キョロキョロと見回す。

「えっ、そう？　ボクも今着いたの。橋の前なんだけどな……」

先生の声はどこからしているのだろう？　携帯で話している人影を探す。でもあたりはだいぶ薄暗くなってきていて、探しづらい。

「先生、何色の服？　私、ワンピースに白地のコート羽織《はお》ってます」

キョロキョロしながら、自分のいでたちを説明する。

「あっ、そこにいて」

言うなり電話が切れた。

「こんばんは！」

遠くの声に顔を上げると、横断歩道を向こうから、赤堀先生が歩いてくる。黒いコートにベージュのパンツ、特にお洒落《しゃれ》をしているというわけではないが、爽《さわ》やかな印象を受けるのは、育ちのよさからなのだろうか。

「あっ、先生。よかった、見つけてもらって……」

「よし、お店予約してあるんだ。急ごう」

そう言うと、先生は手で進行方向を指し示す。

「今日は何か食べた？」

赤堀先生が聞いてくる。

「いえ、昼から何も食べていません」

言ってから、急にお腹が空いているのに気づく。

「そう。白井くんは、好き嫌いはあるかな？」

先生は、店の看板を探すような仕草をしながら歩いている。

「全然。恥ずかしながら、嫌いなものないんです」

手をひらひらさせて答える。

「先生は好き嫌いあるの？」

「多少はね。でも、それほどじゃないよ」

と言い、続けて、

「白井くんも、好き嫌いがないのはけっこうなことじゃないか」

と言う。そういうセリフが、少しおじさんぽいなと思えて、ちょっと笑えた。

「今日行くのは、和食の店なんだ」

赤堀先生がこちらの顔を見た。大丈夫かな、と気にしている表情だ。

「へぇ、おとなな感じですね。楽しみです」

「そう言ってくれてよかったよ」

言うと、彼はいきなり立ち止まった。

「ここ」

声のほうに振り向くと、なんとそこは、岩助さんのマンションの一階にある「お多福」だった。

「あっ、ここ……」

思わず出た声に、

「何？」

赤堀先生が予想どおりの反応をした。

「いえいえ、ま、あとで話します。表ではなんですから……」

そううながして中に入る。

「いらっしゃい」

板さんの威勢のよい声が、二人を迎えてくれる。一枚板でできたカウンターがまず目に入った。左手には木の柵《さく》があり、その奥から、チョロチョロと水の流れるような音がしている。そして暖かい空気。

「わ〜、すっご〜い」

柵の奥を覗き込んで、思わず叫んでしまう。

奥には、大きな生簀《いけす》が作られてあった。まるでプールのようで、底のほうにはカニが這《は》っていて、水中ではさまざまな魚たちが泳いでいるのが見える。心なしか磯《いそ》の香りまでして、水族館にでも来たようだ。

「驚いた？」

「はい。お店の中に入ったのはじめてだから」

　私は言った。

「こんなところに、こんなものがあったなんて驚きですよね……」

　そう言いながらカウンター席に腰をかける。

「君、こんなところって……」

　赤堀先生が、たしなめるような口ぶりになるので、あわてて言い直す。

「あ、いえ、そうじゃないんです。実はここ、訪問看護で伺っているお宅があるマンションなんです。ここのお店も、その方が開いたお店なんですよ」

　自分の店でもないのに、ちょっと自慢したいような気分になる。ここはコンさんが開き、ここまで育てたお店なのだ。

「ああそうなんだ」

「はい、そう。だからびっくり。中は、こんなに立派だったんだ。その方が以前、女将をしていたとは聞いていたけど、まさか、毎週訪問看護に来ているマンションの一階に、こんなちゃんとした生簀があるなんて知らなかったから、すっごく感動してしまって……」

「なるほど」

　赤堀先生は、納得してくれる。

「上のお部屋に訪問していても、お店には一度も入ったことはなかったですから……」

「そう。ここの店けっこう評判で、病院の先生たちなんかも使っているよ。ぼくも何度か来ているし、ここらへんで一番美味しいお店どこですかって訊いて、教えてもらったのがここだからね」

「ああそうなんですね。それは知らなかったです」

感心しながらうなずく。それからメニューに手を伸ばした。

「じゃあ、何にしようかな……」

すると赤堀先生が言う。

「あ、コースで頼んでおいたんだけど、いけなかったかな？　おひな祭りコース」

赤堀先生は、心配そうな顔になっている。

「おひな祭りコース？　あ、そうなんですか？　でもコースなんて、全部食べられるかなぁ？」

残して、失礼になってはいけないと思ったからだ。

「それは大丈夫、ここは上品に、少しずつしか出てこないから」

赤堀先生が笑いながら言う。

「そうですか、じゃ……」

と私が言った、その時だった。

「お飲み物、お先にうかがってよろしいですか？」

声がした。見ると、和服姿のきれいな女性が、はんなりした声とともにやってきていた。彼女が身につけた香水の香りが、遅れて届く。

はっとして、急に心臓がドキドキした。どこかで見た人のような感じがしたからだ。言葉が出てこなくなった。喉《のど》もとで凍《こお》りついてしまった。説明のできない混乱と緊張。

「何飲む？　ぼく生」

「あ、じゃ、私も」

つけ加えるように、やっと言った。

「はい。ただいまお持ちいたします」

女性が背を向け、戻っていく。私はずっと目で追った。そして考える。誰だったろう。いつ会ったんだっけ――。

「お待たせいたしました」

ビールとともに、柔らかな声と、さっきと同じ香りが戻ってきた。

「女将、今日もきれいだね」

赤堀先生が、今さらのように言う。もの馴れたふうな口調を作っている。

女将？　反射的に、それとも本能的に、強い違和感があった。この人が女将？　かつてコンさんが担っていた立場。

「女将さんなんですか？」

「そう、女将の夏菜子《かなこ》さん、夏の菜の花の子」

赤堀先生はこともなげに言った。

その瞬間だった。はっと思い出した。この人、岩助さんのお宅に訪問した際、玄関ですれ違った女性だ。いつかの赤い鼻緒の女のひと――。岩助さんのお宅の玄関の土間に、それが脱ぎ揃《そろ》えられていた。

はっきり思い出した。心臓が、さらにさらにドキドキしてきた。今自分が目の前にしているこの光景、この空気の中に、不穏な何かを感じるのだ。

私の連れに女将と呼ばれた着物姿の女性は、優雅な仕草で、まるで遥《はる》か以前から女将をやっていたかのように、堂々として、自信に満ちていた。

三月四日（水）

今日もまた、佐々木菊さん八十一歳のお宅だ。前回、「おまえなんか嫌いだぁ！」と言われて以来、菊さんが苦手になっている私だ。でも今日は、先輩看護師、浅野さんと二人で訪問するから少し気が楽だ。自転車を飛ばして着いてみると、菊さんの家の前にはもう浅野さんの自転車が止まっている。

五十五歳の浅野さんは、本人には言えないが愛嬌《あいきょう》があり、ひょうきんな性格だ。しかし同行訪問となると、歳《とし》の離れた私にはやや緊張するところもある。

チャイムを押し、中に入る。菊さんに挨拶をし、バイタル測定の物品を出す。少しでも時間の節約をしようと、体温計を脇に挟んでから、白いタオルを片手に、奥の流しに、うがいと手洗いをしにいく。台所に入ると、浅野さんがすでにケアの準備に取りかかっていた。

「遅くなってすみません。今、バイタル測ろうと思って」

先に着いていた浅野先輩に声をかける。どんな声が返ってくるか内心ドキドキしながらすれ違う。

「あぁ、ごめんごめん、ありがとう」

と浅野さんが言った。すぐに謝るのは浅野さんのクセだが、それでもありがとうと温かい言葉が返ってきたのでほっとする。流しを使った形跡があったように思われ、私はそれに引かれるように流しでうがいや手洗いをすると、

「ここの家は洗面所でよ」

と、先輩の指摘の声。

その家その家で、うがい手洗いをする場所が違ったりする。流しでさせてもらうお宅もある。私はいつも洗面所でやっているのだが……、というより、私の実家ではうがいは洗面所ですることで、ご飯の支度などをする流しでうがいをすると母に「汚い」と叱《しか》られる。だから、自分のしたこの行動を指摘されてもっともだと思ったし、そんなことをした自分に戸惑ってしまった。

時間は刻々とすぎる。訪問看護Ⅲ（一時間三十分）という一番長い時間枠での訪問であるが、菊さんの場合はいつも時間ぎりぎりになるのが常である。ぼやぼやしているひまはない。

先輩が物品の準備をしている間、バイタル測定を行う。体温、脈、呼吸はなんとかクリア。問題は血圧だ、肘を曲げながら脇の下をギュッとちぢこまらせて、マンシェットを腕に巻かせてもらえない。無理にやろうとすると、ものすごい奇声を上げられる。それがとても威圧的に感じられて、私には辛いのだ。

だけど今日は二人のせいか、心なしかおとなしい。先輩の存在は大きい。看護する側に心理的な余裕があるのを、菊さんも敏感に察知するのだ。

「はい先輩。看護師の先輩。頑張ってください」

そう声をかけるのは、菊さんを挟んでベッドの向こう側に立つ浅野さんだ。浅野さんは両手で菊さんの腕をしっかりと支え、ゆっくりゆっくり、体幹から腕を離した位置で固定してくれている。菊さんもじっと見つめたまま、おとなしく従っているようだ。

認知症の菊さんだが「看護師の先輩」と言われたことで、仕事に誇りを持っていた頃の昔の自分を思い出したのか、一瞬、精神がその頃に戻ったかのようだった。

菊さんは、今でこそ寝たきりだが、その昔は大学病院で看護婦として働いていたと聞く。寝たきりになってから、大声をあげたり、感情失禁したりするようになったと娘さんが言っていた。昔の菊さんは、いったいどんな看護婦さんだったのだろう。つい興味が湧《わ》く。

あれは娘さんが病院に行く日かなにかで、仕事をお休みした時のことだった。菊さんが看護婦をしていたという話になって、ケアの最中に、その頃の話を菊さんと娘さんと私の三人でした。

「菊さん、看護婦さんだったんですか？」

私が訊いた。すると、菊さんの満足そうな笑み。

「何科だったのですか？　外科？　内科？　それとも外来勤務だったの？」

いろいろ質問を投げかけてみる。同じ職業だと思えば、自然と親近感が湧いてくる。

でも菊さんは、答えることなく黙っているから、代わりに娘さんが答えてくれた。

「いろいろよね……」

と菊さんに話しかけるように言い、

「病棟に勤務していたこともあったの」

と私に顔を向き直して言った。

それを聞くと、自然と大きなため息が出てしまう。病棟の看護婦さんだったのに、歳をとるとこんなふうになってしまうのか、とどうしても思ってしまう。

「じゃぁ、夜勤をしながらお子さんのお世話もして、家事もして、大変でしたね」

とそんな言葉が口から出た。

夜勤をしたりしながら人の命を預かる看護という仕事がどんなに大変か、私は身をもって知っている。一人身の私でさえそうなのだから、家族を持ったら相当なものだと、先輩たちを見ては常々感じていた。私にはとうていできそうにない。それこそ、気力と体力の勝負になるのだから。

「よく夜勤の前に、父と二人で母を送りにいきました」

娘さんが言った。佐々木家の主は、今は遺影となって棚の上に飾られている。

空の西側に太陽が傾いて、そろそろ夕焼け色に変わりそうになる、その少し前の時刻。小さな娘さんを真ん中に、父と母と手をつなぎ、歌なんか歌いながら、病院の裏口まで母親を送ってきた姿が目の前に浮かんでくる。

「ママ、お仕事頑張ってね」

小さく可愛い声が言う。

「お父さんの言うこと聞いて、いい子にしているのよ」

菊さんの優しい声が返る。そんな声が聞こえた気がして、思わず私は、菊さんにこんなことを訊いていた。

「お子さんを置いてお仕事に行くの、後ろ髪引かれる思いだったんじゃないですか?」

言いながらふと見ると、菊さんの枕もとに立ち、こちらの様子を眺めていた娘さんの目に、涙が滲《にじ》んでいる。この家には、たくさんの思い出が刻まれているのだ。

肉体的・精神的・経済的にどんなに大変な思いをしても、できる限り在宅で面倒を看たい。退院させて在宅を望む娘さんに、医師から再三、この状態での在宅はむずかしいでしょうと話があったという。それでも娘さんは、しっかり覚悟をして、在宅を望んだのだそうだ。一人で菊さんを看る覚悟をしたのだ。

娘さんのそんな思いが、こちらに伝わってくるようだ。病院内に消えていく母親、それを見送って、父と二人で家に帰る道すがら、子供時代の娘さんは、お母さん恋しさに、時には泣いたり、駄々をこねたりしなかったろうか。

見ると、菊さんもどこか遠い目をしている。

「はい、じゃ、血圧測って!」

浅野さんの威勢のよい声に現実に返る。浅野さんが、血圧を測るほうの腕を支えてくれている。

急いでベッドの反対側に回り、浅野さんと同じ側に立って、腕にマンシェットを巻く。なんて巻きやすいのだろうと思う。二人でやるのは、一人でやるのとは雲泥の差だ。しっかり支えられているから、血圧を示す針もいつもみたいにビュンビュン飛んだりしない。

収縮期血圧百二十、拡張期血圧七十八ｍｍＨｇ。正常値である。それもそのはず、いつもなら抵抗しどおしの菊さんだから、血圧が高く出るのも無理はない。だが今日は二人に囲まれ、おとなしくしている。

浅野先輩の、たくましくも温かな対応。もちろん支える腕力もそうだが、「看護師の先輩」と菊さんを立て、上手に励ます姿がさすがだと感じた。

ベッドを平らにして、仰向けのまま、お腹のマッサージをする。あらかじめ腸を刺激することで、浣腸《かんちょう》の反応をよくするためだ。本人はこれにも抵抗するが、そこは浅野先輩。

「菊さん、好きな歌流しましょうね」

そう言って、音楽をかける。娘さんが言うには、菊さんは童謡が好きだそうで、CDのカセットデッキから、私も小さい頃に耳にした歌が流れ出す。

すると菊さん、歌に合わせ、右手でリズムをとりはじめた。音楽が聴こえると、反射的に手首のスナップをきかせ、小気味よく弾むように動かしはじめたから、本当に楽しそうで、見ている側もこれで救われた気持ちになる。

「一、二、三」

腹部マッサージの手の動きに合わせ、浅野さんのかけ声が始まった。

十回ほどのマッサージを繰り返し、オムツの中を確認する。やはり自然排便はなく、パッドはお小水のみを含んで重くなっている。

体を左向きにする。膝と膝の間に、小さなクッションをはさむ。体位が安定したら、浣腸の処置に移る。菊さんは便秘症で、ビオフェルミンを朝、昼、晩一包ずつ飲み、そのほかに、訪問前日にベルベロン三〜五滴を服用している。下剤の効き方は日によって異なる。今日は、腸の蠕動《ぜんどう》運動がよくなってくれると嬉しい。

六十ccのグリセリン浣腸液を注入。すると案の定、いつものものすごい罵声《ばせい》が返ってきた。スッキリして気持ちよくなってもらおうとしているのに、悪いことをしているような気分になる。浣腸器の先に便の付着がないので、浣腸に反応して便が押し出されるまでに時間がかかることが予測される。いつもたいていそうだ。液を注入してしばらく待つ。やはり、時間が経過しても腸管の反応が起こってこない。一度オムツを付け直し、仰向けにし、タオルケットをかけて浣腸が効いてくるのを待つ。

その間手洗いをして、栄養液の準備にとりかかる。看護師は手洗いを徹底的に教育される。病棟勤務の頃も、一つの手技ごとに手洗いをするようにと教育された。院内感染の防止のためだ。洗面所から戻ると、物品をセッティングする。栄養剤をボトルに混入し、栄養液を作る。通常は四百ccになるが、菊さんは現在ダイエット中のため、三百ccに減量する。

これにさらに熱湯を百ccボトルに加え、四百ccに薄まったものをよく振り、混ぜ合わせる。菊さんの場合、それにとろみ粉末を三十グラム加えて、もう一度よく振って攪拌する。すると、どろりとした栄養液ができあがる。

コンさんとは違い、何故菊さんの場合とろみをつけるのかというと、通常全部で五百五十〜六百ccほどになるこれを滴下するとなると時間がかかり、そうなると訪問時間内では栄養どころか、排便の処置も終えることができない。菊さんの訪問時間は一時間半。最長の訪問看護時間枠になってはいるけれど、この時間内で栄養と排泄《はいせつ》の処置を終えるのは至難の業だ。日中独居の菊さんにとって、とてもではないが、時間をかけ、ゆっくりと落とすのは不可能で、だから最初からとろみをつけて攪拌された状態にして、短時間で胃に手作業で注入する。

栄養液の準備が終わる。小さな容器に食後薬の錠剤と、細粒を入れる。三十ccのお湯を入れ、懸濁させる。違う容器には娘さんが用意してくれている酢水を、二十から三十cc入れる。これでお昼ご飯の準備は万端だ。

菊さんは、相変わらず音楽を聴きながら、右手で小刻みにリズムをとっている。このあとに恐怖のケアが待っているのを知ってか知らずか――。

「さあ菊さん、お通じの処置をしましょう」

浅野さんがそう言うか言わないかのうち、ごろっと菊さんの体を左向きに転がし、体位を変換した。案の定、ものすごい叫び声が上がる。せっかくの童謡も、効果はなくなった。

体の下に、防水のためのビニールシートを、巻き込むようにして敷く。菊さんを少し右向きにし、背中の下で巻き込まれているビニールシートを、引っ張り出して広げる。オムツをはずし、続いてまた左向きに体位を変換する。そうしながらすかさず背中に枕を入れ、体位を固定する。オムツの敷き方も、先輩特有のやり方だ。左向きになった体の前側にも、もれて汚れないようにパッドを敷き込む。

オムツの外まで、液状の便がもれてきていた。有形の、便らしい便の排泄は見られない。やはり浣腸をしただけでは、自力での排泄はむずかしい。お腹のマッサージを行いながらの摘便《てきべん》を施す。

ご本人は大きな声を出すが、この時ばかりは目いっぱい大きな声を出してもらいたいと望む。何故なら、それによって腹筋が大いに使われ、充分な腹圧をかけることができるからだ。

「はい菊さん、大きな声を出して、お腹に力入れて」

なる。

すると、体を転がされ、さっきまであんなに大きな声を出していたのに、菊さんは急に静かに

と合わせて声をかける。

「菊さん、今日のお仕事ですよ」

と浅野さんが声をかける。私も、

「菊さん、声よ、声。さっきみたいに大きな声を出して」

私も焦ってしまって菊さんに懇願《こんがん》する。

（お〜い菊さん、さっきの威勢はどこ行ったの？）

力を出して欲しい時に限っておとなしくなる菊さん、実は全部分かって嫌がらせをしているのではないでしょうね、と思ってしまう。

けれど菊さんの静かな時間はほんの束《つか》の間《ま》、浅野さんがマッサージや摘便を続けていけば、いつもの罵声が始まる。しかしこの時ばかりは耳をつんざく叫び声にも、不思議とひと安心だ。充分な腹圧がかかり、おかげで効果的に排便処置を行うことができた。

お通じが出て、菊さん、少しはスッキリ感持ってくれたかしら。そうだとすれば、私たちの大奮闘や、心身の疲労感も多少報われるというものだが。やはり、健康で自然なお通じがあることの幸せを感じずにはいられない。

お尻を石鹼できれいに洗い、お湯で流し、絞ったタオルで拭いてきれいにする。この時、股関《こかん》節《せつ》が柔らかく、しっかり広げることができるときれいに洗えるが、そうでないと、清潔に保ち、スキントラブルのない状態にしておくのはむずかしい。菊さんは、残念ながら股関節が硬い。

オムツかぶれをしないようにワセリンを塗って、新しいオムツとパッドに交換する。余談だが、洗う際の石鹸は、そこのお宅にあるものを使わせていただいている。

汚れた寝巻きや、体の下に敷いているバスタオルを交換し、やっと終了、ほうっと脱力する。ぐったりだ。

苦闘しながらも充実したケアのあとは、お待ちかねのお食事だ。菊さんのベッドの上部を起こし、角度を四十五度ほどにする。

食事の前に汚物の処理をする。オムツなどの汚れ物は、新聞紙に包んでオムツ箱へ捨てる。下着やタオル類の汚れ物は、汚れた箇所を洗い、バケツの水に浸けておく。物品はもとの場所へ戻す。これだけの作業を終え、手洗いをすませ、居室へと戻る。

「菊さん、お昼の食事をしましょうか」

と声をかけると、こちらに視線を注ぎ、今度はおとなしくうなずいてくれた。

用意しておいた栄養液や、その他の物品をベッドの横にセッティングする。パジャマのボタンをはずし、チューブを外に出す。

「少しごめんなさいね」

取り出したチューブの先から、カテーテルチップシリンジで胃内容物の逆流を確かめる。

「菊さん、いただきます」

菊さんがうなずく。先ほど用意しておいた栄養液を、チューブを通して胃の中へ注入する。
二、三回、栄養液を注入する。菊さんの様子に、特に変化はない。栄養液も、チューブ内に抵抗なく注入できている。菊さんの表情が徐々にやわらぎ、満たされていく気分がこちらに伝わる。

四百ccほどのすべての栄養液を注入し終わる。今や菊さんの様子は、お乳を飲み終わって眠ろうとしている赤ん坊のようだ。

赤ちゃん扱いをしているわけではない。誰でも暖かい布団にくるまり、お腹が満たされれば、幸せな気分になるのではないだろうか。むろん、生活に不安や悲しみを感じなければの話だが。

菊さんは、本当に穏やかな表情になった。こんな時の菊さんは、いったい何を思っているのだろう。

三月六日（金）

昼寝から目覚めるともう夕方で、カーテンの隙間を覗くと、昼間明るかった空は、桃色がかっていた。空に浮かんだ白い雲が、ピンクに染まっているのだ。

身仕度をして、階下におりて自転車に跨がる。ゆるゆるとこぎ出し、あてもなく走って、どこかしらと思う場所に出たが、なんとか軌道修正でき、音無川のほとりに出ることができた。ここまで来れば、川沿いに進むだけだから迷うことはない。

ゆっくり進むと、釣り糸を垂れている人影を何人か見る。まさかここで釣れた魚を食べるわけではないだろう。そう思いながら走っていたら、岩助さんのマンションの前だった。ついついここに来てしまう。コンさん岩助さん夫婦が気になるのだ。

「お多福」の前に来ると、「フグ、入っています」、と店の入口脇に貼り紙がされていた。自転車

を止め、ぼんやり見ていると、

「おや、はるかの白井さんじゃない？」

と男の人の声がした。声のほうを向くと、訪問看護で伺っている、もと自衛官の内藤和平さんだった。以前、介護認定について不満を言っていた方だ。この方自身も軽い脳梗塞を起こし、今は杖《つえ》をついて歩けるようになっている。

「あらあ、和平さんじゃないですか。こんなところでバッタリなんて」

「本当だね」

と和平さんも言った。ここまで歩いてきた様子だが、自宅からはけっこうな距離になる。今日は特別調子が良いのだろうか。

「足運び、もう以前と変わらない感じではないですか」

「はははは。まあ今もこうして続けていますから。リハビリの成果が出ているのかな」

そう笑う和平さん、もと自衛官だけあって、毎日こつこつとやる努力家なのだ。

「白井さんはまた、どうしてこんなところに？」

「ええ、ちょっと通りかかったものですから」

「この貼り紙、どうかした？」

「はい……。フグっていつでもあるものではないんですね」

お多福の貼り紙を指差して言うと、女将の白い顔が浮かぶ。

和平さんはゆっくりうなずいた。

「フグは冬の魚でね、三月までなんだよ」

「ああそうなんですかぁ」

知らなかった。

「夏にはね、フグの毒、強くなるんだよ。だから料理人が嫌うの、危険だから」

「へえ」

「ここのは美味しくて評判だよ。板前の三郎《さぶろう》さんの腕がいい。下関《しものせき》から仕入れてるって聞いたな。だけどフグは、いつ来ても食べられるってもんじゃないからね、これでもうおしまいじゃないかな。もうこの冬の食べおさめ」

地もとで評判のお店だからか、和平さんもよく知っている。

「そうなんですねー。じゃ、私もここにフグを食べにこなくっちゃ……」

そう笑って、和平さんと別れた。


部屋に戻ろうとする頃には、街はすっかり暗くなってしまった。

「ライトつけなさーい！」

無灯火で走っていたら、おまわりさんにそう声をかけられた。暗がりで相手が見えなかったから、声に驚いてしまった。

ついついまだ大丈夫だと思っていたから、ライトをつけ忘れてしまった。ポンッとレバーを下げると、ペダルが重くなり、かわりに前方が少しだけ明るくなる。

商店街では、周囲の店々の明かりがあるから、不便を感じないのだ。通りを折れ、住宅街に入ると、あたりは暗くなり、自転車の明かりが分かる。

部屋に帰って、ごろんと、そのままベッドに横になった。

何をしたわけでもないのに、なんだかどっと疲れが出た。そのまま眠りにつけそうだった。意識がなくなりかけたその時、携帯が光って着信音が鳴った。

ベッドに転がっている携帯に手を伸ばし、開くと、赤堀先生からだった。

「もしもし」

「あ、もう寝てた？」

眠たげな声だったのだろう、
と先生は言った。後ろで何やら、ごちゃごちゃと音がしている。

「あ、大丈夫ですよ」

眠い頭をゆすって起こした。

「はい先生、どうかしたんですか？」

「いや、別に用じゃないんだよ。ごめんね」

そんな言い方に、相手に気を遣う彼の性格が出る。

「あ、いえ、そういうわけじゃ……。こちらこそすみません。もしかして、急用かと思って……」

医師から電話があるなんて、ついあまりいいことではないような気がしてしまう。学生時代ならまだしも。

「あのね白井くん、もしよかったら、この前の店に、フグでも食べにいこうよ」

食事の誘いらしかった。なんというタイミングのよさだろう。

「はい、行きます！」

ベッドから飛び起き、正座して、しっかりと携帯を持ち直す。

「えっ、何？　どうかした？」

私のあまりの変わりように、先生のほうが驚いたらしい。

「あ、いえ、すみません」

思わずクスッと笑う。

「喜んでくれるのだったら、こちらとしては願ったり叶ったりだけどね」

先生が、ちょっとひいたふうに言う。

「すみません。実は私も、そうしたいなーって、今思っていた矢先だったものだから」

「へえ、それはすごいタイミングじゃない。ぼくのメルアド、知ってたっけ？」

確か前にメールをもらっているから、メモリーされているはずだ。

「はい、確か残っているから、分かります」

「そう。じゃ、そっちの空いている日にちをメールで知らせておいてくれないかな。近いうちに調整して、こっちから連絡する」

「じゃ、来週の金曜日はどうですか？」

「来週、金曜っていうと……、十三日？」

「はいそうです」

「いいよ、空いてる」

「よかった」

「じゃ十三日、六時でいい？」

「はい」

「じゃ、楽しみにしてる」

そう言って、電話は切れた。

まるでさっきの和平さんとの会話を誰かが聞いていて、赤堀先生に教えたかのようなタイミングのよさだ。

（フグかぁ……）

そう思いながらベッドに横になって目をつぶると、その瞬間、ちょっとしたことが思い出され、目がパチッと開いた。フグの卵巣――。

以前、父にお土産を送ってもらった。フグの卵巣の塩漬けで、珍味なのだと父が言っていたっけ。食べたこと自体もうすっかり忘れてしまい、味の記憶などないのだが、茶色い塊の記憶は、しっかりと残っている。

すぐに起き上がり、机の上のパソコンを開く。インターネットに接続して「フグ　毒」で検索開始。すると、何件もの回答がヒットした。

「テトロドトキシン」、化学式「$C_{11}H_{17}N_3O_8$」。フグの肝などにあるとされる猛毒で、青酸カリの約千倍もの毒性があるという。約二ミリグラムで人一人を死にいたらしめる。卵巣には四、五人を殺す毒があり、サリンの威力に匹敵、とある。サリンと聞くと、オウム真理教が起こした地下鉄サリン事件をたちまち思い出した。

中毒の症状は約三十分で顕《あらわ》れ、頭痛、吐《は》き気《け》、口唇《こうしん》の痺《しび》れが出現。次第に手足の感覚、皮膚の感覚、味覚、聴覚、ありとあらゆる感覚が麻痺してくる、とある。
さらに進めば骨格筋の弛緩《しかん》、深部腱《けん》反射消失、運動不能、つまりありとあらゆる臓器の機能が麻痺してくる。その結果、発声不能、嚥下困難、チアノーゼ、胸内苦悶《くもん》、血圧降下、不整脈、意識混濁、呼吸停止、心臓停止に至る。体内に毒が入り、三十分もすればさまざまな症状が起きてくるようだ。

興味深いことには、対処として人工呼吸、心臓マッサージにて約八時間もちこたえることができれば、急速に回復、後遺症も残らない、とある。つまり、感覚が鈍《にぶ》くなり、あらゆる臓器が停止に向かっても、人工呼吸と心臓マッサージによって、酸素化された血液が体内を巡り続け、心臓、脳、肺、腎臓《じんぞう》、肝臓などをはじめとする各臓器への酸素供給が保たれれば、八時間もすると、体内で自然に解毒されるということらしい。テトロドトキシンの解毒に要する時間は、約八時間ということになる。

こんなことに猛然と興味が湧くのは、たぶん私がミステリー好きのせいだろう。女の殺人者は毒殺を好む――高校の頃読んだ推理小説の一節が思い出される。パソコンの電源を落とそうとした時、「フグの卵巣の糠《ぬか》づけ」の文字が目に飛びこんできた。これは父からお土産にもらった、あれのことではないか――?

文字をクリックし、下に向かってスクロールする。石川県で生産。やはりそうだ、父も石川県の金沢を旅行した際、これを購入したと言っていた。ほかでは手に入らないから、とても貴重なものだとも言っていた。作り方を見ると、「一年以上も塩漬けにし、さらに糠に漬け込んで毒を抜いた珍味」とある。ずっと昔から石川県に伝わる製法だが、何故それで毒が抜けるかは分かっていない、とある。

ベッドから起きだし、閉めておいたカーテンを少しだけ開けると、外の木々は静かなままだ。暗い空に半月よりちょっと大きいくらいの月がぽっかりと浮かんでいる。青白い光に吸い込まれそうな思い。

そして、何故なのか、青白い月の横に、お多福のあの女性の整った顔が浮かんだ。

三月十二日（木）

三月になり、春はまだかと気だけはやる。時おり、春らしい陽気を見せるがすぐにまた冬の寒さが戻ってきて、気候の変化が激しく、体調を崩しやすい。準備をして訪問に出る。コンさんのお宅だ。二週間以上ぶりの訪問になる。

自転車に跨がり、小路《こうじ》を抜けて大通りに出ると、冷たい風がいっそう強く吹いてきた。襟を立てて、思わず顔をうずめる。向かい風が容赦なく吹きつけ、ナイロン製の合羽が体にピタッと張り付く。

音無川の橋を渡らずにその手前を左に曲がり、音無川に沿ってしばらく進むと、コンさんの住むマンションが見えてくる。自転車をこぎながら、七十メートルほど先にあるコンさんのお店の入口に、人影が動くのを見た。着物姿の女性だ。赤堀先生もお熱のあのはんなりだ。暖簾をお店にしまい込んでいる。昼時を終え、休憩に入るのだろうか。

マンションの入口に着いたら、店のドアはもう閉められていた。暖簾の代わりに「準備中」の札が表にさがっている。

マンションの入口のインターフォンを押して名前を言い、扉のロックを解除してもらう。

ブーンという音を聞いてマンションに入ると、シンと静まりかえっている。さっきまで、耳の側で唸っていた風の音が嘘《うそ》のよう。冷たくなった頬《ほお》に手を当てると、耳もきんきんする。鼻の頭を触ると、冷たくなっている。

エレベーターで五階に上がり、コンさんの部屋の前に着くと、インターフォンを鳴らした。

「はるかの白井です」

岩助さんの声の前に、こちらが言った。

「はい。待っていましたよ、どうぞ」

岩助さんの声がしたのでノブをひねると、鍵はかかっていない。

玄関に入ると、三月三日をすぎているのに、お雛様とお内裏様が、靴棚の上に置かれたままになっている。ひな祭りをすぎてお雛様を出しっぱなしにしていると、お嫁に行き遅れると言うが、コンさんのお宅には関係ない。

その上に貼られているカレンダーに目をやる。二月が終わり、三月のカレンダーに替わっている。やはり日付の下に、あの不思議な字が書いてある。

「SM、D」というアルファベットがほとんどだ。それらの中に、「SM」だけのアルファベットがたまに一つ入れられている。これはどんな意味なのだろう。薬の名前だろうか、いや、そんな薬は飲んでいない。不思議に思いながらカレンダーを見つめていると、

「待ってましたよ、待ってましたよ」

奥のほうから、軽快な声とともに岩助さんが姿を現した。にこやかで、とても機嫌がよさそうだ。

「こんにちは」

私も気持ちよく挨拶ができた。

栄養チューブの挿入口を点検する。一週間ほど前に病院でチューブの取り換えをしてから、微量の出血が続いている。これをきれいに拭き取り、消毒する。肉芽が、まだきれいに形成されていないようだ。軟膏を塗り、ティッシュを紙縒《こよ》り状にして、根もとに渦巻き状に巻く。

「岩助さん、栄養液の注入中にもれたりはしないですか」

と、やはりリビングにいて、知らん顔を決め込んでいる岩助さんに問いかける。さっきのご機嫌はどこへやらで、もうむっつりしている。少し考えたふうにしてから、

「最近はそんなことはないねぇ。ティッシュを巻いていると吸ってくれるけど、最近は汚れてない、そんなにもれてない感じだよ。日によって違ったりするんだけれどね。どうやってももれる時はもれるしね」

と、のんびりした口調で応えた。

「すわり方による場合もあるようですよ」

と、背中が丸くなり気味のコンさんなので、胃が圧迫されないようなすわり方を試してもらうように説明する。挿入口から少し出血があったので、化膿《かのう》止めの軟膏を塗っておいた。感染の可能性はないとはいえないが、ほとんど心配はなさそうだ。

出血も少量なので、やめておいた抗凝固薬も飲みはじめている。これに関しては大きな心配は

なさそうだ。出血も、増えたりする可能性は低いだろう。来週の火曜日まで、様子を見ることとする。

「チューブのほうの経過も順調ですね」

と言いつつ、次の作業に取りかかる。今日は膀胱留置カテーテルの取り換えの日だ。ひと月ぶりの交換になる。お小水の管はけっこう汚れやすい。薬を飲んでいるせいもある。尿自体も浮遊物があり、汚れているが、これは水分を飲んで尿を出すという循環が滞りやすくなっているためだ。

膀胱留置カテーテルとは、本来短期間入れておくべきもので、長期になる場合は、お腹から直接膀胱に管を挿入することになる。異物が入ることは違和感があるのと、感染の原因になりかねないので、可能であれば膀胱の訓練をして、お小水の管を抜いてオムツにしたほうが、管によるトラブルはない。

抜くことができない場合はしようがないが、お小水の管をずっと入れっぱなしにしていると、何かとトラブルが多いのも事実だ。ただ悪いことばかりではなく、状況的にオムツ替えができない場合は、管が入っていたほうがいわゆるオムツかぶれの心配がない。

私が訪問看護ステーションはるかに来た当初、コンさんのお小水の管が、長い間入れたままで替えられていなかったことがあり、微熱が続いていたコンさんの、お小水の管を取り換えた途端に熱が下がったという話を聞いた。逆行性感染といって、ぶら下がっているお小水が溜まるバッグの廃棄栓の管から菌が侵入してバッグ内で増殖し、菌が管の中を伝って膀胱に入ってしまうということがある。

最近では膀胱留置カテーテルやバッグが改良され、そうならないための仕組みが施されている。訪問看護や在宅看護の場合は、介護生活が長期になるので、なかなかコンスタントに取り換えるべきものを取り換えられないことも多い。熱はさまざまな原因ですぐに上がったり下がったりするので、そのまま様子を見る場合もある。

在宅での長期にわたる療養生活で、介護側にも相当の疲れが出るだろうし、それ以上に、長い間経過をみ続けていると、ついつい自分の感覚的な判断を信じるようになる傾向もある。また熱の原因が何かの特定は、むずかしい場合が多い。

「コンさん、ひと月ぶりにお小水の管、取り換えましょうね」

と言ってコンさんに笑いかける。コンさんは、いつものこととしたり顔だ。

人生の大先輩は、私などに言われずともすべて分かっている。自分の体は自分が一番よく知っていると言わんばかりだ。膀胱留置カテーテルを抜き、コンさんの体に、いったんタオルケットをかける。

「お小水捨ててくるので、ちょっと待っていてくださいね」

そう言って、右手につけていた手袋を裏返し、抜いた管の先端からお小水がこぼれないように包んで、バッグの中身をトイレに捨てにいく。

リビングからトイレまでの廊下には手摺りが取り付けられていて、トイレのドアを開けると、中にも同じように付いている。今ではもう使うことはなくなったが、まだ寝たきりになる前は、リハビリも兼ねて、コンさんがトイレに歩いてきていたんだなと分かる。今は岩助さんがこれを使っている。

トイレの便座を上げ、管のコネクターを開いてお小水を流す。空になったバッグは、袋に入れてステーションに持ち帰り、病院の医療ゴミに廃棄する決まりになっている。居室に戻る前にバスルームに寄り、保清用のバケツにお湯を入れ、これにタオルを浸して持っていく。お湯は、六十度くらいの熱めのお湯にしておく。

居室に戻ると、岩助さんは相変わらずリビングのソファにすわっている。囲碁の番組を見ているらしい。そういえばさっき来た時、玄関に置かれていた碁盤の上に、碁石が三つ並んでいた。

和室に入ると、コンさんが静かに天井を眺めている。

「コンさん、関節の運動をしましょうね、ちょっと熱いですよ」

と、タオルケットから腕を出し、固く絞ったタオルをビニール袋に入れて、寝衣の上から腕全体を温める。

「んー」

コンさんが、気持ちよさそうに目を閉じ、声を出す。その思わぬ反応に嬉しくなる。

麻痺して拘縮している側の腕の筋肉を、揉《も》みほぐしてから腕の曲げ伸ばしをする。デイサービスでは、理学療法士さんにリハビリをやってもらっている。精悍《せいかん》な顔立ちの男性だ。以前、私がいる時に彼が顔を覗かせたことがあり、訪問の際にもできるリハビリの、アドバイスを求めたことがある。

ベッド上で関節の曲げ伸ばしをする際、呼吸に合わせて行うように、との指示だった。関節を温めるとよいのだが、麻痺のために感覚が鈍くなっているから、温度に注意して火傷《やけど》をさせないようにとも言われた。

指の先までゆっくり伸ばして、今度は反対側の腕に取りかかる。腕が終わると、股関節や膝の関節を同じようにゆっくり曲げる。体を横に向け、腰を少しくの字に曲げ、脇腹と腰を支えて、ユラユラと揺らす。

コンさんはこれがまた気持ちいいようで、右向きと左向き、五分ほどずつやると、目を閉じて静かに眠りはじめる。

「コンさん、終わりましたよ」

そう声をかけると、コンさんがはっとしたように目をあける。そして、黙ったままで首を二度ほどうなずかせ、お礼を言ってくれる。この時ばかりは本当に気持ちよさそうにしているので、こちらとしても至福の一瞬だ。

予定の処置がすべて終わり、帰る頃になると、囲碁の番組も終わり、岩助さんもソファでうたた寝をしている。暖房がつけっぱなしなので、部屋が乾燥しきっていた。

「岩助さん、終わりましたけど、部屋の中暑すぎませんか？　エアコンつけっぱなしですし、乾燥にも気をつけてくださいね」

言うと、眠そうな目をパチパチさせながら、岩助さんが加湿器のスイッチをオンにした。

リビングいっぱいに張り巡らされている窓ガラスは曇っていて、その向こうに、雨に煙る町並みが望める。一旦止んだ雨がまた降ってきている。

廊下を進み、玄関先まで出て、雨に濡れた合羽に袖《そで》を通すと、ひんやりした感触が体を包む。玄関ドアのノブに手をかけると、後ろから岩助さんに呼びとめられた。

「白井さん、ちょっと待って。これ、よかったらもらってくれない？」

岩助さんが、手に何かを持ってきている。見ると、透明な容器に輪ゴムがかけられていて、中にはピンク色をして桜の葉っぱで包まれた、丸いものが入っていた。

桜餅《さくらもち》に見えるが、自分がよく知っているそれとはちょっと違う。表面がぶつぶつしている。

「え、桜餅ですか？　これ、美味しいんですよね」

言うと岩助さんが、

「そうそう。道明寺《どうみょうじ》って言うんだよ」

と教えてくれた。

「ふ～ん。あっ、でもいただきものはしないことになっているし……」

困っていると、

「いや～、こっちも買いすぎてしまって、二人しかいないからさ、もらってもらえると助かるんだけどなあ」

と岩助さんもまた、困ったような顔をしている。どうしようかとしばらく迷っていると、

「早く食べないともったいないから。ちょっとだけだから、いいから、いいから」

と私の手に持たせてくれ、ついもらってしまうかたちになった。

「す、すみません」

困りながらも、まぁいいか、という気持ちで廊下に出ると、室内とはあまりにも違いすぎる冷たい空気が頰に触れて、温度の差が私を辛い気分にさせた。

三月十三日（金）

「もしもし、赤堀先生」

　携帯で呼びかけると、向こうから眠そうな声が返ってきた。

「はい……、あっ、あとでかけなおすから」

　それだけ言うと、いきなり電話を切られた。もうお昼なのに、先生はまだベッドの中のようだ。ちょっと不快な気分が残る。それというのも、確たる根拠はないのだが、異様なあわてぶりに、女の気配を感じたからだ。先生、女と一緒にいる——？　この不快感は、ジェラシー？

　電話を切ると、表からにぎやかな声が聞こえてくる。都電通り沿いにある部屋から歩いて十分ほどのところに、サイクリングロードの周回路が完備された公園がある。その中央には湿地帯があり、子供たちが水辺で遊べるようになっている。少し離れた場所には野球とサッカーのグラウンドがあり、休日の昼間ともなると、お弁当を持って行く家族連れも多い。

　ラジオのスイッチを入れると、ジャズのナンバーが流れてきた。聴きながら紅茶を飲んでいると、積み重ねたノートの上で、携帯がブルブル振動した。

　急いでラジオのボリュームをしぼり、電話に出ると、赤堀先生からだった。あれからもう一時間も経っている。

「もしもし白井くん」

　赤堀先生は、いつもと変わらぬ調子で話しかけてきた。

「先生、やっとお一人になりました？　もう電話しても大丈夫なの？」

と意地悪く訊くと、

「え……、嫌だな白井くん、なんか変な想像してない？　昨日当直で、ほとんど寝ていなかったんだよ。頭ぼんやりしてたから」

と赤堀先生は、なにやら下手な言い訳をした。その下手さから、また女を感じる。

「先生、今日約束しているの、憶えてますか？」

「え、そりゃ憶えてるよ」

とあわてたように言った。

「今日は六時にお店予約してありますけど、お時間いいですか？」

「六時ね、ＯＫ。ところで……？」

「はい、無事入荷できてるそうですよ、フグ。お楽しみに」

そう言って、電話を切った。


パンツスーツに身を包み、いそいそとお多福に向かう。中に入ると、この間の席に先生がすわって、先に一杯やっていた。

「すみません、お待たせしました……、先に始めてくださっていてよかったです」

同じものを頼みしばらくすると、女将がやってきて、目の前に生ビールを置いていく。

女将のほうに向くが、向こうはそ知らぬ顔だ。クールな表情と所作に、なかなかの演技ぶりが感じられる。先生とも会話をしない。先生も話しかけない。親しくなったことを、二人で隠しているようにもとれる。私の勘ぐりすぎだろうか。

「じゃ、あらためて乾杯しよう」

赤堀先生が言う。ジョッキをガチンと鳴らして、春の生ビールを楽しんだ。

本日入荷のフグ尽《づ》くしの料理が、次々に運ばれる。

「いただきま〜す」

あえて呑気《のんき》にそう言ってから、自分は食べず、先生の顔をじっと見る。

「何？」

視線を感じて先生の動きが止まる。口もとには、今まさに白子が運ばれようとしていた。

「まああ、どうぞどうぞ」

言ってすすめる。先生が白子を口に含んだ。

「どうですか？」

「うまい」

そう言いながら、先生は顔をほころばせる。その様子を見ていた板さんが、

「大丈夫ですよお嬢さん。安心して召しあがってください」

と言った。心の内を読まれ、赤面する。

「いただきま〜す」

そう言って、私も白子を口に運んだ。フグの白子は柔らかく、とろっとして、とても美味しかった。

「先生、白子って何だか分かります？」

「何？」

と言うので、本当に知らないのかと驚いてしまった。

「精巣ですよ……」

そう小さく言うと、

「だから君、食べるの躊躇《ちゅうちょ》したわけ？」

「いえ、そうじゃないです。そんなの看護師なんですから、平気な顔で食べちゃいますよ。それに私、一度はアマゾンの奥地とかにものを食べにいく、レポーターに憧《あこが》れたこともあったんです」

そう言うと、先生は意外だという表情をして、笑った。

「それよりフグなんですから、毒があるって言うでしょう？　しかも肉の部分ならまだしも……。だから躊躇したんです」

そう言うと、先生はやっと、なるほどという顔をした。食べながら奥を見ると、客と談笑している若女将の姿がある。私は急いで携帯を取り出し、その様子を素早く盗撮した。

「どうしたの？」

先生が言った。

「え？　あんまり美人だから、私ファンになっちゃった」

と言って、ごまかした。

「そんなに気に入ったのかな、このお店」

彼は能天気なことを言った。

最後にお店の女の子が雑炊を作ってくれた。卵でとじてあって、優しくてほっとする家庭の味がした。これが、もしもあの女将が作ったものだったら、こんなふうに食べられたかな、と思ってしまうのは、若女将である夏菜子への敵対心からだろうか。

噂《うわさ》どおり、お多福のフグは絶品だった。店を出てから、赤堀先生と二人、夜道をほろ酔い気分で歩いた。そばで音無川のせせらぎが聞こえる。まだ冷たい夜風が、酔ってちょっと熱くなった頬に心地よい。

「先生、酔いざましにコーヒーでも飲んでいきませんか？」

こっちから誘う。

「そうだな、ここから喫茶店まで歩けば、いい散歩にもなるしな」

二人でブラブラ歩くのは悪くなかった。酔っぱらっていたせいか、何を話したかは憶えていない。赤堀先生は手を握ってきたりもしなかったけれど、それが私の安心感を誘った。

里山珈琲房《さとやまコーヒーぼう》という喫茶店の前まで来ると、すでに閉店一時間前で、店内にはもう人けが少なくなっている。店員も心なしか、いそいそと閉店の準備に取りかかっているように感じられた。

カランカラン、カランカラン。ドアを開けると、鐘が鳴った。

「二人ですけど、いいですか？」

店員に問うと、

「どうぞ、お好きな席に」

と言ったので、入ってすぐのコーナーにすわった。

「私、アイスコーヒーって思ってたけど、ジンジャーエールが飲みたくなっちゃったな……」

二人で同じものを頼むと、やがてテーブルに氷の入ったグラスと、炭酸水の緑色の瓶《びん》が二本並べられた。

手前の瓶に手を添えると、先生もすかさず自分の前の瓶を持った。目が合い、にっこり笑って、お互いのグラスにジンジャーエールを注ぎ、静かに乾杯の真似をした。

舌に甘いびりびりが感じられる。少し無言の間があった。

「先生、今日はおいしいフグをごちそうさまでした。ところで私、フグの毒について調べたことがあるんです。テトロドトキシンっていって、サリンの毒性に匹敵するのだとか……」

そこまで、言うと、

「へぇ〜、勉強熱心だね」

「フグの毒、もし体内に入ったらどうなります？」

「え？　フグ毒の勉強会？　そりゃまず、舌の感じで分かるはずだね、口に入れたら。痺れるとか、苦いとか……。それで、普通は吐き出すはずなんだ。だけど、もしも呑み込んでしまったとしたら、体は毒を体内から出そうとするから、吐いたり、下痢したり、そういうことが起きるだろうね」

「ああ、はい」

「そのうちに毒が効いてくれば、神経系や各臓器の機能が低下してくるような症状、そうだな……、たとえば痺れ、眩暈《めまい》、意識消失、手足の脱力感、呼吸停止、徐脈……、ショック症状の末に、心臓が止まるだろうね。ま、簡単に言えばだが……」

先生がそう説明してくれる。なるほど、先日調べた内容とほぼ同じだ。

「人間の口や鼻って、敏感なセンサーだからね、体に危険なもの、たとえば腐敗したもの、毒性のありそうなものは本能的に嗅《か》ぎ分《わ》けて、まず体内に入れないよね」

「それ、お年寄りもそうですか？」

無意識に自分が口にした言葉に自分で驚く。いったい自分は何を言いだすのだろう、そう思いながら訊いた。

「そりゃそう。お年寄りも同じ、素早く吐き出すよ。だって口腔《こうくう》内っていうのはたくさんの血管が張り巡らされているから、ここから毒が吸収されることはあり得る、ものによるけど。だから急がないと」

うなずきながら先生はつづけて言う。

「ただそれは口での反射の話」

「はい」

「お年寄りは、残念ながら神経や嘔吐反射が鈍くなっていることが多いよね。だから、もし間違って毒が体に入った場合、体が反応しない可能性は高くなる」

「間違って入る？　それ、つまり、口からものが食べられないような人のことですか？」

「うんそう。そういうことだね」

「経管栄養とか……？」

自分で言った時、髪の毛が逆立《さかだ》った。

「うん、ま……、そういうこともあるだろうねぇ……」

つぶやくように先生は言う。

三月二十四日（火）

今朝はなんだか無力感に襲われている。窓の外には明るい空が見えているのに。天気はよさそうだが、暖かくなってくれるだろうか。

お昼ご飯をすませると、気分は少し紛《まぎ》れる。ステーションで記録を作成していると、浅野さんが、

「コンさんち、まだ冷戦続いているみたいで……。もう、早く仲直りしてよって思うんだよねー。やりにくくってしょうがないよ……」

と前の席の高橋《たかはし》さんに向かって話している。

「えーっ、まだ続いているの？」

高橋さんが、目を丸くしている。

二人の会話を聞きながら心配になる。

「私、今日これからコンさんちの訪問なんですけど……」

顔を上げ、おずおずと横から声をかけると、

「そうだよね」

と高橋さんが、少し気の毒そうに私に向かって返事をしてくれた。

「そうだ白井さん。コンさんちで何かもらわなかった？」

高橋さんが訊いてくる。すぐにこの前いただいた桜餅のことが思い出された。

「あ、そう言えば……」

ゆっくりと口を開くと、高橋さんが目をさらに見開きながらうなずいている。まるで、私が頭に思い浮かべている桜餅のことを見透かしているかのようだ。

「あの、和菓子をいただきました、桜餅。道明寺って言っていました」

言い終わるとすぐに、

「私もー、美味しかったよねぇ」

と同調して、高橋さんがニコニコ顔で言う。それを聞いて少し気がゆるんだが、すぐに、

「岩助さんがどうしてもって言って、持たせてくれたんです」

言い訳のようにつけ足す。

「そうなんだよね。二人しかいないのに、いったい誰が食べているんだろうね。まさかコンさんは食べないだろうし」

高橋さんが言いかけると、それまで黙って聞いていた浅野さんが口を開き、甘えたようなもの言いをする。

「えーっ、私もらってないよー。そんなことあったの。そんなの食べすぎじゃない？　ダメだよ」

と言いだした。コンさん宅に、浅野さんのチェックが入りそうだ。

「白井さん、今日これからコンさんちの訪問なんでしょう。甘いもの食べすぎてないか、そこらへんチェックしてきたほうがいいね」

やはり来たかと思いながら、

「はい。そうですね」

と返事をする。

確かに私の時だけでなく、高橋さんの時もそうであれば、ここ最近、和菓子を買っている頻度が高そうだ。

以前、饅頭《まんじゅう》好きなおじいさんがいて、ご飯を食べるより饅頭、と日課のように和菓子屋さんに通っては小さな饅頭を一つ買い、毎日の楽しみにしていた。でもコンさんのお宅ではそんな話は聞いたことがない。以前にはまったく聞かれなかったことだし、急に和菓子が好きになったのだろうか。連日、誰かお客さんでも来ているのだろうか。

ステーションを出ると、表には久しぶりに暖かな陽射しが降り注いでいる。自転車をこいでいくのが気持ちよい。いつものコンさん宅への道を、軽快に走る。三寒四温とは言うものの風は穏やかで、冬の厳しい顔をすっかり忘れたようだ。

五階のコンさん宅のドアを開けると、上がり口にまた碁盤が置かれている。最近ではもう見馴れてしまい、碁盤に違和感を覚えなくなった。

「はるかさん、今日は外も暖かいでしょう。こんな陽射しだから、ソファに寝そべっていたらうとうとしちゃって……」

笑いながら岩助さんがリビングから姿を現すと、そう話す。この陽気だったらそうだろう。自転車をこいできた私でさえ、あくびが出そうだ。

「コンさんはお変わりないですか?」

何気なく聞いたつもりが、急に岩助さんの表情が曇ったのが見て取れた。浅野さんが言ったとおりだ。まだ二人の冷戦は続いている。

「何も変わりないよ」

なんだか平静を装ったふうの顔で、岩助さんが答える。

「岩助さん、最近碁をなさるのですか」

話をそらすと、ようやく岩助さんの表情がくずれた。

「碁ねぇ、最近、あんまりやらないね……」

意外な答えだった。（いつも玄関先に碁盤が置かれているのはどうしてですか？）と訊きそうになったが、何故か訊いてはいけないような気がして、ただうなずいてみせた。

リビングに入ると、眼下に音無川の川面《かわも》がキラキラしている。最高の眺めだと思い、ゆっくりこのまま景色に酔っていたい衝動に駆られたが、そんなこともしていられない。リビングに隣接している和室の端に置かれたベッドの上で、コンさんが天井を向いて寝ている。

「コンさん、こんにちは」

言いながら和室に入ると、コンさんがゆっくりと首をこちらに向けてくれる。

「こんにちは」

もう一度、言いながらお辞儀をする。するとコンさんが、こちらに向けていた視線を遠くにそらす。その視線の先を確認しようと私も後ろを振り向くと、リビングにいる岩助さんが、背中を向けて伸びをしている。コンさんのほうに向きなおると、コンさんの目は再び天井のほうを向いていた。

コンさんのほうへ近寄り、

「お昼はすみました？」

と問いかけるが、反応はない。訪問カバンからバイタルセットを取り出す。ひと通り測定をするが、異常は見られなかった。

「お熱もないようですね。よかった」

最近、熱を出して入院している人が多いと聞く。高熱が続いて体力を消耗すると、ご飯も食べられなくなり、状態が一気に悪くなる場合がある。そういう話を聞いてきたばかりだ。そんな中、コンさんはおうちでこんなふうにすごせているのだから幸せだ。

尿バッグ内の尿量も確認する。十分の量が出ている、脱水傾向もないようだ。

「今日は久しぶりに天気がいいんですよ。音無川がキラキラ光ってすごくきれいなんです。陽射しは暖かいし、こんな日は気持ちがゆったりします」

バイタルセットをカバンにしまいながら、そうコンさんに話しかける。

「私も見たいわ」

コンさんの口が、そう言ったように聞こえた。

「えっ？」

思わずコンさんの顔を見つめる。コンさんの目が、黙ったまま穏やかな眼差《まなざ》しで天井を見つめていた。

いつも話すことのないコンさんの口から言葉が発せられたのが、とても嬉しく感じられた。コンさんが、確かに自分で意思表示をしたのだ。驚きつつも、コンさんにたくさんたくさん言葉を返してあげたい衝動に駆られる。そういう自分を抑えながら、

「コンさんも音無川見たいですよね」

そう言ってコンさんの方を振り向くが、何も返事はない。でもコンさんがあのきれいな音無川を見て感動してくれたら、どんなに嬉しいことだろう。コンさんにもぜひこの感動を味わってもらいたいという衝動が起こった。

「コンさん、今日のケアはリビングでしましょうか」

言ってすぐ、この提案を岩助さんに伝えにいく。

「岩助さん、今日は天気がよくて、ここからの眺め最高じゃないですか。コンさんも見たいっておっしゃるので、眺めを見ながらケアしたいと思うのですけど」

車椅子の場所はここだなと目星をつけながら、岩助さんに話す。

「あっ、そう。そんなこと言ってる？　まぁ、そのほうがあいつも喜ぶんならどうぞ」

岩助さんは、快く承諾してくれる。冷戦中だといっても、基本的には優しい人なのだ。私自身、急にテンションが上がり、張り切り感が出てきているのが分かる。私もここからの景色を眺めながらのケアのほうが、癒やされる気がする。

「じゃ、すぐに準備に取りかかりますね」

すぐに洗面所に向かい、足浴用のバケツにお湯を張る。リビングにビニールシートを敷き、その上にバケツを置く。和室の入口に車椅子を設置する。

「岩助さん、一緒にお願いします」

車椅子までは、二人でコンさんを抱きかかえて連れてこなくてはいけない。岩助さんに協力を求める。

「はいよっ」

岩助さんの返事も、心なしか気合が入っている。ベッドに横たわるコンさんに向き直り、

「コンさん、ベッドから起きますよ」

声をかけながら上体を起こす。

足をベッドの下に下ろし、コンさんの両脇を岩助さんと二人で支えて抱き上げる。コンさんの腰を私が右手で支え、岩助さんとの間にコンさんをはさみ、ゆっくりと歩みを進める。和室からリビングへは大きな段差があるので、そこに一度コンさんに腰かけてもらう。

「よっこらしょっ」

と、岩助さんが段差をおりてひと息つく。

「あー、お疲れさまでした。岩助さん、ありがとうございました」

コンさんと岩助さんと、少しだけ自分にも、労《ねぎら》いの言葉をかける。すわったコンさんを車椅子に水平移動させ、すわってもらう。そして車椅子を、窓辺に向かって進める。

「コンさん、ここからの眺めが一番いいですよ」

リビング一面に張り巡らされたガラス窓の、真ん中に車椅子を固定する。コンさんの足もとには先ほど用意した足浴バケツが置かれている。そこにしゃがみ込み、お湯の温度を確かめ、コンさんの足を片方ずつゆっくり入れる。

「お湯加減、大丈夫ですか?」

コンさんの顔を見上げると、ニコッと微笑《ほほえ》んでくれた。そしてそのまま、コンさんは眼差しを窓の外に向けていき、じっと音無川を眺めている。

振り返ると窓の外には、傾いてきた太陽が、西の空をオレンジ色に染めはじめているのが見える。ちぎれ雲は、マーマレードみたいに、夕陽《ゆうひ》に染まってあちこちに浮いている。これと同じ空は、もう二度と見ることはできないのだなと思ったら、自然の神秘に感動してしまう。

「あっ、あれ桜じゃないですか？」

「えっ？　どれ？」

岩助さんが背後で言う。

「あそこ、川のほとり。ちょっと白っぽい花の塊が見えます」

「あ、ほんとだ。もう咲きはじめてるんだ」

そう言って、岩助さんがこう続けた。

「白井さん、これ試してみてくれない？」

見ると手に、青色の小さな小瓶を握っている。

「何ですか、これ」

言いながらその小瓶を手にとって見ると、「ユーカリ」と書いてある。黒い蓋《ふた》を開けると、スッキリとした香りが漂った。鼻を近づけると、鼻腔《びこう》はさらに強い香りでいっぱいになる。

「ふ〜ん、いい香り。アロマオイルですね、こんな洒落たもの、どうしたんです？」

若い人たちの間で人気のものを、岩助さんが持っていることが不思議だ。「洒落たもの」なんて言い方、ちょっとよくないかなと思いながら訊くと、

「いやいや、もらいものだよ」

岩助さんが頭をかきながら言う。その瞬間、コンさんの表情が心なしか曇ったように見える。

その変化に、あれっと思いながらも、

「コンさん、これアロマオイルって言うんです。ユーカリは特に気管の炎症を抑えたり、殺菌作用があるそうですよ」

似たもので、病院ではハッカ油を使ったことがある。熱湯にハッカ油を数滴たらし、そこに浸して絞ったタオルで腹部を温め、腸の動きをよくしたり、香りで病院生活が長い人の気分を爽快《そうかい》にしたりした。

「くれた人が言うには、なんでもお湯に入れて温まったりするのにいいって」

疑うわけではないが、岩助さんの背後に、若い女性の存在がうかがわれるように感じる。

「岩助さんって、姪《めい》っ子さんか誰かいらっしゃるのでしたっけ?」

誰にもらったかなんて訊けないから、そんな訊き方になってしまう。

「いいや、そんなのはいないよ」

岩助さんが不思議そうな顔をした。

「珍しいものをお持ちですよね」

岩助さんが持っているにしては――、と後に続く言葉を省略して言う。

「もらったからあるのであって、自分じゃ買いませんからね。ちょっとした知り合いがやっぱりこんなの好きなんでしょう、自分は飽きたからって残りをくれたんですよ」

心なしか岩助さんの目じりが下がったのを、私は見逃さなかった。

「若い女の人?」

思わず訊く。

「え？　ま、そう」

岩助さんは小さい声で言う。

「せっかくですから、今日の足浴に使ってみましょうか」

岩助さんからの要望もあり、オイルを三滴ほどお湯の中に落とし、かき混ぜる。

「さすが白井さん、若いねぇ。最近の人はよく知っているね。そうやって使うんだね。実際使ったの見るのははじめてだよ」

隣で、岩助さんが興味深そうにまじまじと見つめている。

「アロマオイル、実は私もお風呂に入る時にたまに使ったことがあって。いい香りだから、けっこうリラックスできる感じなんですよね」

足浴バケツから、ユーカリのさわやかな香りが漂う。コンさんの膝が冷えないように、バスタオルをかける。

「白井さんもかい？　お風呂の時か……、じゃ、私もさっそく使ってみようかねぇ」

岩助さんがいたずら顔で話す。

「岩助さん、お若いですね」

「若いって、茶化《ちゃか》しちゃいけないよ。私はただもらったから……」

岩助さんのそのくしゃっとなった笑顔が、しかし嬉しそうだ。

「いえ、新しいことを試してみようっていう、そのお気持ちがお若いのですよ」

岩助さんは茶化されたと言うが、本当にそうだなと感心する。人間、歳をとると、新しいことに挑戦しようという気力がなくなってくる。それが老いをさらに早める。岩助さんの心がけは、若さの秘訣《ひけつ》なのかもしれない。

ユーカリの香りが部屋に漂っている。目には見えないけれども、緑の空気が部屋いっぱいに広がっている。

足浴の間、介護日誌などを参照する。これは普段、コンさんのお宅に介護に入っているヘルパーさんたちの記録で、普段のコンさんの食事や運動、お出かけや保清、排泄などの様子や、生活ぶりが分かるように記録されている。

コンさんは以前は週に二度デイサービスに通っていた。でも私がチームに入る二、三ヵ月前に突然嫌がり出して、やめてしまったと聞く。だから今はヘルパーさんと訪問入浴が週二度入っていて、その人たちとの連絡ノートで、私たちは日々の健康状態や入浴状況も把握しなければならない。

頃合いを見てコンさんの足をバケツから出すと、ポカポカになっている。足浴効果は足が温まるだけでなく、全身の血液のめぐりがよくなり、体全体の代謝が増す。

足浴をすると、気持ちよいくらいに垢がたくさん出てくる方が多くいる。コンさんは週に二回訪問入浴しているからよいけれど、デイサービスや病院では一人に付きっ切りで入浴介助するわけではないから、足の先など細部まで洗うことはむずかしい。

寝たきりのお年寄りには、水虫のある方が多く見受けられるのだが、これは足の先の清潔が保たれにくいためだ。水虫は命に関わることではないから、優先順位上、足をきれいにすることは後回しにされても仕方がないのかもしれない。しかし、こうして関わっているからには、きれいにして、水虫にならないようにしてあげたい。

入浴サービスを受ける人には、寝たきりの人や、一人で入浴するのが困難な人、老人特有の億劫《おっくう》さから清潔が保てなくなってきている人、実にさまざまな人がいる。

入浴は清潔を保つ以外に、リラックス効果も大きい。多くの人がサービスを利用して入浴できるようになったことは、本人への影響もさることながら、家族の負担をも大きく軽減させた。入浴サービスが生まれたことは、在宅介護界の革命だと思う。

そんなことを考えながら足をこすっている間に、コンさんの足はすっかりきれいになった。バケツを横に置いて、用意したタオルの上に両足を揃える。

「お疲れさまでした」

言いながら、訪問カバンからニッパーを取り出す。少し変形して厚くゆがんでしまっている足の爪を、ニッパーで切って整える。足浴で柔らかくなった爪は、そうでない時より切りやすい。パチンパチンと音をたてながらあちこちに飛んでしまう爪の破片も、今日はおとなしい。

踵の皮膚が厚くなっている。踵を念入りに擦《さす》りながら、クリームを塗る。全体に伸ばして塗って、ケア終了。

「コンさん、きれいになりましたね」

コンさんが、顔をニコニコさせてうなずく。そして小さくひと言、

「ありがとう」

と言った。こっちがあたふたしていたら、聞き逃したくらいの小さな声だった。

ケアの間中、窓から射す陽の光がコンさんの背中を照らし、陽だまりを作っていた。少し汗ばむくらいだったが、きっとコンさんも、心までポカポカになっている。

四月十日（金）

朝、カンファレンスが終わり、一軒目の訪問に向かおうと外に出ると、雲一つない青空が広がっていた。今日も一日よい天気に恵まれそうだ。道々に咲く桜の花の下を自転車で行く。清々《すがすが》しい風が頬をなでていく。深呼吸を一つ。お花見に行きたいけど、そんな時間ないだろうな。ステーションのみんなは、それぞれ家族と行っているらしい。

今日の一軒目は大竹さん七十八歳、自分でお家を建てた方。久々の訪問である。ペダルがいつになく軽く感じられる。

大竹さんのお宅に到着する。ガタガタいう戸を、持ちあげるようにして開ける。

「おはようございます、はるかでーす」

返事がない。まだ寝ているのだろうか。やっと十センチほど開いた戸の隙間から、中をうかがう。

「おはようございます」

もう一度声をかけてみるが、やはり返事はない。ガタガタ言わせながら戸をスライドして開けると、やっと体が通れるほどになった。

「大竹さん、おはようございます！」

玄関からベッドを見るが、大竹さんの姿はない。あれっ、布団にくるまっているのかしら――。中に入り、座敷《ざしき》に上がって布団を剥いでみるが、もぬけの殻。

「大竹さん……」

トイレのほうに声をかけるが、人の気配がない。急に心臓がドキドキしてきた。どこに行ってしまったのだろう。焦りのあまり、手のひらに汗が滲んだ。

大竹さんが炊事に使う炊飯器には、電源が入ったままだ。いつもと変わらない大竹さんの生活がある。薬カレンダーを見る。今日の朝の分はなくなっている。大竹さん、朝の薬は飲んだらしい。

大竹さんの家を出て、隣の息子さん夫婦の家に向かう。

「おはようございます。はるかの白井ですけれど」

しばらくすると、奥のほうから息子さんのお嫁さんが出てきた。日本人離れした顔立ち。フィリピンの人なのだ。

「すみません、朝から……、はるかの看護師です」

「あら、看護師さん」

落ち着いている感じだ。

「いつもお世話になっています。あの、大竹さんのお宅に伺ったのですけど、いらっしゃらなくて」

焦る気持ちを落ち着かせながら、お嫁さんに伝える。

「あら、おじいちゃん帰っていない？　看護師さんの来る日だよって言っておいたのに……。朝、買い物に行きたいって言うから、車椅子に乗せて外に出してあげたの」

「えーっ、買い物に一人で行かれるのですか……」

ビックリして聞き返す。

「お蕎麦屋《そば》さんでもどこでも、車椅子こいで、自分でどんどん行きますよ」

外を車椅子で動き回るなど、いつもの力ない大竹さんの様子からは想像がつかない。

「おじいちゃん嫌だな、きちんと時間までに戻ってきてくれないと……」

お嫁さんが続けて言う。

「今日は調子がいいみたい」

「はあ、そうですね」

言ってみたが、私には返す言葉がない。こんな日の訪問はどうなるのだろうか、などとポカンとして考えていると、

「ただいま～、看護師さん来てるかね～」

彼方《かなた》で大竹さんらしき声が聞こえた。見ると、車椅子に乗った大竹さんが、白いレジ袋を片手に、車椅子をこいで道をやって来るではないか。

「いやだ、大竹さん、驚きましたよ、いなくなったかと思って……」

少し怒りながら言ってみる。内心は、無事で戻ってきてくれてほっとする。

「ごめんねー。お天気よかったからさ。それに久々に体調もよくて、桜も咲いてて。買い物でもしたいと思って外に出してもらったら、見たいものがたくさんあってさ」

バツが悪そうな表情ながらも、元気そうな大竹さんの笑顔があった。

「今度からは、訪問がある時はきちんと待っていてくださいね」

元気でどんどん表に出られるのは悪いことではない。桜も見たいよね、と思う。でも訪問時に

問題を起こされるのは困るから、きちんと叱っておかなければいけない。

「今度からは気をつけるよ」

と大竹さんはそう言って頭をかいた。

「ところで、何を買ってきたのですか」

白いレジ袋の中を見せてもらう。コンビニで売っている、冷やし蕎麦が入っていた。

「お昼に食べようと思って……。私は蕎麦が大好物なんだよ。でも、ここにいるとほとんど食べる機会がないでしょ。だから、せっかく外に出られたから、買ってきたんだよ」

今日の大竹さんは、いつになく幸せそうな表情をしている。いなくなられて困りはしたけれど、そんな大竹さんを見ていると、なんだかよかったという気がしてくる。

「久々のお買い物は、楽しかったですか？」

「ああ楽しいね。自分で好きに見て回れるのはいいよね。私は何でも自分で見て回るっていうのが好きなんだ。蕎麦屋なんかにも、好きに食べられるのが最高だよね……」

すこぶる元気そうに話す。だけれど、大きくはないが、信号のある交差点もあるし、車も走っているから危険だろうに、と思う。

「でも、車椅子で一人っていうのは、危なくはないですか？」

すると、今度はお嫁さんが、

「夜でも、調子よければどんどん一人で行くよ、車椅子こいで……。お蕎麦だってなんだって食べてくるんだから……」

また新しい情報。

「えーっ、夜もですかあ」

私たちが知らない間の利用者さんの姿。危ないと思うのだが、何年もそういうふうに暮らしてきているのだ。

自分が思っている以上に大竹さんが自立していて驚いた。しかし、やはり誰かが見ていてあげないと、いざという時は危ないだろうと思う。

「今までは何もなかったからよかったですけど、おうちの方も一人で行かせるのではなく、同行してあげてください」

今までそうしていなかった家族が、私のひと言で行動を変えるとは思えなかったが、念を押した。

大竹さんの家に入る。

「大竹さん、今朝のお薬はご自分で飲んだのですね」

「ああ、飲んだよ」

それで、一週間分の薬をセットする。バイタルも問題なかった。

「本当に今日は調子いいのですね、痛いところもなくて……」

「そうだよ。毎日こんなだったらいいのにね……」

と大竹さんは、笑いながら言った。

「今度来る時は、きちんといてくださいよ」

「分かったよ」

訪問の曜日と時刻を、カレンダーを見ながら大竹さんと確認して、大竹さんの家をあとにする。素直に返事をしてくれた大竹さんだった。

四月十三日（月）

週末は、雨が降らずに持ちこたえてくれたが、週明けの今日はどんより曇り空で、気分が少々鬱々としてしまう。降水確率も四十パーセントと、少々心配な感じだ。

午前の訪問が終わり、昼食をすませると、さっきより雲が広がっていた。怪しい天気になっていく。それでも、今日一日はどうにかもってくれるだろうか。外に出ると、生暖かい風が強く吹いていた。

午後一軒目の訪問は、内藤和平さん九十歳。もと自衛官で、介護認定調査員ともめた人だ。脳梗塞後のリハビリも兼ねて訪問し、経過が順調で屋外で杖歩行ができるまでに回復していた。

訪問前は、元気な時でも家に引きこもりがちだった。介護が必要な奥様とほとんど二人っきりの生活で、これといって楽しみや刺激もないままにすごしていた。精神衛生的にも刺激があったほうがよいだろうとの考えから、デイサービスに通ってはとすすめたが、別に暮らしている娘さんも必要を感じていないようだし、当の本人が行きたがらないので導入することができなかった。

それが、一ヵ月前、外を杖歩行していたところ、交差点で車と接触しそうになって転んでしまった。幸い大きな怪我はなく、軽い打撲で済んだが、和平さんはそれ以来、一人で外に出るのが怖くなってしまったのだ。今日の訪問でも、また引きこもりにならないように関わっていきたいところだ。

自転車をこいでいくと、鉄筋二階建ての建物が見えてくる。一階は駐車スペースで、二階が居住スペースになっている。

自転車をおり、外階段を上る。この階段がやや急な感じで、もしこれをのぼりおりするなら、それだけでも相当なリハビリになる。

手摺りのところには電動の昇降機が付いている。車椅子に乗れば、自動で昇降できるのだ。これは奥様の康子さんが車椅子生活になった時に設置したもので、今ではお二人で使っている。

預かっている鍵でドアを開ける。

「和平さん、こんにちは、はるかの白井です」

驚かせないように、声をかけながら家に上がっていく。すると、いつもと変わらない表情の和平さんが、ベッドにすわっている。私たちのうす緑色のユニフォームを見ると、利用者さんはほっと安心できるようだ。

「あぁ、こんにちは」

笑顔で返事をしてくれる。

「和平さん、お元気でしたか、変わりないですか？」

「ええ、ええ。おかげさまでね」

と、にこやかに話す。

測ると、血圧も安定していた。

「血圧も安定していますね」

「そうですか、それはよかった」

と安心したように返事をされる。

「今日は少し曇っていますが、寒くはないですか？」

「あぁ、少しね……」

とやや間をおいて和平さんがこたえる。

「今日も外を歩きましょうか……」

「そうですね」

と和平さんが、前向きに返事をしてくれる。リハビリ用のトレーニングウェアに着替えてもらう。

ベッド上で軽いウォーミングアップ。足首、膝の曲げ伸ばしを左右各十回ずつ行う。そうしてベッドから降りて立ち上がり、

「康子さん行ってきますね」

と私が声をかけると、

「おばあちゃん、行ってくるね」

と和平さんも、寝たきりの康子さんへの言葉かけを忘れない。

「行ってらっしゃい」

留守番役の康子さんが、ベッドから小さく口を動かす。

玄関で車椅子に乗る。玄関扉に鍵をかけ、車椅子を階段の昇降機に設置して、自動で下までおりる。

和平さんが、ゆっくりと車椅子から立ち上がる。車椅子のハンドルを両手で握り、車椅子を歩行器がわりにして歩く。

足取りはしっかりしている。ほとんど自立して立位が保てるので、車椅子に体重をかけることはないが、車椅子が進んで倒れないよう、常に力を添えながら、横について見守る。

「外の空気はいいですよね」

「そうですね」

和平さんは歩みを止めずに答える。前を見据えたまま、歩き続ける。

「しっかりした足取りですね」

「あ、そうですか」

ゆっくりだが、着実に歩みを進める。交差点に来ると、車が何台か行きかっている。和平さんの胸の前に腕を差し出し、歩みを制する。

「車が来ますから、止まりましょうか」

「はい」

やっと顔を上げて一休み、和平さんが歩みを止める。ここの制限速度は三十キロといったところか、住宅街の中の道である。

「けっこう車が走るものですね」

和平さんが言う。車が続けて四、五台行きかった。速度はけっこう速く感じる。

「危ないですね。いや、怖いなぁ。一人ならとてもじゃないけれど歩けないですね」

つづけて和平さんが言った。

「そうですね、思った以上に速く走りますね、危ないですよね」

確かに、制限速度以上ではないかと思われる車も数台あった。和平さんが言うように、久々に外に出て一人で歩くのは不安であろう。でもこうして誰かに見守られながらだと、安心して歩ける。

一人に付きっ切りで寄り添えるというのは、訪問看護だからできることだ。せめて週に一度だけでもデイサービスに通い、リハビリや作業療法的なものを受けたらよいと思うのだが、集団となると、和平さんも気が向かなくなるようだ。

和平さんに限らず、デイサービスには向き不向きがある。自立度とは関係なく、集団が好きかどうか、大勢の中に入っていく勇気があるか、そこでの人間関係を築けるかどうか、そのあたりが関係してくる。

もちろんスタッフも、そこらへんは気にかけているだろうが、まず本人が望まないことには導入はむずかしい。

「あ、桜だよ、あれ」

ブロック塀の中の桜を指差して和平さんが言う。

「あ、本当だー」

と私。ほぼ満開になりそうな桜がきれいに咲いている。

家の周りを一周してくると、ちょうどよい時間になった。

「和平さん。お疲れさまでした。疲れましたか？」

「ありがとう。疲れたね、少し汗ばんだよ」

にこやかに答えてくれる。車椅子に乗り、電動の昇降機でまた二階へ上がる。鍵を開けて、家の中に入る。

「ただいま、おばあちゃん、帰ったよ」

和平さんが大きな声で言う。

「康子さん、帰りましたよ」

私も続けて中に声をかける。返事がないので、

「康子さん、康子さん」

と何度か声をかけると、

「はい～」

とやっと康子さんの返事が聞こえて、ほっとする。

和平さんがリハビリシューズを脱いで、家の中に入る。

「康子さん、お留守番ありがとうございました」

と声をかけて、和平さんの着替えをすませる。

「和平さん、今日はお疲れさまでした。そのうち、もし気が向いたらデイサービスに通えばいいと思いますよ」

と、ダメもとで声をかけておく。

四月十四日（火）

電動アシスト自転車に跨がって、一軒目の訪問先へと向かう。独り暮らしのおばあさん、田中恵子さん八十二歳。

鍵を開けて中に入る。ドアを開けている間じゅう防犯ブザーが鳴り続けるので、素早くドアを閉める。

「こんにちは恵子さん、はるかの白井です」

と挨拶をする。どんな言葉が返ってくるか心配だが、

「誰だっけ〜？　ああ！　フィリピンだあ！」

ガクッと肩が落ちる。

「相変わらずお元気そうで……」

憎まれ口をきく恵子さんに、そう言ってみる。

「ところがさー、元気なんかじゃないんですよー」

恵子さん特有の、語尾を伸ばす話し方で言われる。

「見るところ、声にも張りがあるし、お元気そうですけど」

仕返しのつもりでそう言ってみる。

「元気そうに見えるでしょう？　ところがそうじゃない。あっちこっち痛くてー、もう、死んでしまうかもしれない……」

大げさだなあと思いながら、バイタルを測る。

「ラッセル聞こえないだろう?」

胸に聴診器を当てると、思いがけず、恵子さんがそんなことを言う。

「私はねー、実家が病院でー、受付で長いこと薬やなんかもやっていたからさ、よく分かるの」

恵子さんは、生まれ育った家でのことを話してくれる。

「胸の音もきれいですね。血中酸素飽和度が少し低めですが……。深呼吸してみてください」

深呼吸を促《うなが》すと、九十二パーセントだった酸素飽和度が、九十七パーセントまで上がった。

「お腹の音も聞かせてくださいね。今日はお通じありましたか?」

一日のほとんどをベッドの上ですごす恵子さんなので、便秘にならないか心配である。介護福祉士さんとの連絡ノートを見せてもらう。

「恵子さん、ちょっとこのノート、見せていただいていいですか」

恵子さんに断りを入れる。

「それねー、見られて嫌なことも書いていたりするからダメよー」

と言って、なかなか見せてくれない。

「恵子さん、私たち、誰にもここに書いてあることを話したりしませんよ。ただ、お通じがあったかどうかとか、それが知りたいだけなんです」

本人は、質問とはかけ離れたことをしきりに自分のペースで話し続けるので、お通じがあったかどうかも聞き出すのは困難なのだ。

「いやぁ、だけどねー、見られて困ることも書いてあるのよー」

首を縦には振ってくれない。こうなると、なかば強引に見せてもらうしかない。

「恵子さん、ちょっと、見せていただくだけですので。そこだけ分かったらお返しします」と、枕もとにあるノートに手を伸ばす。いやだいやだと言うわりには、全然拒否行動が見られない。

「恵子さん、見せていただきますね」

再度断りを入れ、ノートを開いている際も、恵子さんは昔のこと、学生時代のことなどを話し続けている。

ノートには、「H」正、「B」と書かれている。どうやら「H」はハルンで、お小水のことらしい。「B」は便で、お通じのことか。横の正の字は、その回数を表しているようだ。すると、今日はまだお通じがない。

「恵子さん、今日お通じないご様子ですね。ちょっと失礼します」

言いながら洋服をめくりあげると、大きなお腹が顔を出した。

「ちょっと触らせてもらいますね」

お腹の張りの具合や、腸蠕動の様子などを診る。

「ちょっとー、あまり触られるの好きじゃないのよー」

と恵子さん。

「ごめんなさい。すぐに終わります。痛くはないですか?」

張っているというほどではなさそうだ。

「うん、痛くはない」

と恵子さんが、じっと目を見据えて答える。

「恵子さん、お腹の動きもあまりよくなさそうですね。ご自分でも体操とかマッサージをしてみてくださいね」

「今夜眠る前に下剤飲むから大丈夫。明日には出ると思うよ」

きっと飲んだら、ノートに時間と「下剤内服」と記入してくれることだろう。

「恵子さんは、自分でコントロールできているからよかったです」

そう恵子さんに言うと、

「ところがー、それがよくないんですよー。この前えらい目にあった。下剤効きすぎちゃってー、トイレ間に合わなくてー、えらい目にあいましたよ」

便秘で薬を飲みすぎたら、効きすぎて下痢になってしまったらしい。独り身の恵子さん、トイレに間に合わない時のためにベッドサイドにポータブルトイレを置いている。夜間はそれを使っているのだ。

「じゃ、ポータブルトイレにしました?」

と訊き返す。

「当たり前よ。向こうになんて行ってられませんよぉ。それが、ヘルパーさんがいてくれて助かったのー。あなた、全部便まみれになって、一人だったら大変どころの話じゃなかったですよー」

恵子さんは、興奮気味に話される。

「それは大変でしたね。ちょうどヘルパーさんがいてくれた時でよかったですね」

本当に一人の時でなくてよかったと思いながら答える。

「だからー、薬飲むのも慎重にしなきゃね。自分の体は自分が一番よく分かるのよー」

恵子さんが、まっすぐ上を見つめてそう言った。

「本当ですね。それは大変でした」

と言うと、今度は返事がなかった。

「だからさー」

ちょっと深刻そうだった恵子さんが、急に明るい調子になってまた話しはじめる。

「辛気臭《しんきくさ》いの私は大嫌いなのー。フィリピン、分かる？」

と私に振ってくる。

「そうですね、明るいのが一番ですね」

私もそう答える。心なしか、恵子さんの目に涙が滲んでいるふうなのが見える。

「私は昔、ピアノやっていたの。それが男みたいな弾《ひ》き方だってよく言われたものよねー」

と急にそんな話をしだしながら、恵子さんは空中でピアノを弾くような格好になって、両腕を伸ばして、指を動かして見せた。

「おまえの弾き方は男みたいだから、プロになれって、そう言われたものよぉ」

恵子さんは続けて話す。

「すごいじゃないですか。プロを目指したのですか？」

私も話に食いつく。伸ばされた手の指の先を見ると、爪が伸びてきていた。

「恵子さん、爪も伸びてきているみたいですね。お切りしましょうか」

と目ざとく指摘する。

「えっ、手は自分でできる」

と、恵子さん。

「じゃ、足はどうでしょう」

足もきっと伸びているに違いない。これは自分では切れないだろう。

「うん、足やってちょうだい……」

そこで靴下を脱がせると、案の定、いい加減伸びてきていた。

ところどころ硬く肥厚した爪を、ニッパーと爪切りを使ってパチンパチンと切る。そして中断していた話を思い出す。

「恵子さん、プロ目指したらよかったのに……」

「いいえ。私はプロなんていうのはノー、なりたくないって言ってやったの」

恵子さんは、口を結んで首を横に振る。

「あなたー、プロになんてなったら、それこそ大変じゃないですかー」

と案外保守的なことを言う。そんなこんなの話をしている間に、時間がすぎる。

「そろそろ恵子さん、お時間なので失礼します。また伺いますね」

と爪切りをしまい込む。

話を終えようとするが、なかなか終わらない。私が訪問カバンを片付けはじめても、立ち上がっても、部屋を出ようとしても話し口調が変わらず、話を終えてくれないのだ。

ほかのスタッフも、恵子さんの話の腰を折るのは絶対に無理と言っていた。できることなら

「また伺います、さようなら」の挨拶をして、お宅をあとにしたい気持ちなのだが、恵子さんのお宅ではそれが許されない。

「恵子さん、また伺いますよ。あと一時間したらヘルパーさんが来ますからね」

と言ってあげながら、部屋の襖を閉める。まだ部屋の中で一人話しているのが聞こえる。後ろ髪を引かれつつ、

「失礼します」

と無理やり言うと、玄関の鍵を閉めて恵子さんのお宅をあとにする。

相手から別れの挨拶もないまま、一方的に話を中断させ、表に出てくるのはいつも心が痛むものだ。

恵子さんは、「さよなら」するのが嫌なのかもしれないなと思う。「さよなら」しないままいなくなられた方が、むしろ精神的に落ち着くのだろう。

それを恵子さんが望むなら、それも一つの方法なのかもしれないと思いつつ自転車に跨がり、次の訪問先へ向かう。

四月十五日（水）

午後からは、いくぶん雨が弱まってきた。お昼ご飯をすませ、表を覗くと、アスファルトに雨が打ちつけているのが見える。

「雨、なかなかやまないね」

高橋先輩が言う。

「そうですね。雨が降っていると、合羽を着たり脱いだりも、けっこう時間をとられるんですよね」

玄関が広い家ならまだやりやすいが、そうでない場合、この作業もけっこう大変なことになる。お宅を濡らさないようにするのにも気を遣う。

「雨だと滑《すべ》るから、午後も気をつけて行ってきてね」

所長がみんなに言う。

「はーい」

それぞれに雨具を着用し、表へ出ていく。

「白井さん、午後、大竹さんの家よね」

所長が呼び止める。

「はい、そうですけど」

一瞬、なんだろうとドキリとする。

「何ですか？　雨漏りの心配とか？」

昨日から降っている雨の心配かと思い、そう訊いてみる。

「あははは。それもあるかもしれないけど、そうじゃなくて。最近大竹さん、デイに行っても、血圧低くてお風呂入れてもらえてないのよ。今日は保清してあげて」

「そうでしたね。はい、分かりました。行ってきます」

所長にそう返事をすると、手袋をして外に出る。午前中より雨の当たる力が弱くなっているのが体で感じられる。

自転車に跨がり、ペダルをこいでいく。細い道をうねうね進む。行《ゆ》き交《か》う人たち、みんな前方に傘を傾けながら歩いてくる。視界が狭まるので、ぶつからないように注意が必要だ。すぐに止まれるよう、スピードを上げないで進んでいく。

大竹さんの家の前に来ると、隣の家の犬がやかましいくらいに吠《ほ》えてきた。窓越しに吠えている。びっくりした。室内で飼われている犬でよかったな、と思いながら自転車を止める。

「こんにちは、大竹さん」

雨のせいで、戸の木枠が膨らんだりするのだろうか、それとも湿気《しっけ》で滑るようになるのだろうか、などと考えながら戸を開けてみる。

やはり持ち上げるようにしないと戸は開かないが、今日は思ったよりすんなり開いた。もう一度奥に向かって声をかける。

「こんにちは。今日は雨ですね……。ちょっと合羽を脱がせてもらいますね」

そう言って、玄関で合羽を脱ぐ。訪問カバンを包んでいたビニール袋をはずし、それで合羽を包む。そうしておいて、たたきより一段高い居間に上がっていく。

「大竹さんこんにちは、はるかの白井です」

雨が降っている外とは違って、暖房が効いている室内は暖かかった。

「ああ看護師さん。部屋、暖かいだろう？」

大竹さん、今日は無事に家にいた。

「そうですね」

「外は寒いだろう?」

「そうですね」

「寒いのは嫌だよね」

「本当に」

そんな会話を交わす。

「最初に血圧など測らせてくださいね。お昼は食べましたか」

「あぁ、食べたよ」

大竹さんは、力なくそう答えた。血圧を測ると普通の値で、低く出ることはなかった。デイサービスに行くと若干低めに出るので、用心して様子見にされるのだ。

「血圧の値もいいですね。今日はお体、拭かせてもらおうと思います」

と言うと、

「いいよ、いいよ、悪いから。それに寒いの嫌だよ」

と大竹さん。

「でもデイサービスでも、ここのところお風呂に入れてもらえてないようですし」

なんとか、大竹さんに首を縦に振ってもらいたいところだ。でも、強く拒否しているふうではない。

「じゃ、お湯の準備してきますから、待っていてください」

そう言ってみたが、お湯の準備をどこでするのやら。

「大竹さん、お湯はどこになりますか?」

水道の蛇口は水しか出ないように思われ、そう尋《たず》ねてみる。

「お湯はポットのだけだよ」

と、大竹さん。

「え〜、本当にぃ？」

足浴もしようと思っていたので、ポットのお湯だけでは少ない。隣の息子さんのところからもらってこようかどうしようか迷ったが、今回は清拭だけで終わらせることにした。

「ポットのお湯だいぶ使ってしまいますけど、大丈夫ですか？　すぐにお水入れて、沸かしておきますから……」

「ああ、いいよ」

大竹さんは快く承諾してくれた。流しのほうに洗面器くらいのたらいがあったので、それを使う。

ポットから熱々のお湯を注ぎ、水を足す。やっと手袋をした手を入れられるくらいの熱めの温度にし、タオルを浸す。

「大竹さん、すわったままでできますからね」

絞ったタオルを広げ、熱い蒸気を少し逃がし、手で持てる熱さにしてからご本人に渡し、顔や首を拭いてもらう。もう一度タオルを絞りなおし、首の後ろを温めてあげる。

「ああ、あったかい。気持ちいいね」

と大竹さん。そのひと言が嬉しい。

「そうですか。よかった……」

タオルを受け取り、もう一度絞る。パジャマをめくり上げてもらい、背中を出してもらう。背中に熱いタオルを広げる。

「ああ、あったかい。ふ〜」

と大竹さんが、気持ちよさそうにため息をもらす。

背中全体を温めたら、タオルを畳んで、首や背中をゴシゴシとこする。汚れを取るという意味もあるが、マッサージ効果と、それによる血行促進のほうが、大竹さんにはいいのかもしれない。

「じゃ、今度は前側拭いてください」

絞りなおしたタオルを大竹さんに渡すと、胸全体、脇の下、お腹周りなど、自分でゴシゴシと拭いてくれる。

「ふ〜、さっぱりした。拭くだけでも違うねー」

満足げな大竹さんの顔が見られて、よかったと思う。

「片足ずつなら足浴もできそうですね」

両足をいっぺんに入れるのはむずかしそうだが、片方ずつなら、たらいに足を入れられそうだ。

「大竹さん、よかったら、足もお湯に浸かりませんか」

たらいのお湯を少し捨て、新しいお湯を注《つ》ぎ足《た》す。片足を入れてもお湯が溢《あふ》れない程度にお湯を張る。

「片足ずつお願いします。じゃ、右のほうの足から……」

靴下を脱いで、ズボンの裾《すそ》をたくし上げる。そして右の足を、静かにお湯に入れる。

「お湯加減はどうですか？」

大竹さんに確認する。

「うん、いい湯だね」

大竹さんが、うなずきながら答える。

本当は長めに浸かってもらいたいところだが、お湯が冷めてしまうといけないので、今日のところは五分くらいにして、反対の足に交代する。絞ったタオルで右の足をこすってあげると、垢がぼろぼろと出てきた。おまけに爪も伸びている。

「大竹さん、爪も伸びていますね。反対の足を浸かりながら、爪切りしましょうか」

お風呂に入るだけでは、なかなかここまできれいに洗うのはむずかしい。時間もないし、そこまで気を配る余裕もない。本来なら、フットケア単独の時間をとって長めに足浴をしてもらい、マッサージしながら足をきれいにし、爪の処理までしてあげたい気分だが、現状はそれを許さない。

大竹さんの足の爪は、比較的まっすぐに伸びている。肉に食い込むように巻き爪になると本人も痛いし、爪の処理もむずかしくなる。手袋をはめての爪の処理は、尚更だ。

「痛くないですか？」

左足をお湯に浸けたままの大竹さんに、たまに声をかけながら様子をうかがう。

「大丈夫だよ。こんなことまでしてもらって悪いね」

と大竹さんがそんなことを言う。

足をそこまで触ってみてもらう機会なんて、そうそうないだろう。

右の足の爪の処理が終わる。

「はい、じゃ、左足も……」

左の足をお湯から出す。左足もタオルでこすると、同じように垢が出た。指の周りもきれいに拭いてあげる。左側の爪の処理をして、靴下を穿《は》かせて終了する。

「お疲れさまでした」

と大竹さんに言うと、

「いやいや、こちらこそ。ありがとう」

という言葉が返ってきた。

最後に薬の確認をする。昼の分はきちんと自分で飲んでいる。一週間分セットしなおす。

「お通じは出ていますか?」

自己調節して飲んでいる下剤が、減っていないように思われ、大竹さんに確認する。

「出てるよ」

下剤を服用しなくても、自然排便があるようだ。

「お通じの調子、よさそうですね」

「ああ、いいよ」

いい時はいいのだが、いったん出なくなると困りものだ。

「ちょっと、お腹の音も聞かせてください」

念のため、腸の様子も確認させてもらう。聴診器を当てると、グルグルいい音を出してくれている。この分なら下剤を服用しなくても大丈夫そうだ。

「薬は一週間分カレンダーにセットしましたので、また今日の夕方のところから飲んでくださいね。下剤はこのまま置いておきますけど、このまま飲まないで様子見ましょう」

と声をかける。

「分かったよ」

「じゃ、今日はこれで……」

「ありがとう」

と、大竹さんが言ってくれる。

玄関まで歩き、冷たくなった合羽を着る。戸口からガラス越しに外を覗くと、雨はほとんど小降りになっている。長靴を履いて、戸を持ち上げるようにして開ける。すっかりコツを掴んだ。

「さようなら、失礼します、また来ますね」

大竹さんにお別れの挨拶をして、お宅をあとにする。

もうそろそろやみそうだな。小降りになった雨の中、自転車をこぎながらそう思うと、なんだかすがすがしい気分が自分の内にある。

四月十六日（木）

昨日までの雨とうって変わり、今朝は明るい陽射しが窓から室内に注いでいた。窓を開けて空を見上げると、雲の間に青い空が広がっている。北東向きの窓でさえこの調子なんだから、表はもっと明るいだろうと思いながら、朝食の準備をする。

カリッと焼けたトーストにゆで卵、コーヒーをブラックで飲む。ミニトマトがあったので、五つほどつまんで今朝の食事は終わり。急いで玄関を出る。

ステーションに着くと、みんなすでに来ていた。浅野さんと野村《のむら》さんは、お子さんたちのことで話に花が咲いている。朝早くに起床し、子供たちにご飯を食べさせ、学校に送り出し、一仕事終えて職場に出てくるのだから、自分のことだけをしていればいい私とは違う。みんな朝からすごいパワーだ。

今日の午前訪問は、田中恵子さん、私をフィリピン呼ばわりする、あのおばあさんだ。カルテや物品など、午前の訪問の準備をする。十時前になると、

「行ってきま〜す」

浅野さんと野村さんが、少し早めにステーションを出た。

「行ってらっしゃい」

みんなでそう言って見送る。その次に、高橋さんも訪問に出た。私も十時五分前になるとトイレをすませ、いよいよ訪問の身支度を整えて、出る準備をする。

「行ってきま〜す」

挨拶すると、

「行ってらっしゃい」

「気をつけて」

と所長と事務の横内《よこうち》さんが、それぞれ言ってくれた。

四月十六日（木）

空は明るいが、陽射しはそんなに強くない。朝の空気はややひんやりしていた。頬をなでつける風が心地よい。本当にさわやかな朝だ。

しかし、よりによってこんなさわやかな朝に恵子さんのお宅か――。と内心思ってしまう。なんのことはない、話を聞いていればよいだけのことなのだが、あの雰囲気に呑まれると、一時間お話につき合うだけでくたくたになってしまう。気合を入れて臨むように心がける。そうしたら、ペダルをこぐ足に力が入った。

角にある、小さな児童公園が見えてきた。飛行機のかたちをしたジャングルジムみたいな遊具があって、母親と、子供二人が遊んでいる。のんびりした風景だなと思いながら、その手前を左に折れる。

道なりにしばらく行ったら、一つ目の角を左に入る。田中さんのお宅が見えてきた。外からは、しんと静まり返っているように見える。

玄関前に自転車を止める。預かっている鍵で開錠し、玄関のドアを開ける。開けると同時に防犯用のブザーがけたたましく鳴った。

「おはようございます、はるかの白井です」

急いでドアを閉めると、ブザーは鳴りやんだ。

何も聞こえないので、部屋の奥のほうへもう一度言ってみる。

「おはようございます、はるかです。お邪魔しますねー」

玄関に上がって襖を開けると、いつものように田中さんが寝そべっている。

「今日は誰？　あっフィリピンだ～」

笑いながらそう言ってくれる。ま、笑顔なだけいいか、そう思いながら、

「恵子さん、おはようございます」

ともう一度言う。

「おはよう」

やっと、恵子さんが挨拶を返してくれる。

「恵子さん、お元気にしてましたか？」

「うん、元気も元気」

と恵子さん。今日の恵子さんは、調子がよさそうだ。

「よかったじゃないですか、お元気そうで」

私もそう返す。

「ご飯はすみました？　いつものノート、見せてくださいね」

ヘルパーさんとの連絡ノートも、前は渋っていたが、今日はひと言断ると、すんなりと見せてくれた。

「朝ご飯、何食べたんでしょう。恵子さん、いつも何食べるのですか？」

ノートを見つつ、そう訊いてみる。

「私はいつも木村屋の蒸しパンって決めているの。これが元気の源」

「だって、それだけじゃ栄養かたよるじゃないですか……」

確かに、ノートにも蒸しパンと書いてある。恵子さんは糖尿病の薬も飲んでいるので、この食事内容では、はっきり言ってまったくよくない。ほかの日を見ても、朝はだいたい「蒸しパン」

と記入されている。

「そこ開けてみて。入っているから。こんな小さいの一つだけだから……」

そう言って恵子さんは、ベッドの隣にあるケースを指差した。

四十センチ四方の扉つきの棚を開けてみると、六つ入りの蒸しパンが二つ食べられ、残りが四つになっていた。

「あ、私もこれ食べたことあります。美味しいですよね」

とうっかり本当のことを言ってしまう。黄色い色をしていて、フワフワした蒸しパン。私も好きで、小さい頃よく食べた。

「だよねー。おいしいよねー」

味方につけたとばかりに、恵子さんが同意を求めてくる。

「でも、こればかりっていうのはどうかと思いますよ」

いくらなんでもこの偏食ぶりは、赤信号と言わざるを得ない。昼間はヘルパーさんが作ってくれるので、野菜なども摂れているようだが。

「お昼はヘルパーさんが作ってくれてるんですよね？」

と訊くと、

「ヘルパーが来てー、恵子さん、あれ食べなきゃダメですよとかー、恵子さん、これも食べてください、とか言っていくの。うるさいって言ってやんのよ」

恵子さん、笑いながら威勢よく言う。これは恵子節というものだ。

「ヘルパーさん、恵子さんの体のこと考えて、いろいろ言ってくれてるんじゃないですか」

私はヘルパーさんに加担する。

「だってー、私はそれしか食べられないんだから……」

それしか食べられないなんて、今までどんな暮らしをしてきたのだろうと思う。

「それしか食べられないっていうことはないと思いますけどね。それに、恵子さんは糖尿病のお薬も飲んでいるじゃないですか」

そう言うと、さすがの恵子さんも口を一文字にギュッと結んで、天井を見上げてしまった。それからしばらくして、

「それは分かっている」

と声を低くしてそう言った。

偏食になる、なんらかの理由があるのだろうと思う。精神的なことかもしれないし、そのこと自体が病的なことだなと感じる。

「もっとほかのものも食べられるようになるといいですよね」

と恵子さんに言う。すると恵子さんは急に笑いだし、

「それより、私は栃木で医者をしている家で育ったの。それで、ここに嫁に行けって言われて、先生のところに嫁に来たの。家では受付や薬のこと全部やってた。ここに来てからも手伝いしていたから、病気のことは全部分かる、あなたたちよりずっと分かる」

と急に言いだした。

「そうですか」

と、こちらは言うしかない。

「田舎の母が栗《くり》を送って寄こしたのね。ここの人たちは栗を茹《ゆ》でて食べるってこと知らない」

いったい何の話になるのかと思う。

「あ、はい。栗ね……。茹でて食べますね。それで半分に切ってスプーンで食べたり」

「そう。でもここに来て、一度もそんな食べ方したことないよ。全部、皮を剝いて栗ご飯にするか、煮物に入れるかのどちらか。そのまま茹でて食べるってことはしないの」

それがどうしたのかと思いながら訊く。

「栗がどうかしたのですか？」

「実家に栗の木があったのよ。それで、実家の母が栗を送って寄こしたのだけれど、それがあなた、栗の皮剝がすのが大変で大変で……」

なるほど、茹でて食べるのなら、皮を剝く手間が省けるというのだ。

「お義母《かあ》さんと一緒にやればいいじゃないですか」

よく知らないままにそう言ってみる。

「そんなことするはずないじゃないですか。全部嫁の私がやるの。だから実家に、泣く泣く電話して言ったのね、お母さん、栗送らないでって……」

今日は、恵子さんの辛かった過去の話になりそうだ。だいたいが過去の話だが、恵子さんはいろいろな話を聞かせてくれる。

栗の皮を剝くのは私もやったことがあるが、確かにあれは面倒な作業だと思う。それに、皮が硬いので包丁を持つ手が痛くなる。

「その気持ち分かります。私ももしそうだったら、実家にそう言ってしまうかも……」

思わず共感してしまう。

「それから、梨《なし》を田舎から送ってきた時だって。ここの家はあの当時、二十世紀梨しか食べなかったのね。知ってる？　二十世紀」

梨の種類で、確か薄い黄色い色をしていた記憶がある。恵子さんが言う梨は、長十郎か何かだろうか。

「梨の種類ですよね、知ってますよ。それがどうかしたのですか？」

「剝いてみんなに出したら、ここの家の人、なんだこれは？　って……。梨、美味しいでしょ。なのに、なんだこれ？　って言うのよ……。二十世紀以外は梨じゃないみたいに……」

と恵子さんは、悔しそうに言う。

「だったら、『知らないんですか、こういう食べ物もあるんですよ』って、逆に言ってやったらよかったのに……」

恵子さんの味方になったつもりで、笑いながら言ってやる。それから、

「恵子さんもいろいろ大変でしたね……」

とねぎらいの言葉をかける。

「でもね、私はここにお嫁に来たこと、後悔してない」

急に恵子さんが強い口調になってそう言った。

「ここのお義母さんにはかなわないわ。厳しいけれど、それだけできるお義母さんだった。私、お嫁に来た時にストレスで喘息《ぜんそく》になったのよ。その時もお義母さん、私が悪いのね、この環境が悪いのねって。でも、そういう弱い遺伝子はいらないって言われたわ」

と、昔のことを恵子さんは語った。ずいぶんきついことを言われたのだなと思いながら、静かに傾聴する。

「そうですか、それは大変でしたね」

するど、恵子さんは続けて言う。

「でも、お義母さんが言っていることは間違っていない。私もそう思うもの。尊敬できるお義父さんお義母さんのもとですごせたことは私にとっては誇りであり、幸せなことだったと思う」

と、そこまで言うと、恵子さんはすがすがしい顔になった。私も静かに何度もうなずいた。

大変な過去を思い出しながらも、今の自分を肯定的に思える恵子さんは、無理にではなく、本当に自然にそう思っているように見え、そのような言葉を聞けたことが貴重に思われた。自分自身をそういう結論に導いた恵子さんに、自然に尊敬の念が湧いた瞬間だった。

「それは素晴らしいことですね。今そう思えることは、とても幸せなことだと思います」

そんなことを話しているうちに、あっという間に一時間がすぎてしまった。

「恵子さん、今日は貴重なお話をありがとうございました。時間になったので、またぜひ伺わせてくださいね」

恵子さんは、いつものごとくまた話しはじめていたが、途中で話の腰を折ることもできずに、後ろ髪を引かれる思いで、お宅をあとにした。

外に出ると、太陽が高く昇り、青い空が明るく広がっていた。

午後二軒目は、久々のコンさん宅だ。

いつも通る道は工事中につき、都電の通りに出て、遠回りをしてコンさんのお宅へ向かう。都電通りに出ると、線路沿いに生《は》えている緑の草木の間に、点々と薄紫色の花が咲いていた。それが線路沿いに、ずっと先のほうまで群生している。ところどころに、たんぽぽの黄色の花もチョコチョコ咲いている。両側を緑と薄紫と黄色に彩《いろど》られた花道の真ん中を、都電がゴトゴトやってきた。なんてのどかな光景だろう――。

しばらく、この風景の中でくつろいでいたい気分になるのだが、コンさんが待っている、時間はない。のどかな気分はそこに置いておき、またペダルをこぎはじめる。いつもの道に出る。

音無川に向かって自転車を進める。少しのぼり勾配《こうばい》になっているこの道も、電動アシスト自転車なら苦にならない。赤く塗られた木の橋を渡らずに左に折れる。川を右手に、自転車は川沿いの道を進む。

この道を通る時、いつも川の様子を眺めてしまう。昨日は雨だったので水かさが増して、草の生《は》え際《ぎわ》の若干上まで、水位が上がっている。水も茶色く濁《にご》っている。川の流れはいつもよりきれいとはいえないが、川の上に広がる空からは、陽が射して、川面が白く反射している。

コンさんのお宅があるマンションに着いた。自転車を止める。一階のお店は、準備中の札がかかっている。訪問の時間はたいてい準備中で、お昼のにぎわいも消え、夜の営業にそなえ、休憩も兼ねて下準備をしているらしい。

一階でドアを解錠してもらい、重い扉を開けてロビーに入る。エレベーターはちょうど一階に来ていた。乗り込むと、中に車椅子の人のために大きなミラーが付いている。そこにうつる自分の髪が、自転車と風のせいだろう、乱れている。

五階に着き、エレベーターのドアが開くと、飛び出して急いでコンさんの部屋へ向かう。

コンさん宅のインターフォンを押して、しばし待つ。

「はい」

岩助さんの声だ。

「はるかさん？」

続けて岩助さんが問いかける。

「はい、白井です。こんにちは」

と答えると、ドアの鍵がガチャッと開く音がした。

「どうぞ、上がって」

奥から岩助さんの声だけがする。

「お邪魔します」

ドアを開けて靴を脱ぐ。玄関の靴棚の上には、小さな一輪挿しに薄紫の小さな花が生けられていた。都電沿いに咲いていていた花と同じものだった。

「ここにも同じ花が……」

心の中で言いかけるが、時間がないから岩助さんが出てくるのを待たずに、いそいそと居室へ向かう。すると、リビングのほうから出てきた岩助さんと鉢合わせになった。

「あっ、すいません」

と私が後ろへ飛び、避けると、

「おっとっと、ごめんごめん」

と岩助さんも、少し後ろへ引きさがるかたちになった。再び体勢を整えて、

「こんにちは」

と頭をペコリと下げる。

「白井さん、久しぶりじゃないか」

と岩助さん。

「そうですね。三週間以上は経っていますね」

思い出しながら答える。

「なに、お仕事休んでいたの？」

「まさか、まさか」

あわてて両手を振って見せ、否定する。続けて、

「たまたまコンさんのお宅には来なかっただけで、ほかのお宅へは訪問に行っていましたよ」

とつけ加える。

「そうか、体の調子でもくずしてなければいいんだよ」

私の体のことを心配してくれていたようだ。

「それは大丈夫です。ありがとうございます。岩助さんのほうも変わりなく？」

「はいはい、わしのほうは大丈夫ですよ」

とにこやかに答える。

「健康が何よりですものね」

「そうだね、健康じゃなきゃ、何もできなくなっちゃうよ」

と岩助さんも言う。ひとしきり他愛《たわい》もない会話が続く。

だけど健康についての心配は、岩助さんの歳になるとひしひしと実感としてあるようで、特にコンさんが寝たきりで、その様子を隣で見ているから、その気持ちは、普通の人より何倍も重く感じている様子だ。

午後のこの時間は、どうしても眠たさが出てくる。お昼のチャーハンを食べすぎたようだ。あくびしそうになるのをこらえる。

「コンさんは変わりないですか？」

奥の和室のほうを覗き見る。

「ああ、これといって変わりはないよ」

岩助さんが、大きなあくびを一つした。うつりそうになるのをまたこらえ、呑み込む。

「来てさっそくなのですが、ケアに入らせていただいてもいいですか？」

あわただしくて申し訳ない気持ちで、岩助さんに声をかける。

「はいよ、どうぞ」

と岩助さん。よしっ、仕事に取りかかるぞ、と自分を叱咤《しった》して和室に向かう。入るとコンさんは、静かな寝息をたてて眠っている。

「コンさんこんにちは」

声をかけると、眠りが浅かったのか、コンさんは薄目を開けて、すぐに目を覚ました。

「久しぶりです。私のこと、分かりますか？」

コンさんの顔を覗き込んで話しかける。一瞬きょとんとした表情をするので、忘れられたかかな

と思うが、

「白井さん」

と口のかたちで答えてくれる。声にはならなかったが、分かったのだ。

「憶えててくれました？　そう、白井です」

と笑顔を返す。コンさんの隣にすわり込んで、

「昨日は雨で大変だったんですよ」

とバイタルセットの物品をカバンから取り出し、測定を始めながら、コンさんに話しかける。

コンさんは静かに聞いている。

外に出ることもなく、食事は毎回決まったもので、日々自分で何をするということもない人と、いったいどんな会話をしたらいいものか、毎回悩まされる。このような人と会話するといっても共通の話題があるわけではなし、たいてい返事もなく、自分のほうが一方的に話しかけるだけになって、これでいいのかなといつも思わされる。

冷戦状態のコンさんと岩助さんだが、確かにコミュニケーションをとるのもむずかしいだろうと思うと、そうなってしまうのも致し方ないか、という気分になる。

「昨日の雨はひどかったね」

血圧を測っている途中で、不意に後ろから話しかけられたので、すぐに返答できない。聴診器をしているので、周りの音はほとんどシャットアウトされるが、無音状態のこの部屋では、後ろからかけられた岩助さんの声は聞き取れるのだ。血圧を測り終わると急いで耳から聴診器を外し、

「はい。でも、今日はやんでくれたので助かりました」

と振り返って岩助さんに言う。その様子から察したのか、

「ごめんごめん、血圧を測っている途中でしたね。これは失礼」

と岩助さんが謝る。

「すみません。聴診器をしていると、周りの音が聞こえなくなるので……」

こちらも謝る。コンさんだけが、何も知らぬげに天井を見つめている。

訪問看護では、ケアもさることながら、家族とのコミュニケーションや情報収集、会話の中での家族へのねぎらいなど、そういったなにげない会話、それ自体が家族のケアになっている。介護に追われ、外界との接触や、コミュニケーションが不足するところにわれわれが訪問することで、それらが解消されることの意義も大きいと感謝されることは多い。

訪問入浴での様子や、デイサービスでの様子をノートからうかがう。毎日の日課が、きちんとこなせているか確認する。入浴も、ここひと月はきちんとできているようだ。

熱や血圧に異常が出ると、入浴させてもらえなくなる。入浴は、清潔を保つのは当然のこと、リラックス効果も大きい。寝たきりの人が入浴を希望することはよく耳にする。一方で、体が温まり代謝が上がることで、脈や血圧が高まり、場合によっては疲労感を増したり、血圧が上がりすぎてさまざまな症状が出る可能性もある。少々の疲労感ならよい睡眠をうながす効果もあるが、体力が極度に落ちた人の場合、時に発熱したり、体調を崩したりもする。

実際は適度な入浴温度と時間、無駄な肌の露出を防ぐこと、そして浴後の水分補給で、入浴による不調を防ぐことができる。私などは、入浴させてあげたほうが結果的によい場合が多いよう

に思う。しかし現場では、何かあったらという危険性はゼロではないから、責任上、入れてあげたい気持ちはあっても、実際にはなかなかそういうわけにはいかないのが実情だ。

「コンさん、お腹見せてくださいね」

コンさんのパジャマのボタンをはずして、チューブの挿入口を出す。ティッシュがクルクルッと付け根に巻かれている。今日の傷口はどういう状態だろうかと思いながらティッシュを取り除く。

紙縒りにされたティッシュが、少々赤茶色に染まっている。挿入口からの新たな出血は見られない。血の塊と栄養液の汚れを拭きとり、軟膏を塗り、新たなティッシュをクルクルと紙縒りにして渦巻き状に巻く。

「最近はお腹がゆるいこと、ありますか?」

側で立っている岩助さんに訊く。

「いいや、そんなことないね。夜もオムツ汚したりなんかもないし、助かってます」

と岩助さん。現在は週に二度、寝る前に下剤を飲んでもらうようにしていて、その翌日には決まって快便なのだという。

翌朝にはヘルパーさんが来てくれるので、便の処理もしてもらえるようだ。ここのところ、そんなふうに調子よくいっている。

「大丈夫ですね」

お腹の音も聞いてみたが、張っている感じもなく、腸もきちんと動いている。

「コンさん、横向きますよ」

言いながら、コンさんの健足（麻痺していない健康な方の足）の膝と股関節を曲げ、患側（麻痺している側）に体を向ける。患肢（麻痺側の腕）が体の下にならないような体位にする。コンさんは抵抗することもなく、おとなしくしている。

「背中見せてくださいね」

パジャマをたくし上げ、背中や腰、お尻の上など、背骨に沿って皮膚の状態を観察する。肩甲骨の出っ張りや、足の踵なども見る。特に赤くなっている様子もなく、皮膚の状態も良い。

コンさんはチューブから栄養を摂っていて、それは毎日変わらない味ではあるが、栄養面では非常によく考えられているものなので、栄養状態はとてもよく保たれている。褥創《じょくそう》も作ることなく経過されている。

横向きになっている間に、敷いてあったシーツを真ん中までたくしあげ、まとめる。むき出しになったマットレスに、洗いたてのシーツとラバーシーツを、真ん中まで敷く。

「ゆっくり上向きになりますよ」

言いながら、コンさんの肩と腰を支えつつ、ゆっくり上向きになってもらう。

「はい、じゃ今度はこちら向きね。お山を越えますよ」

と言いながら、反対の肩と腰を支えつつ、反対側に向き直ってもらう。こうやって片側ずつマットレスの、シーツを新しいものと交換するのだ。

真ん中までまくられてできたシーツの山脈を越える時、ごろんと手ごたえが感じられた。今度は反対側の古いシーツとラバーシーツを取り、真ん中までできている洗いたてのシーツを引っ張り、続いてラバーシーツもコンさんの体の下から引っ張り出して敷く。

「はい、じゃコンさん、ゆっくり上向きに戻りましょう」

洗いたてのシーツが敷きなおされたベッドに、コンさんを横たえる。パリッと洗いたてのシーツが気持ちいい（……コンさんも気持ちいいよね）、無表情のコンさんに、心の中で話しかける。

「岩助さん、これ脱衣所に置いておいていいですね？」

古いシーツをクルクルとまとめ、リビングにいる岩助さんに問う。

「すまないね。今日はこんなことまで頼んでしまって」

岩助さんがすまなそうにしている。ヘルパーさんが来る日に、洗濯が間に合わなかったらしい。

「いえいえ」

とだけ返事をして、和室に戻る。カバンから膀胱留置カテーテルの一式を取り出す。バルーン、バッグ、消毒薬、固定液、潤滑ゼリーなどを用意する。

シーツの丸まったのを左手に抱《かか》え、和室を出て脱衣所に向かう。途中トイレに寄って、陰部洗浄用にペットボトルの蓋に穴が開けられたものを右手に取る。シーツを丸め、脱衣かごに入れる。洗面台のシンクにお湯を出す。自分の腕の内側にお湯をかけて温度を確かめ、ボトルに入れる。

熱すぎず、ぬるすぎない温度調節は、そう簡単ではない。前に働いていた総合病院では、いい温度だなとこっちが思っても、「熱い、熱い」と言われたし、逆に「ぬるい、ぬるい」と言われることもあった。たくさんの患者さんを回る間に、温度が変わってしまうためだ。お湯を汲《く》みなおせば冷たくなることは防げる。しかしそんな余裕はないのが実情だった。ここでは、汲みたてをそのまま使うことができる。これが在宅のよいところだ。

「コンさん、今日はお小水の管を取り換えさせてくださいね」

和室に戻ると、さっそくケアに取りかかる。バルーンの固定液を吸い、バルーンチューブを抜く。コンさんの家にある石鹸をお借りして、泡立《あわだ》てて陰部を洗浄する。

「お湯、熱くないですね？」

訊きながら、コンさんの反応をうかがう。体の反応はないようだ。流すと、乾いたタオルで水分を取り、お尻のほうも拭く。水を多く含んだパッドを取り除き、代わりに新しいパッドに交換する。

チューブでの皮膚損傷などがないか、確認する。消毒をして、チューブを挿入する。お小水の流出を確認し、バルーンに固定液を注入する。足を直し、身に着けているものを整える。ベッドの脇にお小水のバッグをぶら下げる。バッグに、今日の日付をマジックで記入しておく。

「コンさんお疲れさま。今日のケアは終わりです」

と声をかける。

すると横のゴミ箱に、大きな葉っぱが二枚捨てられているのが見えた。顔を近づけて見ると、それは柏《かしわ》の葉っぱらしい。

「今日は終わりかね？」

リビングのテレビを消して岩助さんがこちらへ近づいて来ると、ゴミ箱の横にたたずんでいる私に向かって話しかけた。

「はい……、あの」

言葉に詰まっていると、

「何だね？」

と岩助さんが訊いてくる。

「あれ、柏餅の葉っぱですか？」

ベッド脇のゴミ箱を指差して訊くと、

「あ〜」

と岩助さん、思い出したように大げさな返事をして、

「そうだよ。今時季だからね。私は柏餅が大好きなんだよ。白井さんは好きかね？」

と訊く。少し考えてから、

「はい、私も柏餅好きです、たぶん」

と答えた。

「おかしな答え方するな、たぶんってのはなんだい？」

と岩助さんが笑って訊いた。私も笑って、

「それは……、柏餅って小さい時にしか食べた記憶がなくって、最近は食べていないから。でも食べたその時の記憶では、たぶん美味しかった気がするなって……」

困ったあげく、一気に答えると、

「そういうことか……、あはははは」

と岩助さんが豪快に笑った。それで私の緊張も吹き飛んだ。

実家のある田舎では、柏餅は売られてはいるものの、毎年食べる習慣がなく、そのかわり、餅

米を笹の葉に包んで加熱した笹巻きというものを各家庭で作って食べる習わしがあった。

「なんだ、そんなことなら今度、白井さんに特別に買っておいてあげるよ柏餅。ひいきにしている和菓子屋さんがあって、そこの柏餅は絶品なんだよ。そこらへんのとはまったく味が違うからね」

と岩助さんが、鼻高々に言う。

「そうなんですかあ……、それは楽しみです」

と私も、遠慮なく答えた。

しんとした和室で、一人横になっているコンさんが、今日はなんだか、ちょっと小さく見えた。

四月十七日（金）

職場から帰ると、ちょっと汗ばんでいる。今日は特に天気が良く、四月にしては珍しく暑い。急いで着ているものを脱ぎ、シャワーを浴びた。全身に泡《あわ》をなでつけて、両手でゴシゴシこすると、サラサラの汗は、簡単に流れて落ちるように感じた。

シャワーを止め、体を拭く。それからほてった体にローションを塗ると、スーッとして気持ちがよかった。

誰と会う約束をしているわけでもないが、気ままによそ行きのワンピースに袖を通す。日よけの麦藁帽子《むぎわらぼうし》を被ると、これから海にでも行くような、そんないでたちになった。白い編みサンダルを履くと、爪先のジェルネイルのペディキュアのラメが銀色に光って、ちょっと嬉しい。

自転車でいつもの道を行くと、気のせいか、すれ違う人たちもみんなリゾートに向かいそうな装いに見える。まるでギリシャか、南仏かモナコか、どこもよくは知らないけど、これから春のバカンスでも楽しみに行きそうな、そんな感じだ。暖かくなった陽射しが、下町の街角を白く光らせていた。

信号で折れて商店街に入ると、光線は途端にさえぎられ、日陰《ひかげ》は、いつもの生活感溢れる光景を呼び戻した。バカンス気分は束の間で、一気に現実に引き戻されてしまった。今の自分の格好も、何だか周囲に似つかわしくないものに思えて、少々恥ずかしい気分。

向こうから、重たそうなカバンを肩にかけて、野球少年が数人自転車でやってくる。今日の試合の話でもしているのだろうか。日に焼けて、いかにも健康そうな肉体をしている。

すれ違いざまに汗の匂いがして、それが若さと青春の象徴のように思える。それに引き換え、ハンドルを持つ自分の手に視線を落とすと、その白さが急に弱々しく思えて、麦藁帽子を深々と被り、風でなびくワンピースの裾を手で押さえて、そこを走り去る。

音無川の川べりに出る。高校の友人が父親の十八番だと言って歌っていた『リバーサイドホテル』をふと思い出した。今日の音無川は、穏やかな表情を見せている。

遊歩道を孫と思しき小さな子の手を引くおじいさんが歩いている。小さな子は、キャップを被《かぶ》っているのでたぶん男の子なのだろう。網を振り回しているが、何を捕ろうとしているのか、ぎこちなく空振りばかりしている姿が、なんだか子供らしくて可愛い。

自転車を止め、しばらく眺めていたが、結局何を捕ろうというふうでもない。網に馴れ親しむための第一歩、そんなところだ。

少し行ってから、これまで一度も入ったことのない路地を曲がってみる。飲み屋街が続き、いかがわしい宿がある。いかがわしいと言うとなんだが、大人の宿？　それも違うか。いわゆる「連れ込みホテル」とかいうものだろうか。

ともかく、普段はあまり通ることのない一帯。近所にこういうところもあったのかと、なんとなく不穏な感じがする。『リバーサイドホテル』――、またあの歌が浮かぶ。うん、まあそんなところかな。

恐る恐る自転車を進めていると、急に頭から冷たい水がジャブ～ンとかかった。

「キャ～！」

とんでもない悲鳴を上げた。恐怖心を煽られていたところへのアクシデントだったから、一瞬、気が動転して、何が起こったのか分からなかった。懸命にハンドルを操作。転ぶことは避けられた。

「あっ、ごめんね～、大丈夫だった⁉」

びっくりしたおばさんの大声がした。見ると、黒のTシャツにスカート、白いエプロンを着けた女性。右手には、打ち水用の柄杓《ひしゃく》が握られていた。

「はい」

とだけ言うと、自転車の前かごの中のバッグからハンカチを取り出し、濡れた部分を拭《ぬぐ》った。

頭から水を被ったように思ったが、幸い帽子もあって、頭は濡れないで助かった。落ち着いてから事の次第を認識し、大きなため息が一つこぼれた。

「ごめんね、よそ行きの格好なのに。これから、お出かけだったんじゃない？」

おばさんがえらく申し訳なさそうにするので、

「大丈夫です」

と笑って見せた。

実際のところよそ行きのワンピースではあったが、これからどこへ行くというわけでもないから、まっ、いいかという気にさせられた。

気を取り直し、ペダルに足を置くと、

「ちょ、ちょ、ちょっと待って」

おばさんが手をひらひらさせて、ここで待つようにとの仕草をした。別に急いでいるわけでもないので、道路の端に自転車を寄せて待っていると、

「これ、よかったらお詫《わ》びにもらってくれない？　うんと美味しいのよ」

おばさんが言って、にこりと金歯を見せた。

私もにこりとして手もとを見ると、それは見憶えのある、薄紫色の紙包みだった。

「あっこれ」

「ここ、知ってるの？」

「はい」

とだけ答えると、

「あそう」

と大げさにうなずいて見せてから、

「ここのね、私も大ファンなのよぉ～」

と、親しげな口ぶりで話しはじめた。

「それがね、長い間、娘のように可愛がっておつき合いしていた女の子がいてね。今はもう、立派なおとなになったんだけどさ」

おばさんの苦労話になるのか、懐《なつ》かしい昔話になるのか、どちらにしても、ちょっとつき合わされそうな感じ。

「その子がね、ここのお店の和菓子が美味しいんだって言ってね、よく買ってきてくれてね。おばさんも毎日お仕事大変なのだから、たまには甘いものでゆっくりお茶でもしましょうよってね、優しい子でね」

「そうですか……」

「あなたよりは歳がいっているけれど。あなたも細い体つきしているわね、やっぱりダイエット？」

おばさんが、小声でこっそりというふうな調子で訊く。

「い、いえ、そんなんじゃ……」

首を横に振る。

「そう。てっきり若い子はみんなそうかと。その子も、人には買うけど、自分は食べないのよね、気にしちゃってさ。かなちゃんって言うんだけどね」

おばさんがほころんだ笑みを見せたが、その響きに私は耳を疑い、ぎょっとして蒼《あお》ざめてしまった。

「かなちゃん？」

訊き返すと、おばさんがきょとんとしているので、

「今、かなちゃんって言いました？」

今度は問いただすように言うと、

「うん。それがどうかしたの？」

おばさんが驚いて言う。

「いえ、私の知っている人も同じ名前で……」

まだそうと決まったわけではないのだけれど、今口に出した途端、そうに違いないように思えた。かなちゃんとは、お多福の若女将つまり岩助さんのところにいた夏菜子のことではないか。

「あらそう、それは奇遇ね」

とまたおばさんは、大げさなうなずき方をしてみせた。

「もしかしてその人、同じ人だったりはしませんか？」

私が柔らかく微笑むと、おばさんが一瞬表情を消したように見えた。

「あの子ね」

おばさんがボソッと言った。心の内を話そうと決心した空気。

「私も昔は結婚していた時があってね、子供を産んでいたら、かなちゃんくらいの娘でもいたかなって思って……」

灰色の雲が急に空を覆い、あたりがだんだん薄暗くなりはじめた。

「親しかったんですね」

「うん、そうね。それがさ、今あなたと会ったみたいにねぇ、ここで会ったのよ、この道」

「ええっ、本当ですか？」

なんだか信じられない奇遇。

「ねえ、よかったらあなた、私の店来ない？　今から開けるんだけど、喫茶店。お詫びに何かごちそうするわよ、冷たいものでも」

「あ、いえ私はちょっと……」

「急ぐの？」

「そうじゃないんですけど、かなこさん……」

「そうよ、夏に菜の花の子で夏菜子。はじめて会ったのは、今からもう十年以上前になるよね」

それでは私の知っている夏菜子と同じ名前だ。

「あの、それ、どんないきさつだったんですか？」

急に咳《せ》き込《こ》むような声になった。激しい興味が私の心をとらえた。

「あれは……」

おばさんは、遠くを見るような表情になった。

「激しい雨の降る晩だったのよね。秋の終わりの頃で、夕方から急に雨が降りだして、雷まで鳴っちゃって、寒さに震えるような晩。ふと軒先を見たらあなた、光る稲妻の明かりに照らされて、人影が見えるじゃない」

「はい」

私は言った。心臓がドキドキした。

「見れば女の子がずぶ濡れになって、震えてるのよ」

「小さい子……」

「ううん、高校一年くらいよね。震えながら雨宿りしていたの、真っ暗い中。驚いて出ていってね、どうしたのって訊いたら、なんでも母親には死なれて、いろいろあって、母親が再婚した義父と二人暮らしだったけれど、酒と暴力でその男にひどい目にあっちゃって、命からがら逃げてきたって言うのよ」

「へえ」

何だかこのおばさん、水に縁があるのかなと思う。

「どこの子かも知らない子を、勝手に家にあげるわけにもいかないと思ったけれど、可哀想《かわいそう》じゃない。こんなところ人に見られてもなんだし、ま、私もどうせ独り者だったたし、そんなよしみで家に入れてあげたのよ。さいわいうちはこんな商売だからね」

おばさんは横の建物を手で示した。「水仙《すいせん》」と看板の上がった、連れ込みホテルの建物だった。

「わがままを言わなければ、空いている部屋はうんとあるしね、でもね、うち、向こう側の一階には喫茶店があるのよ、表通りに。食べ物も出してて、一応カフェ風よ。そしたらちゃんとしたホテルってふうに見られるのよ。今度来て」

「はい」

「それで、その女の子、おいでって手招きしたらあんた、急に倒れ込んでしまって、意識をなくしたのよね。急いで抱きかかえると、体中火みたいに熱くなっていて……。熱が出ててね、それからうちで一週間も寝込んだのよ。近くの知り合いの先生は、あいにく田舎の法事に行ってるとかで留守してたからね、私が必死で看病しましたよ」

「へえ」

「よくなったんだけど、よくなってからも、義父のあの家には帰れない、あそこに帰ったら自分はきっと殺されるって。だから、ここにしばらく住み込みで置いてくれないかって言ってね」

おばさんは淡々と語る。

「ふうん」

「十五歳だって言うけど、置いてあげたのよ」

思いもよらぬおばさんの話だったが、なんだか不思議な縁を感じた。

「そうだったんですか」

「それからはすっかり元気になってね。一緒にお買い物に行ったり、ご飯を食べたり、仕事手伝ってくれたり、本当の子供のように接してくれて、あの頃が一番幸せだったわね、私」

「はい」

「あの子、母親をなくして、お金もほとんどないまま上京して。うちで昼となく夜となく仕事してね、一年くらいもすると、お金が貯《た》まったからね、やりたいことがあるって、ここを出ていってしまって……。それは仕方のないことですよ。だけど、自分にいくらそう言い聞かせても、しばらくはぽっかり空いた心の隙間、埋まらなかったわよ」

おばさんが寂しく笑った。

「心のどこかで自分の子だって、もう思っちゃってたところがあったんでしょう。だから、もうあの子は死んだんだ。一時の夢だったんだ、そう思って忘れることにしたの」

おばさんの話はどんどん続いて終わらない。でもテレビのワイドショーあたりにありそうな話に思えて、まさかおばさんの作り話ではあるまいなと、ちょっと疑う。

「あらいやだ、私こんな話をしちゃって、見ず知らずの人に」

「いえ、興味深いです」

私は微かな疑惑を悟られたような気がしてあわてて言った。

「それで……」

「うん、それがね」

おばさんが突拍子もない声をたて、私の腕を強く握ってゆすったから、私は後ろに引っくり返りそうになった。

「あなた、三年前にね！」

「はっ、はい！」

「ひょっこり姿を現したんですよ！」

おばさんの顔が目の前に迫って、吐息が顔にかかった。

おばさんの手を離し、両手を肩に添えると、そっとおばさんの興奮をなだめる。

「あ、そ、そうですか。どこに？」

でも私も、すっかり引き込まれてしまう。

「ここよ、私の家。びっくりしたわよ。こっちももう忘れていて、気持ちもすっかり穏やかになっていたところだったのに」

気の抜けるような声を出し、へなへなとおばさんの肩の力が抜けるのが感じられた。でもおばさんの話は続く。話し相手に飢えていたというふうだ。

「あの子にとっても、ここがふるさとみたいになっていたのよね、唯一いい思い出がある場所だからって、それで戻ってきたのよ」

「はい、それはよかったですね」

「なんでも、腕のいい板前さんを見つけて店をやってるんだって」

そう言うと、おばさんは明るく笑った。店をやっているところまで私の知る夏菜子と同じだ。では板前さんとは「お多福」の三郎さんのことだろうか。でも彼はコンさんが育てた板前さんだ。まるで自分の板前のような言い方に抵抗感を覚えた。

「元気そうでなによりだったけど、ただ、あの子もしばらく見ない間に何だか変わったなあって感じがしてね、それはきれいになってたけど、女優さんみたいに。でも何かね、怖いような……。いろいろあったんでしょうよ。だから、あんまり詳しくは聞きませんでしたよ、それまでのこと」

そこまで話すとおばさんは、急にうつむき、暗い表情を見せた。

「……どうか、しましたか？」

思わず訊く。

「あの子、家族の、というか。親子の絆《きずな》を感じたかったんでしょうかね？」

おばさんの暗い表情は変わらない。声が小さくて、聞き取りづらくなった。

「えっ？」

と訊き返す。

「結局、私なんかじゃダメだったのよ……」

気落ちした様子でそう続けた。

「はい、あの……、何がですか？」

しばらく無言になり、口を開かない。ひどく思いつめたような面持ちでいる。

「あんまり、こんな話しちゃ、いけないかねえ」

「いえ、続けてください、お願いします」

私はあわてた。話がいよいよ核心に迫っているのだ。もしかしたらこれは、とんでもなく重要な話だ。もうとうてい、聞かずにはすませられない。

「うん」

言ってから、おばさんはまだ迷っていた。ここでやめられては困る。濡れた服を見て欲しいと私は思った。

「やっぱり、娘は男親の愛情が欲しいんでしょうかね？」

そう言ってため息をつくと、おばさんはちょっと笑って見せた。

「はい……、というのは？」

決心を固めたというような顔をして、おばさんはいよいよ話しはじめた。

「あの子ね、たまに、うちの空いている部屋で休ませて欲しいって、そう言ってきたんですよ。いつでも好きな時に使ってちょうだいって私言ったんだけど、それがいけなかったのか、まさか、あんなことになるなんてね……」

「え？　はい」

何が起こったのか。

「最初は私の留守の間、お店の番をしてくれるって言うから、こっちも助かるよって、そう言っていたのよ、ホテル水仙のほうは人雇っているけど、喫茶店、こっちも水仙ていうんだけど。いつもお土産に、ほら、さっきの和菓子屋の、薄紫の包みを持ってきてくれてね」

「ああ、梅香堂《ばいこうどう》のですね」

私は言った。うなずいて、おばさんは話を続ける。

「そう、一緒にまたお茶できるようになったのが嬉しくてね……。だけど、なんだかだんだん雲ゆきが怪しくなってきて」

おばさんの口ぶりが、だんだん重くなる。

「どうしたのですか？」

おばさんは、一つ大きなため息をつくと、話しはじめた。

「それが……」

おばさんの話は、また勢いを失った。

「それが？」

「男を連れ込んでいるふうなのよ、私のいない間に……」

おばさんが悔しそうな声を絞り出す。

「ああ」

「それも、もう八十くらいのお爺さんですよ」

おばさん、今にも泣き出しそうな顔になる。

「ええ……？」

私は、思わず驚きの声をもらした。

「そして毎回、一時間くらい部屋にいるの。なにも私、男の人といい仲になるのが悪いって言っているんじゃありませんよ。だけど、あの歳で、せっかくの花の時期なのに、自分を大切にしていないいんじゃないかって思ってね、私はそれが悔しいのよ」

最後のあたり、泣きたいのを必死にこらえているというふうだった。あわてておばさんに言った。

「だけど、それこそ、その人は誰だか分からないのでしょう？　お父さんかもしれないじゃないですか？」

あてずっぽうに慰めの言葉をかけるしかない。親子がこういう場所で会うかはちょっと疑問だが、でも、まったくあり得ない話でもない。

「いいえ、親子じゃないね、あれは」

「見たんですか？」

「ちゃんと見てはいないんだけどね、私には分かるよ、あれは、ここであの子がやっているお店の人よ、私はそう睨《にら》んでる」

「いい板前さんのいるっていう？」

「ええそう」

「岩助さん……」

全然意識していないのに、私はつぶやいてしまっていた。

つまり夏菜子は、以前自分の暮らしていた水仙というホテルに、定期的に岩助さんを連れ込んでいるということか。

その途端だった。おばさんはしどろもどろになって、視線をキョロキョロさせた。

「あ、あのね私、どうかしちゃってたのよ、あなた、ごめんね、あり得ないことをね……、ちょっとね、私の思いすごしかな、私の頭……、あの、ちょっとね、どうかしちゃって」

「だ、大丈夫ですか？」

話の内容以上に、おばさんの様子が心配だった。

「あのね、あの、だから……」

そう言った途端、

「キャー！」

と絶叫すると、おばさんは私のほうにしなだれかかり、ぐずぐずと倒れてしまった。

急なことでこちらもよろけたが、どうにか踏ん張ることができた。

「ちょ、ちょ、ちょっと！」

思わずこちらも叫んでしまう。あたりを見回しても誰もいない。泣きたい気分になった。

「おばさん、おばさん！」

ゆっくりと、おばさんの体を舗装路に横たえる。それから横にしゃがみ込んで、大きな声で呼びかけるが、反応はなく、目を開けない。顔を近づけると、呼吸はしているようだ。手首に触れると脈もある。それを確認でき、ひとまず安心する。

携帯を取り出し、一一九番を呼び出す。指が震えてしまい、指先が冷たくなっている。こっちがショックを起こしそうだ。

「消防ですか、救急ですか?」

男の人の、落ち着き払った声が聞こえた。

「救急です」

それで、こちらも少し落ち着きを取り戻す。

「どうしましたか?」

「今まで普通に話していた女性が、急に叫び声を上げて、倒れて意識をなくしました」

言いながら、これではあんまり素人みたいな言い方だと、自分で恥ずかしくなる。

「意識がないのですね」

声が復唱する。

「呼吸と脈は確認できています」

そう言うと、

「場所はどこですか?」

「住所は分からないのですが……、あっ」

目の前の電信柱に、住所表示を見つけた。急いで読みあげる。

「分かりました。今向かいます」

と男性は言って、電話は切れた。

「おばさん」

もう一度声をかけると、

「ん……」

と、少しうめき声を上げたが、目を開ける様子はない。胸もとのボタンをはずし、呼吸を楽にする。腕や足を見るが、倒れた時の外傷は見られない。呼吸は止まっていない。瞼《まぶた》を開けてみるが、瞳孔《どうこう》反射も見られた。

おばさんの口もとに再び顔を近づける。呼吸は止まっていない。瞼を開けてみるが、瞳孔反射も見られた。

それだけすると、救急隊を待つ以外、ここで自分にできることはもうない。そんな自分にいらだった。

間もなくすると、遠くからサイレンの音が聞こえてきた。音は徐々に大きくなり、通りの曲がり角に、白と赤の車体が入ってくるのが見えた。

かたわらに救急車が止まると、中から青い防御ガウンを着た救急隊員が駆けおりてきて、おばさんを取り囲んだ。酸素マスクがつけられ、担架に乗せられ、車に運び込まれた。

「あなたが通報を？」

と問われるから、

「はい」

と答える。

「お知り合いですか？」

今日会ったばかりで、知人ではないことなどを簡単に説明する。

「そうですか。それでは連絡先だけお願いします」

と彼は言い、名前と住所、電話番号を聞いて書いていった。こちらは、搬送病院の連絡先を聞いてメモした。大丸《だいまる》総合病院、と救急隊員は言った。

おばさんを乗せた救急車は、再びサイレンを鳴らし、総合病院へ向かって消えていく。無事でいてくれるといいが、と私は立ち尽くし、思う。

四月十九日（日）

携帯のアラームが鳴らないうちに目が覚める。カーテンを開けると、まだ陽は昇りはじめたばかりの様子だ。

Tシャツに着替えて、トレーニングズボンを穿く。ボトルの水を一気に飲む。ドアを開けると、ひっそりとした空気が部屋に流れ込み、外には早朝のすがすがしい空気が漂っていた。清潔感あふれる朝の空気を胸いっぱいに吸い込むと、体中の悪いものが空気と一緒に出ていって、生まれ変わった体になったような気がした。

通りを、何人かの人たちがウォーキングしている。朝の早い、この時間帯に会う人たちは、みんないい顔をしていて、とても気持ちがいい。私も、早足でそれに加わった。

公園に着くと、サイクリングやジョギングをしているたくさんの人たちがいる。数人で集まって、太極拳《たいきょくけん》をやっている人や、犬と一緒に走っている人もいる。

私も一人、ストレッチをしてウォーミングアップをすると、ひたすら歩きだした。筋肉が伸びるように意識して体を動かす。しばらく歩くと、汗がじんわりと背中ににじみ、流れおちていくのが分かる。

部屋に戻ると、ぬるめのシャワーを浴びる。心地よく疲れた体をベッドに投げ出して、朝の贅沢な気分を楽しむ。

外ではチュンチュン、チュンチュンと、遅く起きてきたすずめが、可愛く鳴いている。

食事をすませ、九時頃には外に出る。大通りに出ると、休日だが交差点はいつも通りの表情を見せている。

地下鉄の階段を下り、ホームに出ると、都心から離れる方向のこちら側は、さほど混んでいなかった。二つ目の駅でおりて地上に出る。

だいぶ高くのぼった太陽が、眩《まぶ》しく目に入った。通りは交通量が増し、埃《ほこり》っぽい。手をかざしてあたりを見渡すと、白くて大きな建物が目に入った。「大丸総合病院」はすぐに見つかった。

通りを渡ると、花屋さんが開店の準備をしている。その中から、ピンクの小さな花束《はなたば》を一つもらう。

病院に入ると、救急外来受付の前の椅子は患者さんでいっぱいで、すわれないで立っている人も壁際に大勢いる。順番待ちの人たちが、朝からこんなにいるのだと、あらためて驚かされる。白いナース服に身を包んだ看護師さんたちが、何人も廊下を往《ゆ》き来《き》している。入口にはカルテを持って患者さんを誘導している看護師さんもいる。みんな忙しそうだ。

事務手続きをすませ、部屋に案内されると、入口の横には「山崎里子《やまざきさとこ》」とネームが貼られている。一人部屋らしい。

「山崎さんというのか」

そう小さくつぶやいて、ドアを軽くノックする。

「はい」

中から、聞き覚えのある声がした。そっと中へ入っていくと、やはりそうだった。おととい会ったあのおばさんが、薄茶色の検査着のようなものを着て、ベッドにすわっていた。

「こんにちは、その節は……」

と私が言うと、

「まあ、あの時の……、あなたが救急車を呼んでくれたのね。ごめんなさいね、迷惑をおかけして」

そう言うと、おばさんはすわったまま深々と頭を下げるので、

「いえ。……あの、もう、具合はいいんですか?」

と訊く。

「ご飯も美味しく食べられるし、自分ではまったくもう健康なつもりよ」

とおばさんは笑って言う。

「あのこれ……」

そう言ってあたりを見渡すが、救急で運ばれたせいか、部屋には何もない。おばさんも、私が手に持っている花束に気づいたのか、

「そうなの、なんにもなくてごめんなさい」

そう言ってから、ベッドサイドテーブルの下から紙コップを取り出すと、

「これで許して……」

と言って笑った。

「充分ですね」

受け取ると、部屋の入口にある水道でコップに水を入れて花を生け、窓際に飾った。

「まあ、きれいね……」

「小さくてごめんなさい。来る途中、ちょっと寄って買ったものですから」

「そんな気遣《きづか》いまでしてくれなくていいのに」

おばさんが言う。

「入院、長くかかりそうですか？」

「症状は大したことないのだけど、原因が分からないから、念のために。週明けに脳の検査をするって先生には言われてるわ」

とおばさんが教えてくれる。検査というと、ＣＴかＭＲＩか、そこらへんだろうか。

「ここは神経内科ですよね」

「そうみたいね。もし脳に何かあれば、脳神経外科とか、そちらに回されるみたい、何もないといいけど……」

とおばさんが不安そうに言う。

「あの時、私も一緒についていけたらよかったのですけど……」

「あらいいのよ。ありがとね。でもあの時のこと私、全然憶えてないのよ。もしかして、夏菜ちゃんのこと、話していたかしら？」

「何も……、憶えてないのですか？」

と、少し驚いて問う。

「そうなの、ごめんなさいね。だから、場合によってはカウンセリングの先生がつくかもしれないようなこと、言っていたわね。精神的なものから来るのかもって……」

「そうですか」

おととい、山崎さんが可愛がっていた夏菜ちゃんという女性のことを話したのを思い出す。自分よりもうんと歳の離れた男性と関係しているのではないか、そういったことを話していて、おばさんは倒れた。その女性が私の知っている女将の夏菜子と同じ人物か気になる。しかし、この様子では、あの話をまたここで蒸《む》し返《かえ》すのはよしたほうがよい。あの時にした話の内容が、彼女にショックを与えた可能性もあるのだから。

「ねぇねぇ、せっかく来てくれたんだから、いいものがあるのよ」

そう言うとおばさんは、枕もとに置いてある、小さなバッグを手繰《たぐ》り寄《よ》せた。

「何か、必要なものとかありますか?」

「大丈夫よ、長年のつき合いの、お隣の方にお願いしているから……。このバッグも持って来てもらったの」

おばさんはそう言った。独り者だと言っていたが、こういう時、頼りになるお隣さんがいるのはさぞありがたいことだろう。私も実家から離れ、一人でいるからよけいにそう感じる。

「これこれ」

おばさんはそう言って、ピンク色の小さなものを手に持ち、ブラブラさせた。受け取ってみると、ピンク色の紐《ひも》の先に、同じくピンク色の小さな貝殻がついているストラップだった。

四月十九日（日）

「かわいい～」

思わずそう言うと、

「それ、匂いがするのよ」

とおばさんが言った。鼻を近づけると、確かに石鹸のような香りがする。

「いい香り～。もしかしてこれ……」

「そう、私が作ったの、どうぞ」

おばさんが、少し自慢そうな顔をした。だけど、本当に自慢してもよいほどの出来ばえで、買ったもののように見える。

「すごいですね、山崎さん。こんなことできるんですね」

するとおばさんは、私に名前を呼ばれて少し驚いた顔をした。

「入口のところにお名前があったので……、お名前、聞いていませんでしたから」

「そうよね。ここに来た時も名前を聞かれて。それはさすがに忘れていなくてよかったわ」

そう言うと、おばさんはあははと豪快に笑った。心の中で、本当にそこまでの記憶喪失でなくてよかったと思う。今の会話からは、異常は感じられない。

「山崎さん、ありがとうございます。これさっそく、使わせていただきますね」

「こちらこそ、お見舞いにまで来ていただいてありがとう」

山崎さんが、ゆっくりとお辞儀をした。

私もお辞儀をしてから、クルッと振り向いて、病室をあとにした。

病院の玄関を出ると、救急車が入ってくるところだった。

五月二日（土）

連休真っただ中。赤堀先生からはその後なんの音沙汰《おとさた》もない。たぶん元気でやっているのだろう。職場が違うから、情報は入らない。こちらもまた、忙しく日々をこなしている。

山崎さんも大好きだと話していた梅香堂にはまだ入ったことがなかった。どんな店なのかと思い、自動ドアから店内に入ると、中には涼しい空気が充満している。ショーケースには和菓子が並び、奥には小さなテーブルが二つに、椅子が数脚置いてあるのが見える。でも、今は誰もいない。

「こんにちは」

奥に声をかける。

「はい、ただいま」

女性の声がする。待ちながらショーケースの中を覗く。

おいしそうなものが並んでいる。どれにしようか迷っていると、暖簾をくぐって奥から中年の女性が姿を現した。あれっ、という顔をされたので、

「こんにちは」

とまた言ってみる。

「こんにちは」

おばさんもそう言う。どこの子だろうと思われているのだろうか。

「たみさん、いる？」

私たちの沈黙を破り、二、三人のお婆《ばあ》さんたちが、背後から店内に入ってきた。このにぎやかな声は、ちょっとありがたかった。

「いつものね……。ちょっと休ませてもらうわね」

彼女らがそう言うと、店のおばさんは、

「いつもの特等席空いてるわよ。ちょっと待っていて、今準備するから……」

そう言ってくるりとUターンし、奥に消えた。

お婆さんたちは三人で、一人は買い物袋を提げ、一人は杖をつき、一人は曲がった腰を叩いたりしている。みんな八十代というところだろうか。

「あったかくなったわね、今日は暑いくらいじゃない？」

そう言いながら、たみさんと呼ばれた店の女性が、お茶を三つ、喫茶コーナーにすわる三人の前に運んでいく。

「ありがと、ありがと。暑い時には熱いのに限るのよ」

一人が言うと、

「そうそう。これから真夏に向かうのは辛いけどね」

と一人が言って、三人揃って熱いお茶をすすりはじめた。

たみさんはいそいそとショーケースの向こう側に戻ってくると、中から大納言の鹿《か》の子《こ》のようなものと、練りきりと、芋羊羹《いもようかん》を出して器に載せ、運んでいった。これが彼女たちの「いつもの」なのだろう。

「んー、おいしいねー」

甘いもので落ち着くと、お婆さんたちはそんな声を出している。その様子を見つつ、私はまだどれを買おうか、ショーケースの中を覗きこんでいる。

小倉あんの串団子や、みたらし団子、胡麻《ごま》団子に大福、定番の品揃えだ。

お婆さんたちの「いつもの」も美味しいのだろうが、季節の和菓子にも惹《ひ》かれてしまう。水羊羹と水饅頭、それに何と言っても今の時期は柏餅がおいしそうだ。でも今日は鹿の子にしよう。

「ごめんなさいね、待たせてしまって」

話につき合っていたたみさんが、戻ってきてそう言った。

「あ、いいえ。これ、三つください」

ショーケースを指差して言う。

「鹿の子ね」

そしてたみさんはそれを取り出し、薄紫の紙に包んでいる。

その様子を見ていて、突然はっとした。私の頭の中で、突然何かが高速回転を始めた。

岩助さんのお宅のカレンダーに連日書かれていた「D」というアルファベットだ。あれはもしかして、「道明寺」のことではないか――?

Doumyoji のDだ。Dの文字がよく書かれていた時期は、桜の時期と重なるのだ。それが連日書かれていた頃、自分も道明寺をいただいた。

「あの、すいません」

はい、とたみさんが答える。

「ここ、道明寺置いていますか？　桜の葉に包まれた……」

「ああ、今は置いてませんよ、季節ではないから。ごめんなさいね」

たみさんが笑って言う。

「季節の頃は……？」

「置いてますね。季節感を出したいから」

「ああそうですか」

言いながら、私はまたショーケースの中に視線を戻す。心臓はずっとドキドキしている。

やはり置いていた、道明寺。

そしてショーケースの中を見渡す。ほかのアルファベットを探ろうと思ったのだ。

団子が並ぶ。あんこの串団子、みたらし団子、胡麻の団子、などはどうか。頭の中でこれらをそれぞれローマ字で書き、頭文字をとってみる。An Dango、Mitarashi Dango、Goma Dango、AD、MD、GDとなる。カレンダーに書かれてあったAD、MD、GDと合致する！

分かった！　これで正解ではないか？　じっと考え込む。そして思い出す。岩助さんの家のゴミ箱に捨てられていた串だ。これがまた、この推理を裏付ける。あれはお団子の串だったのだ。

そうだ、これで正解なのだ。

でも、とすぐに行きづまる。なんのための暗号なのだ。何故暗号化などしなくてはいけなかったのだろう？　たかがお団子程度のことに。

いったい誰の目から隠す必要がある？　岩助さんが一人で食べる分には、暗号化の必要なんてない。ただ買ってきて食べたらいいではないか。

そうなら、暗号はコンさんの手前だった可能性が高い。彼女は糖尿病だから、岩助さんは彼女や、訪問看護に来ている私たちに、甘いものを食べていることを知られたくなかったということなのだろう。

でも——、まだ釈然としない。それでは説明になっていない。暗号となると、誰か、つまり最低二人で結託し、三人目の誰かの目から事態を隠すためのもので、では誰の目から隠すかと言うと、それは妻のコンさんしかいない。では岩助さんは、誰と結託？

はっとした。やはり、あのお多福のはんなりの若女将の夏菜子か——？

「で、それがどうかしたの？」

たみさんが不思議そうに訊いてきた。

「あ、いえいえ……」

急いでそう答える。私の思考は破られ、以後なんとなくそのままになった。

五月三日（日）

朝食をすませると、簡単に部屋の掃除、洗濯をすませる。アイスティーを淹れて飲み、ひと息つくと、十一桁《けた》の番号を押してから、左上のボタンを押す。呼び出しのコールが数回鳴ってから、

「はい、もしもし……」

と岩助さんの声が聞こえた。

「もしもし」

とだけ言ったら、こっちが何も言わないうちから、

「あっ、白井さん？」

と岩助さんは言う。

「はいそうです……。よく分かりましたね」

「そりゃあ声で……、って言うより、そんな若い声で電話かけてくれる人なんて、白井さん以外いないですよ」

と言う。この瞬間、では夏菜子は、と思う。彼女も若い声のはず。それとも彼女は、電話はかけないのだろうか。

「お元気そうで。ところで岩助さん、今日はおひまですか？　もしよければお茶でもって思って、短い時間だけでも……」

「え？　お茶、いいね、いいね。嬉しいな、女の子からのお誘い。どこがいい？」

と岩助さんは、ノリよく返事をしてくれる。

「ＵＣＣ珈琲ではいかがでしょうか？」

「ああそうだね、何時がいい？」

「岩助さんが出られる時に。私のほうは合わせます」

「じゃ三時」

「分かりました。では現地集合で」

と言って、電話を切った。

五月になると、ジーパンにTシャツという日も多くなる。今から岩助さんと会うからといって、別段お洒落しようとも思わないけれどな、などと思いながら、クローゼットの扉を開く。

しかし、いくら年配の人といっても、少しくらい色気がないと、彼としても気持ちの張りが出ないのではないか。刺激を与えたほうが相手も喜び、メンタル的に元気を与えはしないかと思った。

だから、少しは女性っぽい格好をしていってあげたい気がする。でも夏菜子とのことを思うと、こういう気のゆるみが、老人を悪い道へ走らせるのだろうか、などと考える。

そんなことを思いながら、クローゼットの中の洋服を一つ一つ左に寄せては、また一つ一つ右に寄せ、そんなことを四、五回繰り返した。

「これにしようかな……」

そうつぶやいて一枚を取り出す。紺地に白のラインが入ったワンピースだ。色は地味だが、デザインが洒落ていて、なにより清潔感があってよい。

ハンガーが着ているワンピースを部屋にかけておき、眺めながらもう一杯、今度は熱い紅茶を淹れた。

店に入ると、

「お一人ですか?」

と訊かれたので、

「待ち合わせているんです」

そう言って奥を覗き見ると、右手を上げる人が見えた。

「白井さん」

岩助さんが立ちあがり、手を振って呼びかけるので、こちらも手を振る。店員さんも、その様子をみて立ち去った。

「すみません、急にお呼び立てしてしてしまって」

と挨拶すると、

「あらあ白井さん、また可愛い格好して。こちらこそ、連絡がいただけて嬉しいですよ。ま、どうぞ」

と岩助さんは言って、奥側の席をすすめてくれた。そこはソファ席で、一瞬躊躇したが、

「じゃ、お言葉にあまえて……」

そう言ってお辞儀をし、奥の席へすすみ、ワンピースの裾をしっかりと押さえながら席にすわった。

「いくらでもあまえてちょうだいっ」

などと岩助さんがひょうきんに言うので、笑ってしまった。それから岩助さんは、無邪気な表情でメニューをみている。

親子以上も歳の離れた女性とこうしているのを、岩助さんはどのように感じているのだろう。

そう思いながら岩助さんの様子をみていると、何故だか急に不思議な感覚に襲われる。

二人でアイスコーヒーを頼んでから、

「ところで、岩助さん」

と切り出す。

「いつもコンさんの訪問に伺いながら、岩助さんの生活ぶりへの配慮が全然できなくて、申し訳ありません」

「えっ、いいんですよ。はるかのみなさんには大変お世話になってますから」

「ええ、そう言ってもらえると……」

とそんな会話をかわしてから、

「参考にお聞かせいただきたいのですけど、普段外出とかされているんですか? こんなふうに。ほら、お買い物とかもありますでしょう?」

と訊く。

「うん、まあね……」

と、岩助さんが浮かない顔で返事をした。表情から笑顔が消えた。

「介護しながらでは、外出もままならないでしょう?」

「そうねぇ、だけど、うちはヘルパーさんも頼んでるし」

岩助さんが、目を見開いてそう言った。どこか苦しそうに見える。

「そうでしたね」

静かにうなずいてから訊く。

「じゃ、自由にお買い物を?」

「いや、そりゃさ、コンは放っておく時間が長いと、機嫌悪くなってさ」

「冷戦……」

ちょっと笑って言ってみた。ステーションのみんなが言っていたことだ。すると岩助さんはうなずく。

「コンさん、嫉妬深《しっとぶか》いんですか？」

ちょっとだけうなずき、

「そりゃもう異常」

とだけ言って、立ちあがった。そして、

「ごめん、ちょっと……」

そう言い残すと、トイレの方角へ向かって歩きはじめた。

一人残され、しばらく考える。確かに訪問ヘルパーも頼んでいるので、一時間やそこらは捻《ねん》出《しゅつ》できるはずだ。でも、それだけではダメだ。水仙までは、歩いたら二十分はかかる。往復で四十分、水仙にいる時間は二十分ほどになってしまい、山崎さんの、いつも一時間くらい二人でいるという話と食い違う。この上さらに団子なんて買っていては、時間はますます少なくなる。というより、なくなってしまう。

ではどうやって毎回一時間もの時間を捻出しているのだろう。岩助さんのお宅にあったカレンダーを思い出してみる。あの問題について考える。岩助さんとの会話から、材料が集まり、推理が走りだしそうな予感がしたからだ。ＡＤはAn の Dango、ＭＤはMitarashi Dango——。やはり私は推理マニアなんだなあと思う。

あれは当日、コンさんが欲しがった和菓子を暗号化し、夏菜子に知らせるためのものだった。これはまず間違いがない。そして岩助さんは、毎回和菓子を買いにいくことを口実に、家を出ていた。

けれど外出の時間が長くなれば、コンさんは異常に嫉妬するそうだから、不審がられてしまってケンカになるはずだ。だからまとまった逢瀬《おうせ》の時間を捻出するため岩助さんは、夏菜子に前もって和菓子を買っておかせることにしたのではないか。そうすれば、外出している時間はまるまる、夏菜子とのあまい逢瀬の時間になる。そうだ、そうだろう。これは、そうするための暗号だ。

夏菜子は、昼食の膳を五階に届け、そのおりにこのアルファベットの暗号を見て、本日買うべき和菓子を心得る。そこで彼女は、岩助さんがまだコンさんと一緒にいるうちに和菓子を買っておき、これを持って水仙に行き、待つ。そして岩助さんは、直接水仙にやってくる――。

そうか、そういうことか！

「いやあ、ごめんごめん」

岩助さんがトイレから戻ってきた。私はついと立ちあがると、

「岩助さん、ごめんなさい。わたし、急に行かないといけない用事ができたの」

「ちょ、ちょ、ちょっと白井さん、そりゃないよ」

岩助さんがあわててお財布を出した。その端からさがっているストラップに、私ははっとして目をとめた。

「岩助さん、それ、どうしたんですか？」

言ってから、私はまた腰をおろしてストラップを見つめた。

私がこの前山崎さんにいただいたばかりの貝殻のストラップ、それと色違い。岩助さんのは黄

緑色だ。

「これ？　もらったんだよ」

なんでもなさそうに岩助さんは言う。

「どなたにいただいたのですか？」

言うと、岩助さんは下を向く。

「え、誰って、下で働いている夏菜ちゃんて子に」

私はびっくり仰天してしまった。エアコンで冷えた体が、さらに冷えていくのが感じられた。

財布から千円札を出してテーブルに置き、バッグを持った。ちょっと腹も立ったのだ。

「この埋め合わせは必ずしますから、ね？　ごめんなさい！」

そう言って、拝むふうに両手を顔の前で合わせると、アイスコーヒーを盆に載せて持ち、近づいてきたウエイターが、驚いた顔をして、目の前を通りすぎる私を見送った。


表に出ると、黒雲が空を覆い、一雨来そうな天候に変わっていた。今日に限って自転車ではなく、徒歩で来ている。しかもワンピースにサンダルの最悪の格好。雨に降られると大変だ。しかし、迷うような気分ではなかった。

小走りになる。向かう先はたみさんのいる梅香堂。ここからなら、全力疾走すれば十分かそこいらでたどり着けるだろう。歩道を歩く人がたくさんいて、ぶつかりそうになるのを謝りながら、懸命に道を急ぐ。気分はもう、いっぱしの女探偵だ。

梅香堂に着くと、それを待っていたかのように、一気に雨が降ってきた。

「あの、すみません」

と店の奥に声をかける。たみさんが出てきた。

「まあまあこんな雨の中、どうされました?」

たみさんが訊き返す。

「あの、ちょっと見ていただきたいものがあるのですが……」

そう言って、バッグから携帯を取り出す。メモリーを起こし、写真一覧をスクロールする。そして中の一枚を表示した。

「これなんですけど……」

赤堀先生とお多福で食事をした晩、写したものを差し出す。夏菜子が写っているのだ。少し遠いが、分かるだろうか。

「あぁ夏菜ちゃん。あなた、夏菜ちゃんの知り合いだったの?」

覗き込んだたみさんの口調が、急に親しいものに変わった。

「いいえ、先日この方のお店に行ったものですから……」

そこまで言うと、

「この人のお店……、若女将なの?」

とたみさんが、興味を示してきた。

「はい、お客さんはそう言って……」

「そう。見習いで入ったのに彼女、ずいぶんきれいになっちゃってね」

「見習いですか?」

聞きとがめて訊くと、

「そうよ、自分で言っていたもの」

たみさんが答える。

「これ、いつの写真？」

とたみさんの質問。

「先々月ですけど」

おずおずと答える。

「ああそう。とうとう女将の座についたの」

たみさんが、衝撃的なことを言う。やはり岩助さんのお宅で会ったあの時の夏菜子は、女将ではなく、まだ従業員だったのだ。

「いえ、そういうことはないですけど」

私は言った。お店の権利はまだコンさんにあるはず。

「それで、この写真がどうしたの？」

「この方、ご存知なんですよね？」

勢い込んで念を押す。

「知っているもなにも、常連さんよ」

やっぱり！

思ったとおりだ。夏菜子はここにたびたび顔を見せていた。岩助さんのお宅にあったカレンダーのアルファベットに指示されて、岩助さんの代わりにだ。

「この方、夏菜子さんはここへはどれくらいの頻度で来られていますか？」

激しく不穏な空気。犯罪の気配が、私を襲いはじめている。夏菜子は女将の座を狙《ねら》っている。岩助さんはすでに籠絡《ろうらく》した。だったら、コンさんの存在が邪魔だ。きっとこれは警察もまだ知らない。心臓がどきどきする。

「うちへは、そうねぇ……、週に二、三度は来ているかしらね。あんこのお団子だとか、みたらし団子だとか、いつも二つ三つ、買っていってくれるのよね」

「そうですか、何時頃？」

「三時くらいよね。その二つ三つを、もう一軒分買っていくこともあってね。だから、小さな紙の包みを二つ作らせて、持っていくこともあったわね」

とたみさん、思い出しながら言う。

え、と思う。それはどういうことだろう。あっそうか、もう一つは山崎さんにあげていたのか。

「だけどあの子、見た目も細いし、どっちかって言うと、仕事柄もあるけど、甘いものよりお酒が好きそうじゃない。だから訊いたのよ私。あなた、よっぽどあま党なのねって。そうしたら、私のじゃない、なんて言っていたわね」

たみさんは小首をかしげ、思い出すような目をする。

「いえね、大したことじゃないけど、あんなに通ってきてるのに、自分は好きじゃないって言うからさ、おかしいなって感じて。たぶん酒飲みで、しかも甘いものも好きな店の常連さんでもいたんでしょ」

たみさんは自問自答するように、首をひねりながら言った。

思ったとおりだ。悪い予感。当たってくれなければいいがと思う。ちょっと眩暈がした。

五月四日（月）

上天気。カーテンを開けると、頭上から太陽がギラギラと照りつける。エアコンをつけたくなる温度だ。

帽子をかぶって自転車に跨がり、梅香堂に向かう。店に着くと、たみさんが迎えてくれた。

「いらっしゃい」

もう以前のように、どこの人？　というような顔はされない。

「こんにちは。二日続けて来ちゃいました。今日もあったかですね」

そう言うと、

「本当ね〜」

と言う。

「これと、これ、ください」

ショーケースを覗き込み、抹茶と、小豆の水羊羹をお願いする。たみさんは素早くそれらを取り出し、包んでくれた。

薄紫の紙包みを受け取ると、梅香堂をあとにする。

裏通りに入ると、日陰になった。前方に、「水仙」と書かれた白い看板が見える。山崎さんの経営しているホテルだ。建物に沿って角を曲がると、一階に喫茶店。その前で自転車を止め、自動でないドアを開けた。

「ごめんください」

店内に踏み込み、奥に向かって呼びかける。しんとしたままだ。もう一度、もう少し大きな声を出す。

「ごめんくださ～い」

誰もいないのだろうか。しばらくすると、奥のほうでガタガタと音がして、

「は～い」

と返事が聞こえて、女性が姿を現した。山崎里子さんだ。

「こんにちは」

「あら～この前の。すわってすわって！」

山崎さんが、驚いた顔をして迎えてくれた。

「もうすっかりいいんですか？」

「ええ。でもびっくり。よく来てくれたわね」

そう言って彼女は、私の両肩に手を置いて、笑顔で歓迎の意を表してくれた。

「いつ退院されたのですか？」

「あれから一週間くらいで……」

「そうですか、元気そうでよかった」

「すわって。このカウンター席がいい、今紅茶淹れる。コーヒーがいい？」

そう言う山崎さんに、

「あの、これ、少しですけど……」

そう言って、さっき買った薄紫の包みを差し出す。

「あらまあ、梅香堂さんの……」

山崎さんは嬉しそうな顔をする。

「じゃ、日本茶淹れるね」

古めかしい欧州ふうの内装、掃除が行き届いている。とてもいい感じだ。出窓にはフランス人形が二体、透明なケースに入れて飾られている。一つは白のフリルのドレスを着て、頭には同じフリルのカチューシャを挿している。手には小さなブーケを握っていた。もう一つのはオレンジ色のドレスを着て、すわっている足には茶色の編み上げブーツ。ドレスと同じ色の日傘をさしている。

どちらも可憐《かれん》ないでたちだ。奥を見ると、棚にももう一体、同じようなフランス人形が飾られている。こちらは水色の生地《きじ》に、白の縁どりのフリルのドレス。それと同じ色の帽子を被らされている。こちらは少しおとなっぽい装いだ。

「わが城へ、ようこそ」

山崎さんがお茶を淹れて、カウンターに置いてくれる。少し足を引きずっている感じだ。

「よっこいしょ」

そう言って片方の足をかばうようにして、カウンターの内側の、高い椅子にすわった。

「お持たせして申し訳ないけど、何もお出しするものがなくて……」

山崎さんが笑いながら、梅香堂の薄紫の包みを開ける。さっき渡したものだ。

「いえいえ、実は私も、食べたくて買ってきたんです」

「お客さんいなくてちょうどよかったわ」

と言う山崎さんに、

「記憶のほうは結局……?」

と、心配していたことを問うと、

「うん、あのあとね、頭の検査をしたのだけれど、脳には異常はなかったらしいの。急に暑くなった頃だったし、脱水による一時的な脳の虚血発作でしょうって。だから、水分摂取をうながされたのと、脳循環のお薬をしばらく飲みましょうって、こっちはおそらく、そう長くはかからないだろうからって……。

私がほかにも気に病んでいることがあるって話したら、精神安定剤の他に、カウンセリングの先生も紹介してくれて、そちらでしばらく話したりしてね……」

山崎さんは、そんなことをゆっくり話す。

「そうですか……」

私はうなずきながら聞く。

「それで、少しずつカウンセリングの先生と話しながら、あの時の記憶も戻ってきたのよ。今はすっかり思い出したし、それで、もうキャーなんて言って倒れたりしないわよ、ウフフフ」

と山崎さんは笑う。

「それはよかったです」

私の声にも力が入る。

「安心して。もう、あんなことないから」

私はうなずき、お茶をすすると、ピンクの貝のストラップを取り出した。

「あの、山崎さん、これ……」

そう言って、ピンクの貝殻を付けている携帯をかかげ、ブラブラさせて見せる。

「あら、使ってくれているの。ありがとう」

山崎さんがまた笑ってくれた。

「すごく気に入っているんです、匂いもよくて」

そう言うと山崎さんはますます喜んでくれた。

「これ、いくつか、作られているのでしょう？　同じもの」

「ええ。若い頃はもう、数えきれないほど、バカみたいに作ったわね」

「山崎さん以外にも作られている方、いるんでしょうか」

「そうねぇ、昔は私の育った街の周りのお友達、それこそみんなで競争して作ったものだったけど、こっちに来てからは……、うーん、見たことないわね」

山崎さんは言う。

「実は最近、同じような貝殻のストラップを持っている人を見かけたものですから……」

そう言うと山崎さんは驚き、

「へぇ～珍しい、こんなもの、今時流行っているのかしらね。私のほかにも作っている人がいるなんて……」

「黄緑色のものなんですけどね」

と言うと、山崎さんは急に顔色を変えた。

「えっ?」

と驚いた声を出し、

「それ、どこで見たの?」

「昨日入った喫茶店で……」

「誰が持っていたの?」

「男性の方でした」

とだけ答える。

「……男性なの。じゃ、違うかしらね。私ね、夏菜ちゃんにも黄緑の貝殻、作ってあげたのよ」

「えっ、夏菜子さんに?」

と言ってから、

「じゃそれを……。あれ、同じものなのかな……」

と言ってみた。

「さあ、同じものかどうかは……」

そう言うと、山崎さんはへなへなとくずおれて、なんだかぐったりしてしまった。それはつまり、同じものと思ったということだろう。

「その男性って、おじいさんでしょう?」

と訊いてきた。こちらを横目で見ていた。

「どうして分かったのです？」

「たぶん、夏菜ちゃんが連れてきている人だと思うの、うちに……。たぶんあの子、その人にあげたんでしょう」

そう言うと、山崎さんは寂しそうな顔になった。

こんなことで、どうしてここまで？　と私は疑問に思った。夏菜子一人に対する失望だけではないような気がした。

「白井さん、その人のことも知っているの？」

と山崎さんが訊くので、

「知っている……、とまでは言えませんけど、まあ……」

と言って、山崎さんの様子を見守る。この前のようになりはしないかと心配なのだ。

「私を置いてあの人と……。あんなおじいさんと行っちゃったのね……」

と謎のような言葉を言って、話をつづける。

「一緒にいるのかな」

「いいえ、私が知っているその人は、長く介護している、寝たきりの奥様がいます……」

そう言うと、山崎さんの表情に、何故なのか少し安堵《あんど》が戻った。

「そう、その人と一緒ではないのね」

と言い、

「人は、いつかは孤独になるようにできているのかしらね」

山崎さんは続けてそう言うと、今度は遠い目をした。沈黙がしばらく続くので、

「たびたび、来ていたのですか？」

と質問する。山崎さんを追い詰めることにならないよう、慎重に言葉を選ぶ。

「ええ、週に二、三度。その男性が来る時には必ず、薄紫の包みを持ってきたっけね」

と山崎さんが言うので、

「じゃ夏菜子さん、一人で来られる時もあったのですか？」

と問うと、

「だいたいが一人ですよ。あの子はふらっとやって来るの。その男の方は、あとから一人でやってくるのよ」

「二人で一緒に来るわけではないのですね？」

山崎さんはうなずいて、

「二人で毎回一時間近くもいて、あれいったい何をしているんでしょう、そういうことがあるとは思えないんだけど」

「ごめんなさい、変なこと聞いてしまって」

そう言うと、

「いいのよ、ここにいても訪ねてくる人もいないし。あなたがこうして話しにきてくれるだけでも嬉しいわよ、本当よ」

山崎さんはそう言ってくれる。

「あの、前に夏菜子さんがちょっと怖くなったって……」

私は恐る恐るそう水を向けた。どうしてもこれが訊きたかったのだ。

山崎さんはちょっと沈黙したが、こんなことを言いだした。

「一緒にテレビを見てた時のことよ」

「はい」

「地下鉄でサリン事件があったあの日。人が何人も亡くなった、どの局でも一日中報道していたわね。あのニュース」

「はいありましたね。大事件、地下鉄で」

「あれを見ながらあの子、こういう毒、もっとすごいの私知ってるよって。お店でいつも見ているものって。教えてあげようかって、そう私に言うんです」

背筋が冷えて、思わず眉間《みけん》に皺《しわ》が寄った。やはり！　と心のどこかで思う。

「だから、そんな話聞きたくないってね、そう言ったんですよ、私」

「そうですよね、普通」

私だってやはり同じことを言う。

「それがあなた、大したことないのよ、すぐ手に入るのだからって。みんなが美味しいって言って食べるフグに猛毒が入っているのよ、板さんがさばいている時、いつも私見ているものって、無邪気に笑って話すんですよ。それだけならまだいいのだけど」

山崎さんが急に私の手首を摑み、

「ここだけの話ね……」

懇願するような表情をする。山崎さんの力は思いのほか強く、指の先が食い込んで痛い。

「はい、分かりました」

話も聞かないうちから約束してしまう。

「フグの毒、大きな肝臓にあって、板さんはさばいたらこの肝臓を必ず鍵のかかるステンレスの容器に捨てるんだけど、悪い人に盗まれないように……」

「はい」

「でも自分はこの鍵持っているから、いつでも毒が採れるのよって」

「ええっ⁉」

息が詰まった。鼻先に火花が飛ぶ気がして、女探偵が真相に気づく時、きっとこんなふうだろうと思った。

「あれがあったら、人を殺すのなんていちころよ。なんなら、おばさんにも恨みのある人がもしいたら、私がどうにかしてあげるって、そう言ったんですよぉ」

声を絞ってそう一気に話すと、向こうを向いて、肩を大きく上下させながら、苦しそうに呼吸を整えている。


表に出ると、湿り気を帯びた少し蒸すような風が吹いている。空にはねずみ色の雲が広がって、ひと雨来そうな気配だ。

夏菜子がここ「水仙」に連れてきていた人というのは、どうやら岩助さんで間違いないらしい。週に二、三度、二人はここで会っている。岩助さんと夏菜子は、深い仲なのだ。だけど二人は、待ち合わせをして、一緒に連れ立ってきていたわけではないらしい。

コンさんと岩助さんは、近所でも評判の仲のよい夫婦だった。若い頃は男前で、人気のあった岩助さんに、コンさんは始終焼きもちを焼くような、可愛い奥さんだったとも聞く。そんなコンさんの世話を毎日しながら、岩助さんは陰で時間を作っては、夏菜子と二人でここに来ていたということか。

五月十九日（火）

「そう言えば高橋さん、コンさんちどうだった？」

午前中に訪問をすませた高橋さんに浅野さんが問う。

「あれ、コンさん、いつもは午後三時からの訪問ですよね。今日は午前中だったんですか」

と、話に割って入る私に、

「そうなのよ、何か具合の悪いことでもあったのかと思ったのに、コンさんはいつもと同じ、なんにも変わりなし」

高橋さんが午前中のコンさんの様子を話す。

「じゃぁどうして訪問の時間を早めに変更なんてしてきたんだろうね？」

不思議顔の浅野さんを見て、

「ただ――、私も岩助さんに用事でもあったのかと思って、それとなく訊いてみたのね。そうしたら、岩助さん、急にあわてちゃうような始末で……」

高橋さんが、今度は岩助さんの午前中の様子を語った。

「あそこのお宅が時間変更してくるのは珍しいわね。変更の電話してきたの？」

話を聞いていた所長が、そう浅野さんに訊いた。

「いえ、電話を受けたのは私じゃないんですけど」

浅野さんは言う。

「え？　どういうこと？」

所長が、怪訝《けげん》な顔になって訊く。

「あの、時間変更の件は、今朝来たらホワイトボードにメモが貼ってあったんです。たぶん、昨日の夕方に電話の連絡を受けた事務の横内《よこうち》さんが貼ってくれたのではないかと」

横から野村さんが説明する。

「ああそういうこと。じゃ、岩助さんが電話してきたのでしょう」

うなずいて、所長は言った。

みんなもそれで納得したようだった。みんな、電話の主は岩助さん以外には思い当たらないといったふうだ。私も普通に考えればそう思う。でも、岩助さんが電話してきた確証はない。それに、貼り紙のメモだって、横内さんが貼ってくれたとは確認できていない。何だか腑に落ちなかった。


午後、二軒目の訪問を終えて外に出たが、まだ表は明るいままだった。日が長くなってきた。外が明るいと、夕方になっても焦《あせ》らされる感じがなく、心に余裕が持てる気がするのは私だけではないようだ。

帰る道々、何人かの男性たちとすれ違ったが、きっといつもの家路から逸れ、一杯引っかけていこうとしている人たちに違いない。

のんびりとペダルをこいでいく。今日の訪問を終え、大通りに近づきながら、ホッとひと息をついた瞬間だった、遠くで鳴る救急車のサイレンを聞いた。こちらに近づきつつあるようだ。

サイレンはみるみる大きくなる。耳を叩くような大きな音だ。通りに出ると、赤いラインが入った白い車体が、右手から近づいてくるのが見えた。交差点を目前にして、ほかの車たちは止まって道を譲っている。私も人の流れに従って、交差点で止まった。

「止まってください。はい、止まってください！」

という声をスピーカーから発しながら、救急車は私の目の前で交差点に入っていく。あたりの空気をぴりぴり震わせるような、けたたましい音。

救急車が交差点に近づくにつれ、すべての車両が、速度を落としながら鼻先を歩道のほうへ向け、道の中央を空ける動きに出た。

はっとした。道の中央にできた車両の谷間に、買い物籠《かご》を持ったおばさんがうずくまっている。そういう黒っぽい人影を、私は見た。

「危ない！」

思わず声を出した。今まさにそこを、救急車が通っていった。

救急車が交差点を抜けると、徐々に車が、いつもの流れを作ってスムーズに動きはじめる。どの車も止まる気配がない。

背伸びをし、目を凝《こ》らした。あれっ、と思う。

交差点内には誰もいないのだ。錯覚だったの？　自分の見間違いだったのだろうか――。

遠ざかるサイレンの音を、耳に感じながらそんなことを思っていると、唐突にサイレンの音が鳴りやんだ。

あれ、とまた思い、救急車が向かった方角に目をやると、救急車が止まっている。

「えっ?」

まじまじと見つめた。あのへんにあるのは、訪問看護ステーションはるかの母体である中森総合病院だ。救急車は、どうやらその救急外来に来たらしい。どんな患者さんが運ばれたのだろう。

チリン、チリン、と後ろで自転車のベルが鳴らされ、はっとわれに返る。急いでペダルをこぎはじめた。

見回すと、耳に残るけたたましいサイレンの音とは裏腹に、夕暮れ時の街は、もういつもの情景に戻っている。


「戻りましたぁ」

ステーションのドアを開けて中に入る。

「お疲れさまです～」

私のデスクだけが空っぽで、みんなもうすでに訪問から戻っていた。ざわざわした気配を感じる。手を洗い、タオルで拭きながら自分のデスクにつく。

「どうなんですか?」

高橋さんの声がした。

「私もね、最後まで見ていたわけではないので……」

何のことだろうとしばらく聞いていたが、分からない。

「どうかしたのですか？」

思いきって話に割り込むが、聞いてもらえず、会話は続いている。

「えーっ、なんでぇ？」

と野村さんが叫ぶ。どうやら分からないのは私だけのようだ。

ひとしきり騒ぎがおさまると、ようやく所長がこちらに気づいた。

「コンさんが運ばれました」

所長が、真剣な顔つきで私に言う。

「えっ！」

思わず声が出た。驚いた。コンさんのお宅は午前中に高橋さんが訪問したばかりではないか。特に変わりはなかったと高橋さんは言っていたはずだ。状態もまったく安定していたのに、いったい何が起こったというのだろう。

瞬間ふと、さっきの救急車が頭に浮かんだ。はっとして、何も言わずに所長の目を見つめる。所長も、ゆっくりとうなずき返した。

「さっきの……？」

とだけ言うと、所長は察したらしい。私の問いに、

「そう」

とだけ答える。

「何があったんですか?」

平静を装って訊いた。

「……コンさん、……ダメかもしれない」

とだけ所長が言う。事態の深刻さに唖然とし、自分の眉間に皺が寄るのが分かった。何故そんなことになったのか、状況が全然分からない。

「急に、どうしたんですか?」

所長に訊いてから、ゆっくり、みんなの顔色をうかがう。ステーション内の空気が凍りついている。

「白井さん、驚かないで聞いてね」

高橋さんが、沈黙を破った。

「はい」

目を見開いたまま、私は静かに返事をした。心臓がドキドキ鳴った。

「コンさんが、さっき中森総合病院に運ばれました。もうほとんど息をしていない状態だったそうです。あとは所長から……」

高橋さんが言う。

「あのね、詳しいことはまだ分からないの。私も訪問の途中に病院に寄ってたら、救急車が来て、救急室を覗いたら、ちょうど救急蘇生《そせい》を試みているところだったの。時間がなくて、すぐこっち、来てしまったから、その後どうなったかは分かりません。救急外来の看護師さんによると、到着した時点で、呼吸も、脈もなく、蘇生はむずかしいだろう、とのことでした」

所長が説明してくれた。

「………」

唖然とした。

「でも、なんでですか？」

率直な疑問が湧く。

「そう、だよね」

高橋さんもすぐに同調した。

「そうそう」

所長もすぐにうなずく。

「……だって、午前中に訪問したばかりなのに。『コンさん、またね〜』なんて言って別れたのに。その、ものの何時間かあとに。え〜、まだ信じられない」

高橋さんが、ショックを隠しきれないふうに言う。

プルルルル、プルルルル、ステーション内の電話が鳴った。

「はい、訪問看護ステーションはるかです」

所長が出た。

「はい。はい。そうです。はい」

所長の受け答えを、みんながじっと聞いている。所長が、こちらに向かって目配せをした。

「分かりました。今から行きます」

様子から、病院からの電話だろうと察しがついた。病院は、ここから自転車で三分ほどだ。

「院長からで、……心肺蘇生の甲斐《かい》なく永眠されたそうです。たぶん、警察とかにも連絡するのかな。病院側もいろいろと大変そう。それで、午前中の様子について、分かる人でいいから、今から話しにきて欲しいってことなのね……」

受話器を戻した所長の話に、高橋さんが目を見開いている。

「だったら所長、私が行きましょうか」

高橋さんが身を乗り出す。

「そうねぇ」

と所長が言い、少し考えてから、

「今日はいいわ。記録に詳しく書いてあるし、特に目立って変わったことはないのよね。いつもの様子を話してくるから。もし直前の様子とか訊かれて、高橋さんでないと答えられないような時には、お願いするかもしれないけれど」

所長が口もとをギュッと結んで、きっぱりと言った。

「分かりました」

高橋さんが答えた。軽く身支度をすませると、所長は自転車に乗って、病院へ向かっていった。残った私たちは、今日の訪問の記録をつけながら、コンさんのことで話がもちきりになる。

「やっぱり警察か……。面倒なことにならないといいけどね」

高橋さんは、いろいろな状況を知っているようだ。

「警察……?」

切羽詰《せっぱつ》まった声を私が出したものだから、

「知らないの〜？　白井さん」

浅野さんが、驚いたように言う。

「病院に運ばれて、二十四時間以内に死亡した場合は、警察扱いになるのよ」

高橋さんが教えてくれた。

「え、そうなの？」

野村さんも訊いてくる。

「えっ、野村さんも知らなかったの？」

高橋さんがびっくりして言う。

「二十四時間っていうのは知らなかった」

野村さんも、詳しくは知らないようだ。高橋さんは救急外来に勤務したことがあるので、そういう経験があったと話してくれた。

「内因性の死亡と確定できた場合は別だけど」

高橋さんが言う。

「あんなに落ち着いていたコンさんが、あっという間に亡くなってしまって、人の死って、なんて呆気ない……」

野村さんがつぶやいた。

院長からの電話の話で、亡くなったあとの事務処理や、警察が来るかもしれないなどと聞かされて、私も心が落ち着かない。ショックはたちまち薄れ、次に何をなすべきかを懸命に考える。

重大な責任が、死の重みを薄れさせてしまった。医療の現場は、常にそんな状況と背中合わせだ。

「岩助さんも、急に一人になる……」

今後の岩助さんの、マンションでの独り暮らしが想像された。寂しいなんて実感より、ショックだろうと思う。

「そうだよね……。気落ちして、立ち直れないんじゃないの?」

高橋さんが言う。

「そうだよ。あんなに毎日コンさんの介護頑張っていたのにさ、急にいなくなったらガクッとくるんじゃない」

浅野さんも記録をつけながら話す。みんなほかの利用者さんの記録をつけながら、話すのは岩助さんとコンさんのことだ。岩助さんのことを心配しながらも、やっぱり、どこか他人事にすぎないんだなと感じる。

「でもさ、コンさん、もっと長生きしただろうにね」

高橋さんが何気なく言った。私も心の中で強く強くうなずいた。お腹に直接チューブを入れて栄養を摂っている人の場合、そうでない人に比べてはるかに栄養状態がよい。そうでない人というのは、口から食べ物を食べられてはいるが、だんだん困難になってきていて、食事摂取量が減っているような人だ。

栄養液はバランスよく配合されていて、それを全量摂取するのだから栄養状態がよくなるのは当たり前の話なのだが、食べられなくなったおかげで管を入れ、寝たまま健康でいられるのと、口から食べるという人間らしい行為をしているがため、衰弱してむせたりして、危ない状態になってしまうのとどちらがよいのだろう――、なんだかいつも矛盾を感じる。

食べられなくなる過程や状況、原因は人によりさまざまだ。一概には言えないが、食事量減少による低栄養が引き起こす衰弱やむくみは、高カロリーの栄養に変更するだけでもかなり改善される。ただ、必ずしもみんながみんな、それらを有効活用できているようには思えない。

チューブからにしろ、口からにしろ、栄養補助剤は治療の一環としての扱いになり、医師の指示が必要だ。そう考えると、チューブからにしても経口にしても、通常以上生きるには、高齢者医療のお世話にならざるを得なくなる。

だがそんなことより何より、チューブにはとてつもない危険があるのだ。みんなそれを分かっていない。

「どうしたの白井さん、沈黙しちゃって……」

高橋さんが、私の様子に気づいて言う。

私は茫然《ぼうぜん》としていた。別のあることを考えていたのだが、経管栄養ということから、高齢者医療一般についての問題を思い出した。

「えっ、ああ。以前いた総合病院で、六十人くらいいましたけど、ほとんどの人が寝たきりで、経管栄養なんです。意識はあるようなないような状態で、面会に来る家族も、ほっとんど見たことはありませんでした。本人の延命治療を受けたいかどうかの意思表示もないのに生かされているような気がして。何だか、これでいいのかなぁって考えさせられる毎日でした」

このことについては、看護師仲間とよく話した。自分たちがやっていることが意味のあることなのか、人間の尊厳とは何なのか、自信を失って迷って、でもどうすることもできない現実に日々向き合っていた。

「うん、あるよね、そういうの」

高橋さんが言う。

「うん、あるある」

浅野さんも言う。野村さんは静かに話を聞いている。

「白井さん、そういうの、真剣に悩んじゃいそうだよね」

私の心中を察したつもりなんだろう、高橋さんが言う。高橋さんはけっこうするどい。しかし私はこの時、全然別のことを考えていたのだ。もっとはるかに深刻なこと。どす黒い疑惑は私の内部で次第に渦を巻きはじめ、徐々に大きくなっていく。

「生活保護を受けている人とかね……。病院も経営ってものがあるし、社会的入院の受け皿になっていたりもするらしいから」

高橋さんが意味深なことを言う。ほかの人は黙って聞いている。確かに、生活保護を受けている人や、家族が亡くなったとか、永年音信不通だとかいう人が多かった。だから、面会者もいないのだ。

生活保護受給者の場合、国や地方が医療費を負担することになる。悪い言い方をすれば、病院にしたら取りっぱぐれがない。そこに、さまざまな雇用も発生する。でもそういう人は、結局は行き場がなくて病院などに流れてきているのだ。

家族の意向もないから、医学的に延命が可能になっている現在、よけいに判断や扱いがむずかしい。人の命というものは、問答無用、どんなことをしてでも、でき得る限り長く生き延びさせるべきものなのか、それとも、ある程度で限界を受容し、終焉《しゅうえん》を見守るべきなのか。

「まあ正直な話、経管栄養で寝たきりのほうが、逆に手がかからないってこともあるけどね」

高橋さんが言う。

「確かにそういう面もあるかも。私なんか、認知症病棟にいたんだけど、夜間は看護師二人に患者さんが五十人くらいいて、もちろんある程度分かる人もいるけれど、認知症がかなり進行した人が多いから、こっちの言うことは聞いてもらえないし、歩き回ったり動き回ったり、こっちが想像もつかないようなことをするからね、危なくて目が離せなくて、本当に大変だったよ」

浅野さんがあっけらかんとした様子で話し、それに少し気分が救われた気がしたが、次の瞬間たちまちその現場が目に浮かび、大変さがどどーっと胸に押し寄せる。浅野さんはドンとかまえたところがあるから、そんな余裕が生まれるのかもしれないし、きっと長年の経験がそう言わせているのだろう。

「野村さんもデイサービスにいたんでしょ?」

高橋さんが野村さんに問う。

「そう。デイはデイで、そこのカラーっていうものがあるからね……」

野村さんも、これまた意味深な口ぶりで言う。何かあったのかも、と想像させる。

デイサービスやショートステイなど、介護・福祉・老人医療の分野でよく耳にする言葉だ。老人介護をより楽しくをモットーに、みんな明るく前向きに取り組もうとしている。実際、通われている方もたくさんの催し物や、季節の行事を楽しめたり、バランスよい食事ができたり、日々の生活にメリハリをつけられているようだ。

「今何時？」

高橋さんが振り向いて、時計を確認する仕草をした。カルテから目を上げ、左斜め上の方向に目を向ける。壁にかかっているからくり時計が、七時を示すところだった。

「所長、まだかしらね？」

野村さんが高橋さんのほうを向いて言う。

「そろそろ帰ってくるかなぁ。気になるよね……」

からくり時計が、オルゴールのような音色でメロディーを奏《かな》でた。ポロンポロンと、聞いていれば軽快な心地よさがある。時計の中で、小さな人形がクルクル回っているのが可愛らしい。

「あれ、みんなまだ残っていたの？　お疲れさま」

背後から、所長の声がした。

「お疲れさまでした、どうでした？」

所長の姿にいち早く気づいた高橋さんが立ちあがって、所長に食いつくように声を発した。私の隣の浅野さんも、つられるようにクルッと後ろ向きになると、所長の返事をじっと待って、姿を凝視している。

所長の表情は、まだ深刻そのものだ。いつもチラッと覗かせるお茶目な一面も、今日は影をひそめている。

「うん、待ってね。少し落ち着かせて……」

所長は室内履きのスリッパに履き替えると、自分のデスクにすわり、置いてあった冷めたコーヒーを喉に一気に流し込み、大きく一つ深呼吸をした。

る。

ステーション内は静まり返っている。外はもうすでに陽が落ち、窓ガラスは黒く染まってい
「どうだったんですか?」

喉もとまでせり上がってきそうな心臓を意識しながら、私が訊いた。

「えっと……」

しばらく考えてから、所長が説明を始める。

「結局ね、病院に来た時にはほとんど心肺停止状態で、蘇生を試みたけど無理でしたと。ただ、その原因が明らかでないので、調べるか、お歳を考えて、どうするのかっていうところ……」

まあそうだろうなと心の中でうなずく。それくらいの内容は、みんなだいたい察しはついている。ほかに訊きたいことがみんな、喉のところまで出かかっている。

「結局、警察引き渡しになるんですか?」

質問したのは、やはり高橋さんだった。

「んー、それも含めて……」

所長がそれだけ答えた。

「えーっ、でもそんなの、原因も分からないなんてぇ。だって、さっきまでなんともなかったのにぃ?」

浅野さんは、原因がはっきりしないことが腑に落ちないようだ。

「確かに、確かに。だけどコンさんの場合、八十一歳というお歳で解剖っていうのも……、っていうことなんだよね。今まで在宅で看ていたわけだし、なんともないとは言っても、梗塞を二回

も起こしてるからね、何が起きても不思議ではないと言えば、それはそうなんだよね……」

考え考え、所長は話している。病院としても、すぐにどうこうとはいかないように見受けられるが、実際のところどうなのだろう。

「再梗塞の可能性もあるわけですか……?」

野村さんが、自分に言い聞かせるように問う。

「可能性は否定できないよね。前回は脳血管だけれど、心臓ってこともあり得るからね」

所長が言う。みんなもおのおのうなずいて、納得しているようだ。けれどそういうことを確認するには、やはり解剖してみないことには分からない。

「岩助さんはどうなんですか?」

高橋さんが、質問の切り口を変える。

「それはね、ショックを受けているのは当然だよね。『自分がやった、自分がやった』と言って泣き崩れているから、院長もそれを見て、心を痛めていらしたの」

所長が切なそうな表情をする。いつもにこやかなあの岩助さんが泣き崩れるなんて、想像もつかない。一緒に暮らしていた最愛のパートナーを亡くすのは、そんなに辛いことなのだろう。

岩助さんが救急車を呼んだのだろうか。泣き崩れるくらいだから、異変に気づいたら気が動転しただろうに。いつもあんなに細やかにコンさんのことを看病していたのに、変化に全然気づかないというのも、ちょっと分からない。

何か気づいたら、岩助さん、すぐにステーションに電話をくれるだろう。こちらに何の連絡もなかったということは、彼は部屋にいなかったのか。この点が分からない。

コンさん自身も、具合が悪ければベッドサイドの呼び鈴を押すことができる。呼び鈴の存在に気づかなかったのか。それとも、呼び鈴を押そうとしたが、鳴らす前に息絶えたのか。だとすると急死になるが、そんなに経過が早いものとなると――。

状況からして、病態的な死因が思いつけない。やはりこれは、メスの力を借りないと分からないかもしれない。

お年寄りによくありがちな窒息か。コンさんは管から栄養が行っているのだから、ちょっと考えにくい。しかし、たまに岩助さんの食事を嚙む程度のことはあった。窒息だろうか。それなら、解剖しなくても、気管に管を挿入しようとした時点で分かるだろう。それ以上に、異物を気管に深く吸い込んでしまったのだろうか。もし岩助さんが何かしら食べさせていたなら、この可能性はあるだろう。

犯罪なんかであって欲しくない！　私は強く願う。病態によるものか、そうでないならせめて、事故であって欲しい。

「窒息ではなかったのですか？」

静かに、所長に訊いてみる。

「お年寄りなのでね、それが一番には考えられたのだけれど、そうではなかったみたい」

所長が否定した。だとすると、そんなに急に心肺停止する状況なんて、いったい何が考えられるだろう。

「岩助さんは、ご自分で発見されて、救急車を呼んだのですか？」

私も思っていたことを、浅野さんが質問してくれる。

「そう、ご自分で通報されました」

答えてから所長は、少し考え、

「何時頃でしたっけ？　確か、六時前頃よね」

と訊いた。あ、私だと思い、あわてて、

「はい、確かそうです。訪問から帰る際に、救急車が病院に向かうところを見ましたから。訪問が終わったのが五時半ぐらいでしたから、たぶんそのぐらいです」

正確に答えなければいけないという、緊張した気分で返答する。

「病院に到着した時の様子、どうだったんですか？　心肺停止のほかに。たとえば死後硬直とか……」

これまた私が気になっていたことを、高橋さんが聞いてくれる。

「病院に着いた時にはもう死斑《しはん》も出ていて、死後硬直もあったそうよ」

ええっ！　と思う。

「死斑……！」

仰天して、私はつぶやいてしまう。思いがけない情報だ。そしてとんでもない情報だ。急変してすぐに病院に運ばれたものとばかり思っていたが、今の説明だと、死後二、三時間は経っていたことになる。

「え～っ、じゃぁ、心臓が停止してからずいぶん時間が経っているじゃないですかぁ！」

納得できない高橋さんも、そんなふうに叫ぶ。

当然だ。心肺蘇生をやったと聞いていたのだから。そういうことなら、病院に着いた時点で、もう死亡確認の段階だったことになる。では、岩助さんはその間何をしていたのか。

所長は言う。

「そうなの、実はあとで聞いたのだけどね。救急車で病院に運ばれた時点で、実は院長はじめ、ドクターはオペ室に入っていて、新人のドクターが一人で対応をまかされたらしいの。院長たちにオペの目処《めど》がついて、救急室に回れるまで、なんとか蘇生していて欲しいってことだったらしいのね」

なんとなく企業秘密的なささやき声で、所長が言う。確かに上の先生に言われたら、そうなることもあるかもしれない。でも死後硬直が来て、死斑が浮いているのに蘇生？　そんなことを言われても、新人ドクターも困ったろう。

「だけど岩助さんも、それで納得できたみたいよ」

所長の言葉は、フォローのように聞こえなくもないが、実際、身近な人の急変を目の当《ま》たりにしたら、どんなに手遅れと思っても、精一杯のことをしてもらったと納得できれば家族にとっては救いだ。

「じゃあ、お昼すぎから夕方までの間に、すでにコンさん亡くなっていたわけ……」

高橋さんが気落ちした声を出す。

「その可能性は高いわね」

所長の声に、みんなうなずく。

「訪問時間が変更になったのは、何か関係があるのかしら……」

誰かが訊いた。私はなんだかこの雰囲気に似合わないのと、あまり関係のない質問のように思われて、ちょっと気分が引いた。

「自分が帰って本当に数時間しか経っていないっていうのが……。すごく罪悪感……」

高橋さんが、机に突っ伏すようにうなだれる。相当ショックのようだ。

「大丈夫よ高橋さん、だって、なにも生死に関わることをしたわけじゃないもの」

所長が、すかさず慰めの言葉をかける。

「そうだよ、高橋さんが悪いわけじゃないよ」

野村さんも、うなだれた高橋さんの肩に手をかける。自分が訪問に入った後に利用者が亡くなるということはそうそう起きることじゃない。だけど、自責の念に駆られる高橋さんの気持ちもよく分かる。彼女の心情を察することは容易だ。

「ありがとう、野村さん。所長もすみません……」

高橋さんは上体を起こしてそう言うと、再び机に突っ伏した。

「どうしよう、私のところに警察なんかが事情を訊きにきたら。私が容疑者になったらどうしよう……」

いつも冷静な高橋さんが、泣き声になる。

「そんなはずないじゃない、大丈夫よ、大丈夫よ、高橋さんのせいじゃないわ」

所長が素早く高橋さんのそばに駆け寄り、肩を抱いて慰める。みんな、わがことのように感じている。だから、心配そうに彼女を見守る。

「もしかしたら私が急変の前兆を見逃していたら？　もし、それに気づいて早くに病院に連れていっていたら？　そうでしょう？　私のせいでしょう？」

急に高橋さんは立ち上がり、声が涙で乱れた。上げた顔が涙で濡れている。高橋さんはくずおれるように椅子にすわり、机に突っ伏して泣きはじめた。そしてだんだん、子供のように大泣きになった。

「私、もう生きていけない。罪人だ、罪人だあ。看護師失格だ～。免許取り上げだぁ～。わ～ん」

これ以上はないくらいの高橋さんの大きな泣き声が、部屋じゅうにこだました。プライドも何もかも打ち捨てた子供のような泣き方。看護師生命の危機を感じているのが分かって、こちらの胸も痛む。

こういう場面に遭遇したことははじめてだが、おとなは冷静なものとばかり勝手に思っていた。だけどこういう時、おとなも子供のようになるものだなと知って、幼《おさな》い日に人生の終わりと感じて大泣きしたことを思い出した。あの頃とおとなの今とでは、泣く理由の重さがあまりにも違いすぎるけれど。

「大丈夫だってばあ～」

所長もかける言葉がなく、自分も泣きそうになりながら、高橋さんの肩を両手で大きく揺さぶって慰める。まるで、泣きたいのは自分なのだと言っているようだ。

「だって、バイタルだっていつものとおり落ち着いていたじゃない。意識障害もなかったでしょう。いつものコンさんだったのよ」

それを聞いて、高橋さんがますます大きく泣き声を上げた。

「お願いだから泣かないで、高橋さん。大丈夫よ、何かあっても、きっとなんとかなるって」

所長はなだめ続ける。これが今かけられる精一杯の言葉だろう。だけど実際、何かあったらって何があるのだろう。そうして、何かあったらどうにかなるのだろうか。ことの重大さに、私まで心細くなってきてしまった。

「高橋さん、まだ状況がはっきり分からないのだから、そう意味もなく自分のことを責めるのはやめなさいよ。所長もー。もうー、一緒に泣いてどうするんですか」

きつい言葉が左隣から飛んだ。だけど、効果はあった。二人の泣き声がピタッと止まった。

「…………」

無言の二人、一人は佇《たたず》み、一人はデスクに顔を伏せている。二人の頬は涙で濡れ、眼《め》は赤く腫《は》れていた。

鶴《つる》のひと声。鶴は浅野さんだった。いつもなら、おちゃらけ〜なふうの笑いを提供してくれる浅野さんが、ビシッとしたことを言うのをはじめて聞いた。

「んも〜、二人とも、こっちまで泣きたくなるよ。それに高橋さん、もし今回のことに何かがあっても、それは高橋さん一人の責任じゃないでしょう。私たちみんなの共同責任でしょう」

浅野さんは、いつもの穏やかな口調に戻っている。

「それに所長、所長まで泣いてどうするんですかぁ。こういう時は一番冷静に私たちを導いてくれなきゃあ。私たち迷子になっちゃいますよ」

浅野さんが甘えた声で所長に言う。所長が床をしばし見つめ、はっとしたように、

「そうね、ごめんなさい。こうしてはいられないわね。コンさんのことは、事件なのかどうなのかも分からないのだし、なにも今ここで、こんなに騒ぐことはないわね」

所長は、自分に言い聞かせているふうでもあったが、聞いているみんなは自分のこととして受け止め、おのおのうなずいている。

「高橋さん、明日、お休みしてください」

所長がきっぱりと言った。

「でも……」

すぐに高橋さんが言いかけたが、

「そうしてください。これは所長命令です」

厳しく言った。口調とは裏腹に、表情は穏やかなものだった。

「高橋さん、こういうことって、そうそう起こることではないと思うの。だけど、たまたま今回は高橋さんに当たったってだけで、ほかの誰でも、同じようなことにあう可能性はあったのよ。だけど、今回のことはあまりにもショックが大きすぎて、高橋さん自身もこんな精神状態じゃ、訪問なんてできないでしょう。明日はゆっくり気持ちを休めてください」

所長が優しい眼差しを高橋さんに向け、言った。部下を守る上司の姿で、私はなんだか心が温かくなるのを感じた。

「ありがとうございます」

高橋さんが申し訳なさそうに言った。だけど今回のことは、高橋さん自身が交通事故にあったようなものだともいえるわけで、その身を思えば本当に災難だった。

「岩助さん、こっちに連絡しなかったのは、部屋にいなかったからよ……」

知らず知らず、私はつぶやいていた。

えっ？　と言いながら、みんなが私のほうを見た。私は空中の一点を見つめ、茫然自失となっていた。疑惑が、堪えがたいほど、私の胸の内で大きくなっている。それは、むくむくと膨らんでいく風船のようだった。

「それは、女と一緒にいたからよ、ホテルにいたの。ホテル水仙……」

「え？　白井さん、何言ってるの？」

所長が言った。

「あーっ！」

私はとうとう悲鳴のような大声を上げた。疑惑の風船が爆発したのだ。

「ライン、確保しなきゃ！」

突然気づいた。

「え？　何？」

「ボトルとチューブ！　証拠品。あれが処理されてしまう！」

私は大声で叫び、さっと回れ右してみんなに背を向け、ドアに向かって走り出した。

「白井さん！」

みんなが叫ぶ声を背中に聞いたが、かまってはいられなかった。一分一秒を争う。

ドアから飛び出し、数段の石段を飛びおりて、自転車のところまで走った。電動アシスト自転車を引き出すのももどかしく、跨がり、全力でこぎ始める。

大通りに飛び出し、サドルからお尻を上げて、全力でこいだ。

前方の信号が黄色に変わった。かまわず交差点に突っ込み、赤に変わる寸前に交差点を抜ける。全速力で音無川に向かって突進した。

また女探偵の発動だった。私は考えていた。今のみんなの話を聞いていて、とうとう分かったのだ。いや、私が抱いていた悪い予感が、とうとう現実のものになったのだ。

あの女だ。あのわざとらしいはんなり女だ！

純情な岩助さんをホテルにおびき出し、コンさんを独りにしておいてあの女が取って返して部屋に侵入し、コンさんの経管栄養のボトルに、フグ毒を入れたのだ！

チューブはコンさんの胃に直接繋がっている。口からものをほとんど食べられない、寝たきりのコンさんはされるがままで、抵抗などできない。口腔内での毒物への拒絶反射は起こらず、すんなり胃に毒を受け入れてしまう。そして、体の抵抗力が弱っているコンさんは、嘔吐や下痢等の症状もさして起こさず、易々と毒殺されてしまう。

だからコンさんは、発見されて病院に搬送された時、すでに死斑が出るまでに時間が経過していたのだ。岩助さんはホテルに留め置かれ、妻のそばにいられず、長時間放置されたからだ。

なんて女だろう。経管栄養で寝たきりという、コンさんの特殊な状況を利用したのだ。岩助さんを籠絡した今、コンさんさえ亡きものにしたら、お多福が手に入るからだ。

だが今なら、あの女の野望を、完全犯罪の成就を阻止できる。重大な証拠品がまだ部屋に残っているはずだからだ。ボトルとチューブ。この中に、フグ毒の痕跡《こんせき》が残っているはずだ。あの女も、当然この証拠品を押さえに部屋に戻ってくるだろう。だからその前に、こちらが押さえてしまうのだ。この証拠品さえ押さえてしまえば、そして分析し、毒物を検出しさえすれば、いつでも彼女を逮捕できる。だから現場に向かっている今は、あの女との勝負なのだ。一分一秒を争う。

橋の手前で左折、川に沿って走る。マンションが見えてくる、お多福も見える。

鍵がない。私は鍵を持っていない。でも何とかなると思う。しなくてはならない。だめなら、警察を呼ぶ覚悟だ。そして岩助さんの部屋に入る。これは重大犯罪だ。殺人事件なのだから、そのくらいはしなくてはならない。これは私の使命だ。

一階入口のインターフォンをまず押してみる。もしも部屋に夏菜子がいたら万事休すだ。でも、もし証拠品のボトルとチューブを持っているところに行き合ったなら、力ずくでもそれを奪い返す。暴力だって辞さない。

「はい」

と思いがけず女の声。万事休すか、と思う。けれど、夏菜子の声とは違うようだ。

「あの、こちらコンさんの訪問看護に伺っていた看護ステーションはるかのものなのですが、どちら様ですか?」

切羽詰まった声が喉から飛び出す。相手も驚いたようだった。こんな緊張した声が戻った。

「あ、はい、こちらヘルパーで伺っている城崎《きのさき》と申しますが……」

「ああ、よかった」

思わず声が出た。全身から力が抜けた。夏菜子ではなかった。

「今そちらは、あなた以外には……」

「私一人です」

心の底からほっとした。

「はるかの白井と申します。部屋に入らせていただけませんか？　ロックを解除してください」

「あ、はい」

そしてブーンという解除の音がした。私は急いでガラスドアを入り、エレベーターで上がった。

エレベーターを飛び出し、廊下を走り、コンさんの部屋のノブをひねると、鍵はかかっていない。

ドアを開けて飛び込み、靴も揃えず、廊下に飛び上がる。そのまま小走りで奥に向かった。いつもコンさんが寝ていた部屋に入ると、まだ寝床があり、ヘルパーさんらしい女性が跡かたづけをしていた。天井を見る。

ない！　経管のボトルとチューブが消えている。遅かった！

「あの、ここに下げていたボトルとチューブ……、もうなくなっていましたか？」

城崎と名乗った女性は、布製のバッグを取って、こちらに示した。

「これですか？」

見ると袋の上部に、見覚えのあるボトルとチューブが見えている。内部に微かに、栄養液の残《ざん》滓《し》も付着しているのが見える。瞬間、勝った、と思った。

「それです！　ああよかった！」

私は思わず大声を出した。間一髪だった。これを処分されていたら、もう夏菜子に追いすがる手だてはない。

「重大な証拠品なんです。確保して、保存しなくちゃいけないいんです」

私は言った。ヘルパーの女性は、怪訝な顔をして、立ちつくしている。

しばらくそうしていたが、思い出したように、座卓の上にあるケーキを指差して私に言った。

「このお菓子、どうしたんでしょうか」

みると、それは和菓子のケーキなのだった。円筒形をした小ぶりなもので、洋菓子のカステラ地のケーキを模《も》して、練りきりで作った和菓子のケーキだ。岩助さんがコンさんに買ってきたものだろうか。桜色の地に、5−19と、今日の日付らしい数字が見える。

五月二十日（水）

「先生、病院のほうはどうですか？　三ヵ月たったから、もう馴れましたでしょ？」

私は言った。赤堀先生からお誘いの電話があり、またお多福で食事をしようということになったのだ。渡りに船だった。私も話したいことがあった。

この危険な場所での食事を私が了解したのは、夏菜子の様子を見たいという思いもあったからだ。昨日コンさんが死に、夏菜子はとうとうこの店を手に入れられる運びとなった。今の彼女の気持ちはどんなだろうという興味もある。彼女はどんな顔をして働いているのか。

「うん、病院ねぇ、それがさあ」

赤堀先生は浮かない顔になって言う。食事はもう終わり、お茶になっていた。

赤堀先生が研修に来ている中森総合病院は、訪問ステーションはるかの母体でもある。

「なんか、どうでもいいようなさあ」

急に一種投げやりにも聞こえる声を出した。

「え、どうしたんです？」

目を丸くして訊いた。

「白井さんって、救命救急にいたことあるんでしょ？」

「はい、以前の病院で。それが何か？」

赤堀先生は、ちょっと思いつめた表情をする。

「そうだよね。救急は避けて通れないよな……」

急にテンションが下がった気配。

「先生、どうしたの？　元気ない。せっかくおいしいお料理食べたのに……」

「昨日さ」

赤堀先生が言いはじめた。

「救急で運ばれた患者がいてさ。はじめてだったんだよね、いわゆる心肺蘇生っていうの。そういう時に限ってさ、運悪く一人で対応しなきゃいけないことになっちゃってさあ……」

赤堀先生の口は急に重くなり、辛さがこちらにも伝わる。私を誘ったのは、これを話したかったのか、と思った。しかし内心、私は薄々予想していた。

「もしかして、岩助さんとコンさんじゃないですか？」

思わず言った。

「えっ？　誰それ？」

夫の名前までは憶えていないだろう。それは仕方ない。

「長い間訪問に行っていた人で、八十歳くらいのおじいさんとおばあさんの二人暮らしで、運ばれた患者さんは女性。腹部から経管栄養を行っていて、脳梗塞の既往があって……」

話が終わらないうちに赤堀先生は言った。

「そうそう、それ！」

「なに？　白井くん、知っていたんだ？」

赤堀先生が、味方を見つけたとでもいうような表情を見せた。

「知っているもなにも、長いこと訪問看護受けていましたし、ここの人ですよ、このマンション。それにまさにこのお店の女将だった人です、その人。コンさんていうんです」

声をひそめて言うと、えっと、赤堀先生も驚いている。なんて偶然なんだろう。コンさんの話をお多福でするなんて。私は奥を見た。夏菜子の姿はない。厨房《ちゅうぼう》に引っ込んでいる。

「……それに私、訪問の帰りに、救急車がその人、コンさんを病院に運んでいるのを見ましたよ」

そう言うと、あの時のことがパァーっと脳裏に甦《よみがえ》ってくる。

「昨日対応した新人ドクターって、やっぱり先生のことだったんですね。きっとそうだろうなって、思っていました」

所長が話してくれたことを思い出す。運ばれてきた時にはほぼ心肺停止状態で、蘇生は無理な状態だった。

「警察、来たんですか？」

「ああ、来たね、今日。病院搬送後、二十四時間以内の死亡で、事件性がないかどうか、あれこれ訊かれた」

「厳しいこと言われましたか？」

「ああそれはない、紳士的なものだった。でも、やっぱし嫌だよね、刑事に質問されるのってね」

「大変でしたね……」

静かにそう言ってあげた。

「うん、まぁね。よくあることだから気にするなって、上の先生も言ってくれたけど……」

赤堀先生は、静かにうなずく。先生の口数が減った。

「一人での対応……、しかも、はじめての時に限ってね……」

私が言うと、

「そうなんだ」

彼はうなずく。

「あの時はこっちも大変だったんですよ。実は昨日、午前中に訪問してたんですから。コンさん、亡くなった方のお宅」

目が合った。

「えっ？　そうなの？」

「聞いてないですか？」

赤堀先生は、目を宙にさまよわせた。雑務に追われ、聞いていても憶えていないのかもしれない。

「いや……、そうだったね……」

赤堀先生は言って、小首をかしげる。

「そうなんです。いつもは三時からの訪問なのですが、昨日はステーションに、午前中に訪問して欲しいという連絡があって、急遽《きゅうきょ》午前中にうちの高橋が訪問したんです。その時にはなにも変わりなく、いつものコンさんだったって。

それが、夕方の五時半近くに急変して運ばれたでしょ。岩助さんが異変に気づいたのは、救急車を呼ぶほんの少し前ですから、運ばれた時間くらいですよね。だけど所長の話では、運ばれた時には心肺停止して二、三時間経過していただろうから、死斑も出ていたって……」

「死斑⁉」

赤堀先生は吹き出してしまいそうになるほど驚いた。

「違うんですか⁉」

「死斑なんて！　網様チアノーゼは出ていたけどね」

「じゃ、それが間違って所長に伝わったんですね」

少しほっとして息をつく。

「でも運ばれた時には生命反応もほとんどなくて、蘇生は厳しい状況だった。なのに、蘇生を試みろってただそれだけ言われて……」

赤堀先生は、可哀そうなくらいにしどろもどろになった。

「先生、誰も先生のこと責めたりなんてしていませんよ。普通だったらこれ、刑事事件の可能性だってあるわけですもの。先生の対応は間違っていません」

きっぱり言いきってあげると、先生も幾分か落ち着いた様子だ。

「それになにより、残された岩助さんがそれで納得できたのだから、よかったんですよ」

「あ、あのおじいさんが岩助さんっていうのね……」

赤堀先生も小さい声で言う。

「そうです。ずっと奥さんを看てこられたんですよ」

「思い出した、思い出した。運ばれてきた時も、動揺して泣きわめいていたよ……」

うなずく。岩助さんなら、そうだったろうと思う。

「原因はまだ分からないらしいけど、運ばれてきた時の感触って、どうでした？」

「そりゃ、もうこれ以上何やっても、っていう感じだったよ。なにより、冷たくなってるし、挿管だって入りにくいし……」

赤堀先生の声に、また次第に元気がなくなってくる。

「それより何より、挿管の時、痰《たん》は引けなかったけど、薄い茶色の液体みたいのが少し引けてきたんだよな……。嘔吐物で窒息でもしたかと思ったりしたけど、着ているものはきれいだったしなぁ……」

赤堀先生がぼんやり言った。

「それ警察に？」

「うん言った」

私はうなずく。

「医療っていうのは、大変な業界だよな……」

先生はつぶやく。

「はい……、私もそう思います」

二人でうつむいた。

「だけど、私は腑に落ちないんですよね」

事件について考え込む。私の中ではすでに事件になっている。

「なにが？」

「先生、岩助さんの態度、どう思いました？」

自分の気持ちのことで一杯一杯で、それどころではなかっただろうが、赤堀先生はその場に居合わせた、ただ一人の証人だ。

「まあ、しょうがないんじゃないかな。長年連れ添った奥さんがあんなことになれば……」

そう言うと、赤堀先生は食後のお茶をすする。

「そうでしょうけど、私が変に思うのは、岩助さんは運ばれてきた直前に奥さんの異常を見つけたわけで。家にいたのなら、どうしてもっと早くに気づかなかったのかなって思うんです。あの日岩助さん、家にいなかったんじゃないかって……」

言いながら、自分の考えに寒気がした。さっと鳥肌が立つ。

しかし気分を引き締めた。はんなりが姿を現し、近づいてくるのが見えたからだ。

「水菓子です」

例の気取った声が降ってきて、切ったメロンが、冷たいおしぼりや、お茶と一緒に目の前に差し出された。

「あの……」

つい戦闘的な気分になり、思わず声をかけた。こちらはもう彼女のことを充分知っていた。しかし向こうはこっちを認識しているのだろうか。

「はい？」

と、訊き返してきて、目が合った。

「あの、岩助さんのお宅で……」

言いかけると、女将のしっかりとお化粧をした顔が、一瞬無表情になったように見えた。そう、この表情だ、と思う。この表情を憶えている。あの時も、しっかりとお化粧して、こんな固い表情をしていた。そして、コンさんの家の廊下を早足でこちらに向かってやってきた。

しかし彼女はすぐに笑顔に戻り、

「岩助さんの、さあ……」

と曖昧な声を残して、さっさと奥へ引っ込んでしまった。

「白井くん、どうしたの？」

赤堀先生が、心配そうにこちらを見ている。

「あ、いいえ……。あの人、以前岩助さんのところ、つまりコンさんのお宅で私と会っているんです……」

一気に言うと、赤堀先生は一瞬ぎょっとしたように見えた。

「えっ？　そうなの？　つまり、救急車で運ばれてきた……」

「はい」

今の受け答えだっておかしい。「岩助さんの、さあ」、はないと思う。彼女は、私に気づいていない？　私があの時の訪問看護師だと。

「ええっ？　コンさんが運ばれた時、たまたまぼくが担当して、その話をしたらここがそのコンさんのお店で、その店の女将までそのコンさんの家にいたって？」

赤堀先生は言う。

「そんな偶然、あるのかなあ」

赤堀先生はそう言って苦笑した。偶然――、これは本当に偶然なのだろうか。

「夏菜子さんがねぇ」

私はもう一度夏菜子の去った方向を見た。しかし、もう彼女の姿はない。

「それより早いとこ食べてさ……」

先生が言って、スプーンでメロンをすくった。

私もそうした。口の中いっぱいに果汁が広がったが、なんだかあまり甘さを感じなかった。

五月二十二日（金）

空を見あげると、重そうな黒雲が、低いところで一面に広がっていた。ひと雨来そうな気配。しかし、今日はどうしても確かめたいことがあったので、表に出ないわけにはいかない。

歩みを速め、水仙に向かった。細かい雨の粒子が空気中に漂っているのでは、と思われるほどの湿り気で、嫌でも足早になる。もう梅雨に入ったのだろうか。

水仙が見えると、雨がとうとう落ちてきて、次第に大粒の雨が、数を増しながらポツリポツリと肩に降りかかる。これは、もしかすると土砂降りになるな、と思う。

バッグの中に、折りたたまれた日傘はあったが、あれでは心もとない。だから、息がきれても歩く速度は落とさなかった。やっと喫茶水仙に着き、ドアを開けると、雨がザーっと一気に落ちてきた。

「ごめんくださいい、山崎さん」

やっぱり客の姿がないので、大きな声で奥に呼びかけたが、雨の音にかき消されそうだった。

「ご・め・ん・く・だ・さ〜い」

ひと言ひと言区切りながら、大きな声で叫ぶ。すると天井でギシギシいう音がして、山崎さんが奥から姿を現した。やはり、足を引きずっている。

「あらあら、降ってきたの？　どうしたの？　こんな雨の中」

山崎さんが外の雨に驚いて言う。

「ごめんなさい、急に……」

「ま、すわって」

カウンターに寄っていって両手を載せた。

「今日は少しだけ訊きたいことがあって……」

「きっと通り雨よね、すぐにやみますよ」

実際、雨の音が次第に弱まっていくのが分かった。

「今温かいお茶淹れるわね」

と山崎さんは言って、カウンターの中に入った。

私は、息をととのえながらハンカチを出し、体の少し濡れたところを拭く。バッグから手帳を取り出し、急いで五月のページを繰る。

温かい日本茶の碗《わん》が二つ、カウンターに載った。

「山崎さん、あの、たびたびお辛いことを訊くようで……、本当に申し訳ありません」

「よいっしょ」

と足をかばいながら、山崎さんがカウンターの中の椅子に腰をかけた。

「あなたもかけて」

と言うから、椅子に腰をおろした。

「いいわよ、はいどうぞ」

山崎さんはいやな顔一つせず、お茶をさし出してくれる。

「冷たいほうがよかったかしら?」

「いえ……」

喉は渇いていたので、吹いて冷ましつつ、お茶をすする。

温かいお茶が体にしみわたる様子に、ほっと生き返った心地がした。

「落ち着いた?」

山崎さんが笑顔を見せてくれた。

「はい」

私は質問を始める。

五月二十二日（金）

「確認のため、もう一度訊きますが、夏菜子さんと男の人がここに来るのは、だいたい何時頃でしたか？」

そう言うと、山崎さんはゆっくり思い出そうとしながら、

「だいたい午後よねいつも……、三時くらいから五時くらいだったかしらね」

梅香堂のたみさんの話と、これは一致する。

「それでは三日前の十九日なのですが、この日に限って、何か変わったことはありませんでしたか？」

切羽詰まった口調で私が問うので、山崎さんは驚いた様子で、

「急にそんなこと言われてもねぇ……」

「十九日に、その男性の奥さま、コンさんていうのですけど、急に容態が悪くなって、救急車で運ばれて、お亡くなりになったんです」

「救急車？」

目を丸くして、山崎さんは大きな声で言った。

「はい。何か？」

何か思い出してはくれないだろうか——、祈る思いだ。

「そう言えば男が、いつもより早く来たわね」

山崎さんは言った。

「え？　それで？」

「あの日は三時半には来ていたわ。お昼のドラマを見て、途中のＣＭでいつもトイレに行くから

私……」

「そんなこと、分かるんですか?」

「なんとなく分かるのよ、私も気になっていたし、ほかに客いないから」

「三時半は確かですか?」

「私、だいたいトイレに立つ時間が決まっているのよ。いつもみたいに、一時間したら帰るのだと思っていたら、長居してね……」

「男の人は、何時までいたのでしょう?」

「買い物に出る時、五時すぎくらい、その時はまだいたわね。だけど買い物から戻って、それが六時、その時にはもういなくなっていた」

うなずきながら聞く。

「五時すぎというと、五時十分くらいですか?」

「そう、その時にはまだいた」

考え考え彼女は言う。

「あの、救急車がどうかしたのですか?」

山崎さんはさっき、「救急車」の言葉を聞いて反応した。

「あそうそう」

山崎さんは大切なことを思い出したというような顔になって、

「それが、あの日は怖い思いをしてね……」

山崎さんは首を横に振り、手をもみながらそう言った。

「どうしたのですか？」

「買い物に出かけたら、救急車の音がして、そのせいで車がいつもと全然違う動きをしたのね。私、どう動いたらいいのか分からなくなって、そうしたら、交差点のど真ん中で転んでしまったのよ。もう少しで車にひかれるところだった。

　そうしたら、神様っているものね、いえあの青年が神様なんだわ。私を素早く抱きかかえると、道の端に寄せてくれて、大丈夫ですかって……。あの時は、ああ、こんなにいい人も世の中にはいるんだなって思いましたよ」

「その交差点ってどこだか分かります？　名前とか」

　私は聞いた。

「ええ憶えていますよ。中森総合病院の近くの交差点。あの日は足が痛くなって買い物どころじゃなくなって、何も買わないで帰ってきたの。だけど、足をかばってゆっくり歩いたものだから、帰った時間はいつもと一緒になっちゃって……」

　そこまで聞いて、私もまた、あの日のことをはっきりと思い出した。

　あの日、私もあの交差点に居合わせていた。遠くから救急車のサイレンが迫り、その時、交差点のど真ん中で買い物籠を持った年配の女性がうずくまっていて、危ないと叫んだ。でも次の瞬間、もうその人の姿が消えたので、自分の目の錯覚とばかり思っていたのだ。しかしあれはまぎれもなく現実で、しかもうずくまっていた人はこの山崎さんだったということだ。

　加えて、その救急車の中にはコンさんがいた。そう思うと、急に身震いがした。なんて偶然だろうと思う。

「山崎さん、よく思い出してくださいました」

「白井さん、何か知っているの？」

「いいえ、今はまだ何も……」

とだけ、首を左右に振って答えた。

「何か気になることがあるのね？」

と訊かれ、ただ小さくうなずいた。

「夏菜ちゃんのこと？」

迷ったが、また一つうなずいた。

気づくと、表の雨はやんでいる。それで立ち上がり、山崎さんにお礼を言って、水仙をあとにした。外に出ると、雨上がりの爽やかな空気が流れていた。

三日前、五月十九日に、コンさんは死んだ。でも三時半から五時二十分頃まで夏菜子がこのホテルで岩助さんと一緒にいたとなれば、彼女のアリバイが成立してしまう。

私はこんなふうに疑っている。夏菜子は岩助さんを水仙で眠らせておき、岩助さんの体から鍵を抜き取ると、一人コンさんの部屋へ戻り、経管チューブからフグ毒を入れるという犯行に及んだ――。

その目的はただ一つ、お多福を自分のものにすることだ。

見あげると、空に虹が出ている。気分とは裏腹に、ぼんやりと浮かぶ虹は、とてもきれいだった。

五月二十三日（土）

「きゃ〜、もうこんな時間よ〜！」

所長が時計を振り向きざま、悲鳴を上げた。

「本当だあ」

みんなが時間に驚いて、急いで帰り支度を始める。

訪問看護を終わって、おしゃべりをしながら記録をつけていた時だ。ついおしゃべりがすぎて、時間が経ってしまった。

「これから帰って夕飯の支度、しなくちゃ」

野村さんが、お母さんの顔で言う。

「私もだよ、野村さん」

高橋さんも言う。コンさんの事件から四日が経ち、みな少しずつ元気を取り戻した。

「みなさん、ちょっと聞いて」

所長が言うと、みんな動作を止めて所長を見た。

「明日、コンさんを偲《しの》ぶ会があります。私たちは三時から一時間だけ。夜は岩助さん、コンさんのお友達が集まるそうです。みんな、あのお宅を訪問したことがあるから、みなさんそのつもりでいてね」

「はい、分かりました〜」

みんな口々に言った。

「利用者さんのご不幸があったら偲ぶ会を開くのは、中森総合病院の方針でもありますから、日曜だけど、みなさん欠席しないでね」

「はーい」

浅野さんが言う。

「夕飯のおかず買って帰ろうかな。できあいですませちゃおう。息子のお弁当もあるし。すみません、お先に〜」

彼女の帰る足は、いつもまるで逃げ足みたいに速く、顔を上げたらもういなくなっていた。野村さんも高橋さんも、どんどんそのあとに続く。

「白井さん、どうしたの？　思い詰めたような顔して」

所長が訊いてきた。

実際、私は思い詰めていたのだ。ボトルとチューブという証拠品は押さえた。しかしこれからどう行動していいのか分からず、思い悩んでいた。

これを警察に渡して、調べてもらうべきだろう。けれど、私などが持ち込んで、お多福の女将の夏菜子という女が前の女将のコンさんという女性をフグ毒で毒殺した、と告発しても、ちゃんと調べてくれるものだろうか。一笑に付されて終わり、などというような展開にはならないだろうか。この証拠品は、私にとっては唯一無二の虎《と》の子《ら》《こ》だ。警察官の目の前で夏菜子ときちんと対決し、そののち渡すというような段取りをする必要はないだろうか、そんなことを考えていたのだ。

「所長、偲ぶ会って、どんな人が集まるんですか？」

「夜はご夫婦の知り合いだって」

「いえ、三時からの部です」

「それは私たちだけ。高橋さん、野村さん、浅野さん、あなた、そして私、それに岩助さん」

「ふうん、そうですか」

「何か？」

「あ、いえ」

本当は赤堀先生に夏菜子、そして警察も呼んでもらおうかと思っていた。でもそんなことを言ったら、所長は怯えてしまう。騒ぎを起こして虹野家とか、病院に迷惑がかからないかと気にするだろう。悪評が立てば、看護ステーションの存続にも関わるからだ。だからきっと反対する。

どうしたものだろうか。

「白井さん、これからどうするの？」

帰り支度をしながら所長が訊いてきた。

「えっ？　私は一人ですから、どうでもいいんです」

コンビニにでも寄ろうかな、と思いつつ答える。

「コンビニかなあ……」

「だめよ、そんなんじゃ。栄養のあるもの食べなきゃね！」

まるで母親みたいな口ぶりだ。

「所長はこれから夕飯の支度なんですか？」

所長にも二人のお子さんがいる。

「今日は旦那《だんな》の実家に遊びに行ってるの。旦那もそっちで食べてくるって。だから、今日は家事から解放される日よ」

所長は急にひそひそ声になり、ほくそえんで言う。

「それはよかったですね」

私もひそひそ声で答え、二人で少し笑った。

「だから、よかったらちょっとつき合ってくれない?」

所長が、大きく目を見開いて言った。

「いいですよ。このあたりで美味しいお店、教えてくださいよ」

私も目を見開く。

「よかったぁ、白井さんがまだ独り者で。みんな、家族ができるとなかなかつき合いがむずかしくなるからね」

所長が、ぱっちりと片目をつぶって見せた。これはたぶん、ウインクのつもりだ。


所長と食事をして別れてから、赤堀先生に電話をして呼び出し、以前に二人で入った里山珈琲房で会うことにした。山小屋ふうの内装が、割と気に入ったからだ。

先に店に入って待っていたら、カランカラン、とドアについた鐘が鳴る。赤堀先生が私の目の前にすわった途端に、私は言った。

「先生」

「何？　ちょっと遅れた？」

「そんなことはいいんです」

「あったかくなってきたねー」

世間話を始めそうになる先生の言葉を遮《さえぎ》った。そんな気分ではなかったからだ。

「先生、明日の三時から、岩助さんのお宅で、コンさんを偲ぶ会、やるらしいんです。ステーションの全員と岩助さんで。先生もいらしてもらえませんか？」

その時ウエイターが来て、先生はアイスコーヒーをオーダーした。

「明日？」

ウエイターが去ると、先生は上着の前を開いて内ポケットから手帳を抜き出し、ページを繰って確認する。なんだかこんな様子は年配者のようで面白い。誰か先輩の真似でもしているのだろうか。

「三時？　ああ、うん、なんとか大丈夫、いいよ」

そしてまた手帳を上着の内ポケットにしまった。

「それから先生、警察の人に知り合いいないですか？　今回のコンさんの事件で警察の人が病院に来たんでしょう？」

「ああ、事件性がないかどうか、一応ってことで、刑事にいろいろ訊かれたな」

「憶えてます？　その人」

「うん、内田《うちだ》って人だった」

「連絡先分かるでしょうか？」

「そりゃ、名刺くれたから。王子署の人だった」

「じゃその刑事さんも一緒に」

「ええっ？　刑事も呼ぶって？」

「はい」

「おいおい、大丈夫？　君、本気？」

「本気です」

「そりゃ、訊いてみてもいいけど、でも何がしたいの？　ただ来てくれでは刑事は来ないよ、事件性がないと」

「分かってます先生、そして夏菜子さんも一緒に」

「夏菜子さんっ？」

先生は素っ頓狂な声を出した。

「お多福の夏菜子さんっ？」

「はい。呼んできて欲しいんです」

「どうして？　何をする気？　君、何企《たくら》んでるの」

「コンさんを偲ぶ会だから、彼女が来てもおかしくないです。お多福はコンさんの始めたお店だし、あの人コンさんにお世話になって、毎日昼食運んできていたんだから」

「そりゃ分かるけど……」

先生は、言いよどんだ。それから思い切ったように言う。

「夏菜子さんはやめたほうがいいよ」

「どうしてですか？」

「だって夏菜子さんは部外者だもの。訪問医療関係者のわれわれとは違う。もしも厄介に巻き込んだら、あとが面倒だよ」

私は首をかしげた。何が面倒だというのか。それは先生が面倒で嫌なのでは、と言いたくなった。たかがたまに行くお店の女将、少々厄介があったところで、赤堀先生とは関係ないではないか。それに部外者が聞いて呆れる。彼女こそが中心人物なのだ。

「先生、この前ここで話しましたよね、経管栄養をしている人は、管から毒を入れられたら、吐き出すことができないって」

「管から……？　いや、だけど、嘔吐や下痢はするのではないかな、基本的な反応として……」

「でもお年寄りやそういった方は、嘔吐反射が鈍くなっていることが多いから、もしも毒が入っても、体が反応しない可能性は高いって」

その時、アイスコーヒーが運ばれてきた。

「ああ、そういうことか。うん、お年寄りか。まあそうだねぇ、そういうことになるだろうね、あくまで一般論だけど」

先生はコーヒーを一口飲み、私は一気に核心に斬《き》り込《こ》んだ。

「この前のコンさんが、たとえばそういうことをされていたらどうなりますか？」

私は要点を口にした。

「プッ」

赤堀先生は、飲みかけのコーヒーを噴き出し、急に小声になった。コーヒーがズボンにかかった。

「おいおい、穏やかじゃないね。こんなところでなにも、そんな話しなくても……」

こういうところ以外のどこでするというのか。

「ごめんなさい。でも、大切な話なんです」

言いながら、立って先生の横に行き、ズボンやテーブルの上をハンカチで拭くと、

「大丈夫ですか？」

とウエイターがやってきて、お絞りを二つ、置いていってくれた。

「すみません」

先生がそう言って、そのお絞りで顔を拭く。

「あまり変なことを言わないでくれよ……」

先生が泣きそうな声で言う。

「コンさん、吐いたりしたような形跡、ありませんでした？」

委細かまわず、前のめりになって訊く。

「待ってくれよ」

先生は気持ちを落ち着かせるように言った。

「うん、だけど……」

「はい、だけど、何です？」

そしてじっと考え込む。思い出しているようだ。

「いや、そう言われてみるとさ、確かに、運ばれてきたあの日、痰の吸引はできなかったけど、

色のついた液体が吸引されて、一瞬、何か吐いて窒息かな、なんて思ったりもしたんだよね……。だけど、ほんの少量だったし……」

やっぱり――！　と私は、心の中で叫んでしまう。

「でも結局、窒息とはならなかったでしょう？」

確認の意味も込めて訊く。

「うん。吐いたり、下痢したりの形跡もなかったしね」

先生は言ってうなずく。

「ただ……、うん思い出した。全身に網様チアノーゼが出ていたから、あれ、実は薬疹《やくしん》だったとか……？　うーん、実際、そういう経験ないからなんとも言えないな、ごめんね白井くん。だけど、服毒によるショック死もあり得ない話ではない……、かもしれないなぁ、なんてね、おっと……」

赤堀先生は、自分で言ったことに笑ったかと思うと、持っていたグラスを落っことしそうになった。

「大丈夫ですか？」

しかし赤堀先生は無言だ。

「旦那さんの岩助さん、もと警官なんですよ」

言うと先生は、

「え」

と言い、そのままソファからずり落ちてしまった。立ちあがり、テーブルの下に消えてしまった。

テーブルの上に見せた先生の顔からは、メガネがずり落ち、レンズにひびが走ってしまってい
「……先生、……先生」

た先生に声をかける。

「先生、大変。メガネが割れてますよっ、怪我《けが》しませんでした？」

怪我はなかったものの、赤堀先生はひどくまいってしまった様子で、むずかしい顔をするとゆるゆると体を元の位置に戻し、眉間に人差し指をあてた。

私も体勢を立て直し、あたりを見回すと、店内に客は私たち二人しかいず、五月というのに冷房がきいて、空気は冷えている。

「白井くん、ぼく、ちょっと、このあともう一軒用事があって」

先生は、逃げようとするかのように言いはじめた。

「先生……」

言いかけると、

「今のこと、あまりほかでは……、いや、決してよそでは話さないほうがいいね」

そう先生は、かしこまるように言った。

「先生、まさか、夏菜子さんじゃ……」

「え？」

「これから会う人です」

言った瞬間激しく心がざわつき、それは夏菜子への殺人疑惑だけではないような気がした。

先生はびっくりしたように私から視線をそらして、

「ま、まさか。違うよ！」

「じゃあどんな用事？」

「君に言わなきゃならない義理はないでしょう？」

先生は言い、私はかちんと来た。それは私とは深い仲ではないから？　夏菜子とは深い仲だから？　と疑った。

「先生、あの女将、コンさんの経管のボトルに、フグ毒を入れたんです」

気分の激した私は、ズバリと言った。先生はぎょっとした顔になり、

「き、君やめなさい、そんな馬鹿《ばか》なこと言うの」

と言った。

「どうして馬鹿なんですか？」

「あの人がそんなことするはずないじゃないか、あんなきれいな……」

「どうしてですか？　美人だからしないの⁉」

「殺人だぞ、君が言ってるのは」

「はいそうです」

「はいそうですって、そんな……、理由はあの店だろう？　君が考えるのは、彼女がそんなことをする理由は」

「そうです。コンさんを亡きものにしたら、あのお店が手に入るからです。女将の座も」

「あんなきれいな人、そんなことしなくても、お金出すって男はいくらでもいるさ」

先生は私から視線をそらしたままで言いつのる。そんなこと、全然理由になっていない。

「先生、彼女、岩助さんを籠絡しているんですよ」

私は言った。

「そ、そんなの君の憶測だろう！」

先生は珍しく強い声を出す。

「先生、あの人は危険です、気をつけてください」

「気をつけるって……、白井くん、証拠はないんだろう？　証拠もないのにめったなことは……」

「ですから私、経管を押さえてます。チューブとボトル、中からフグ毒が検出されるはずです」

「え？　そうなのか？　押さえた？　君が持ってるの？　今」

「はいそうです」

先生は少し沈黙した。それからなおも言う。

「でも、そ、そんな馬鹿な……」

「先生、私対決したいんです、直接あの女と。だから明日の三時、連れてきてください。コンさんを偲ぶ会なら、彼女断れないはずです。私、彼女に直接、面と向かって自首をうながします」

先生は口をぽかんとあけ、しばらく絶句していた。それからやっとこう言った。

「馬鹿な。もしもはずれていたらどうするんだ。何も関係ない人を、君は殺人犯だって告発するんだぞ。もしも間違っていたら、濡《ぬ》れ衣《ぎぬ》だったら……」

「濡れ衣なんかじゃないです。私、絶対に自信があります！」

「やめてくれ白井くん、頼むよ」

先生は本当に泣き声を上げた。

「先生、私やりますよ、先生に断られても。私はどうしてもやらなくてはならないんです。彼女、逃げるかもしれない、お願いします」

「どうしてそこまで？」

私は思い出していたのだ。音無川のほとりにはじめて桜が咲いていたのを見つけた日、マンションの五階の窓べりでコンさんのケアをした。コンさんの背中に陽だまりができて、気持ちのよいケアになった。終わった時コンさんが、ぽつりとひと言、気をつけていないと聞き逃すくらいの低い声で、こう言ったのだ。

「ありがとう」

ほとんど話さなくなっていたコンさん、私に向けてそうひと言だけお礼を言った。あの声が耳について、私は忘れられないでいる。だから、今あの言葉に応えたいと思うのだ。コンさんを殺した犯人がいるのなら、どうしてもそのままにはできない。

「先生、お願いします。私は三時前には行っているようにしますから」

そう言って、私は深く頭を下げた。


先生と別れて一人になり、事件について考えながら、家路をたどった。こんなに息巻くのは、自分をアガサ・クリスティのヒロインみたいに考えているせいだろうか、と疑ってみる。

私の頭を占めはじめているのは恐ろしい考えだ。それは分かっている。軽々に口にできることではない。コンさんは、フグ毒を使って夏菜子に殺された。とうとう到達した自分の推理に、自分で身震いする。

夏菜子は、コンさんのお店に見習いで入り、働くうちにだんだんと、お店を乗っ取って、女将の座につくことを考えるようになった。確かにあの店はよい店だし、美人の彼女に似合ってはいる。それは認めざるを得ない。だから彼女は岩助さんを籠絡し、邪魔者のコンさんを殺したのだ――。

しかし、するとコンさん亡き今、お多福は岩助さんから夏菜子への贈与ということになるのだろうか。岩助さんは、果たしてそこまでするだろうか？　しかも妻が死んだ途端に、妻がここまで大きくした店を、簡単に赤の他人にくれてやるとなれば、世間からの見方はどんなものだろう？

やはりそれはまずいのではないか。ではお多福は、今のところはまだ岩助さんのお店であって、当分、夏菜子はただ雇われ女将をしているだけなのだろうか？

まさか入籍した？　結婚？　それなら贈与しなくても、店は夏菜子のものになる。が、五十歳も歳の離れた女性と？

考えれば考えるほど、私の頭の中で疑念が渦を巻く。家に着く頃には、街を抜ける夜風はすっかり冷えていた。前方の闇《やみ》に怯え、私は人知れず身震いする。

五月二十四日（日）

岩助さんのマンションの前に自転車を止めると、右手に見えるお多福は、扉を閉めたまま静まりかえっている。中では開業の準備であわただしいのかもしれないが、外からうかがう分には、その片鱗《へんりん》も感じることができない。人一人を殺し、それでも平気で、夏菜子は今開店の準備を進めているのだろうか。そうなら、彼女は恐ろしい女だ。

カバンを持ってインターフォンを押すと、なんだか懐かしい岩助さんの声が出る。いつもどおりの声に聞こえた。これからコンさんを偲ぶ会があるのだけれど、岩助さんはどう思っているのだろう。

玄関のガラス扉のロックを解除してもらい、ロビーに入る。ちょうどエレベーターが下りてきた音がして扉が開き、作業着のような服装のご老人が出てきた。

「こんにちは」

はじめて見る顔を、チラッと覗くようにして、小さな声で言ってみる。

「こんにちは」

はっきりとした声で返事をしてくれる。感じのいい人で安心した。向こうにしてみたら、私のほうこそよそ者で警戒されるべきだ。何者かと尋ねられるかと思ったが、老人は挨拶だけすると、何も言わずに表へ出ていってしまった。

五階に着き、エレベーターを降りると、岩助さんの部屋のドアが見える。コンさんが亡くなってから初の訪問で、緊張してきた。どんな顔でお会いすればよいのだろうか。

ボタンを押すと、インターフォンから再び岩助さんの声。

「はるかの白井さんね？　どうぞ……」

気落ちしている声だろうか。でも一見変わりはなさそうだ。鍵がガチャリと開く音がして、岩助さんが姿を現した。

「岩助さん、こんにちは、お久しぶり」

精一杯元気な声を出す。

「お、お、お、お、お。まあ、中に入って……」

岩助さんが、私の声に少し圧倒されたようだった。私はこれでいいと思った。彼一人きりの空間に、元気を送り込もうと思ってきたのだから。

「はい、失礼します」

ぺこんとお辞儀すると、廊下にあがり、岩助さんにしたがって奥に進む。

「いやいや、なんだか久しぶり」

岩助さんが、得意の笑顔を見せてくれる。その笑顔とは裏腹に、頬が少しこけた感じがする。全体的に小さくなったのは、気のせいだけではないだろう。

「こちらこそ。お元気にされていましたか？」

聞きたいことは山ほどあるが、気持ちを落ち着かせる。

「岩助さん、お食事はとれていますか？」

「うん」

岩助さんは言う。みんなはまだ来ていない。部屋の中を見渡す。前と変わらない様子だ。中に進み、和室のほうへ目をやると、コンさんが寝ていたベッドが姿を消し、かわりにお仏壇の前に、白い銀糸の模様の布に包まれた骨箱が一つ、ポツンと置かれている。

それを見ると気分が沈み、何を言っていいものやら複雑な心境になる。お悔《く》やみ申し上げます、とでも言うべきか。なんだか、それも今は合わないような気がして居づらくなる。

「線香の一本でもあげてやってくださいな」

茫然と立ち尽くす私の耳に、岩助さんの声が届いた。

「あ、はい、ぜひそうさせてください」

そう言いながらも、戸惑ってしまう。

「これ、ここでいいでしょうか」

カバンの置き場所に困りながら問う。いつもなら、迷うことなく和室のコンさんのベッドに進むのに、今日はカバンの置き場所さえ、いちいち岩助さんに尋ねなくてはならない。

「どこでもいいですよ」

岩助さんが、穏やかな口調で言った。

何度も看護に訪れているこの場所が、まったく別の家になってしまった。段差を上がり、和室に進むと、岩助さんがろうそくに火をともして、お仏壇の脇へ正座した。厳格な空気が漂う気がして、緊張が高まる。コンさんが、まだ部屋のどこかにいるような感覚がある。

お仏壇の前に進み、座布団の前で岩助さんに向いて正座すると、

「このたびは……」

と頭を下げ、馴れない挨拶をした。岩助さんもお辞儀を返してきた。

「実はあの日、ほかの人の訪問の帰りに、救急車が病院に搬送しているのを見かけたんです。それが、コンさんだったんです……」

何を言ったらいいか分からず、そのことを言った。

「そうでしたか……。こちらこそ……」

と岩助さん、深々と頭を下げてくれる。しかし、そのあとにもう言葉が続かず、終わりのほうは声が聞こえなくなってしまった。

岩助さんの方に目をやって驚いた。畳に、ぽたぽたと涙の滴が垂れているのだ。どうしたのだろうと、岩助さんの変わりように仰天した。

「岩助さん……?」

小さく声をかけてみる。すると岩助さん、何か言いたそうに、言葉を詰まらせている。

「どうされました?」

声をかけると、堰《せき》を切ったように、

「わ、わ、わしが、わしがコンを殺しました……」

岩助さんが大声で言った。言い切ると、叫ぶように泣きはじめ、額を畳にすりつけ、そのまま、両手のこぶしで何度も何度も、強く畳を打ちつけた。

そんな様子を目の当たりにして、私は唖然とし、動揺した。

「岩助さん、そんな、とんでもないです。そんなこと……」

あるはずがないじゃないですかと、続く言葉が何故か出てこない。その代わりに、(どうして？　なぜ？）、とそんな言葉が心の中を飛《と》び交《か》う。

「全部わしが悪いんです。許してください、許してください！」

そう言うと、岩助さんは今度は片腕を高く上げ、前よりも強く畳を打ちはじめた。

「岩助さん、ご自分を責めてはいけません。急なことだったから、まだ心の整理がつかないんです」

そうは言ってみたが、私の言葉が慰めになっていないのは明らかで、岩助さんの耳をただ素通りしている。自分の無力さを痛感する。

所長から聞いていた、院長の言葉を思い出す。コンさんが亡くなったあの日、岩助さんは何度も「自分がやった、自分がやった」と言い、取り乱していたという。その思いが、まだ拭いきれていないのだ。

ひとしきり泣くと、岩助さんの声が静まり、畳に突っ伏したまま、微動だにしなくなった。

「……岩助さん」

低く声をかける。でも反応はない。

「顔を上げてください。ご自分を責めても、いいことは何もないのですから……」

そう言うと、岩助さんがやっと顔を上げ、こちらに向いてくれた。それに対して静かにうなずいてあげる。

「いや、みっともないところを見せてしまいました。歳をとると、涙腺《るいせん》までゆるくなってくるからまいった」

と言ってから、今度は急に、岩助さんは笑った。

「…………」

その急な変化に私も、笑えないのに一生懸命笑ってみせた。

「あの日、うちの高橋も午前中に伺っているのですから。その際も何もお変わりはない様子だったと話してましたし」

なんだか意味のない説明をあたふた続ける私に、岩助さんもうなずき続ける。

「だから岩助さん、ご自分のこと、責めないでくださいね」

そう言うと、岩助さんがこちらを見た。

「……お線香、あげさせてもらってもいいですか？」

申し出に、岩助さんが軽くうなずく。

座布団にすわり、元気だった頃のコンさんの写真をしみじみ見つめる。ろうそくから線香に火を移すと、二、三度手のひらであおぎ、火を消した。

線香の白い煙が、ゆらゆらと立ちのぼる。コンさんの魂が今ここにいて、岩助さんと私の様子を見ていた。そしてゆらゆら、煙とともに魂が今天にのぼっていく、そう私は感じた。

三角形に三本の線香を立てる。おりんを打つ。

「チ〜ン」

音が空気中を伝播《でんぱ》して、一呼吸して両手を合わせると、目を閉じてコンさんの冥福《めいふく》を祈った。

こういう場にはじめて居合わせ、自分はなんと大変な職業に就いたものかと思う。人の生き死にに関わるお仕事。こんなふうに、死後にまで関わることになるとは、学生時代想像もしていなかった。

それから、冠婚葬祭の本をちゃんと読み、この方面のこと、もっと勉強しておくべきだったと反省する。あとに残された家族への対応も、はじめてのことだった。

チャイムの音がした。岩助さんがゆっくり立っていって受話器を取り、話している。下の入口のロックを解除している。そして私のところに戻ってきて、所長さんや高橋さんや、浅野さんが来たと言った。

みんなどやどやと部屋に入ってくると、正座して岩助さんにお悔《く》やみを言い、お仏壇にお線香を上げている。お茶を淹れますと言って岩助さんが立ったので、私がやりますからみんなの相手をしていて欲しいと伝えた。

部屋の隅に立てかけられていた大きめの座卓を倒してみんなの中央に置き、碗をその上に並べてお茶を注いだ。

またチャイムの音。岩助さんが立って玄関に迎えにいくと、廊下から赤堀先生がおずおずと姿を現した。後方に、柔道部の猛者みたいに見える体の大きな男が、のしのしと歩いてくる。座卓につくと、王子署、刑事課の内田ですと小さな声で言った。

「今日は何か、私どものほうにお話があるとかで……」

そう言われ、所長が驚いてまず赤堀先生を見て、彼が首を小さく左右に振ったから、首を回して私を見た。そして、

「白井さん……、なの？」

と言った。それで私はちょっと迷ったが、

「もう少し待っていただけますか？」

と言った。そして赤堀先生に、

「若女将は……」

と訊いた。

「うん、来るって」

と先生は言う。それを聞いて、私は全身が緊張した。いよいよだ、と思った。

「白井さん、今から何かするの？」

所長が心配顔で訊いてくる。

「はい、みなさんに、ちょっとお話ししたいことがありまして」

とだけ言った時、チャイムの音が鳴る。来た！　と思う。

岩助さんが立っていく。そして一階入口のドアのロックを解錠している。そして玄関は開いていますから、と言っているようだ。

見ればステーションのみんなは、一様に不安げな表情になっている。いったい今から何が起こるのかと思い、緊張して沈黙しているのだ。いつもおしゃべりのみんなが、何も話そうとしない。こんな様子のみんなを、私ははじめて見た。

玄関の扉が開く気配。つづいて廊下をやってくるひそやかな足音。女のものだ。

そして無表情な女の顔が、ついと柱の陰から覗いた。私は息を呑んだ。いつもどおりしっかりとお化粧をし、和服を着て、表情は消し、人形のようだった。

ゆっくりと頭を下げ、空いていた所長のとなりに、膝の下に手を添えながら、静かにすわった。それから、ずっとうつむき加減でいた顔をゆるゆると上げ、ほかの誰でもなく、私の顔をしっかりと見た。それは、今日の対戦相手が私だと、はっきり心得ている人間の目だった。瞬間私は、その表情に、言いようもない威圧を感じた。あらゆる言葉も、糾弾も、すでに拒絶を決意しているたたずまい――。静かな、圧倒的な自信が感じられた。劣等感を感じて、私は自分を小さい存在だと感じた。

だがそれより何より、私は間違っているのだろうか、と急に思いはじめていた。いくらなんでも、人一人を殺した人間なら、警察官もいるようなこんな席に、これほど静かにしていられるわけがないと思った。

違うのだろうか。私が間違えているのだろうか。殺していない？　今日の夏菜子は、お世話になったオーナーを偲ぶ会に、悄然《しょうぜん》と列席してきたもの静かな女性以外の何ものでもない。

彼女の立ち居振る舞いは自然で、私は、自信が足もとから音をたてて崩れていくのを感じ続けた。すると、自信喪失の恐怖が、震えになった。震えは下半身から始まり、二の腕、指の先にまで及んだ。私はこんな怖い相手に、今から挑みかかり、殺人犯だと糾弾しようとしている。もう一度ちゃんと調べるべきだと思いはじめた。今日はまだだめだ。私はまだまだ確信を持てていない。

座はひたすらの静寂だ。その異様なまでの静けさがさらに私を圧倒し、怯えさせた。糾弾以前に、ちゃんと言葉を話す自信さえなくなってきた。口のあたりがぶるぶると震え、歯の根が合わない。私は今、この美しい人を逮捕させようとしている。生涯を牢獄《ろうごく》につなごうとしているのだ。ああとても無理だと思う。こんな清潔そうで華やかな人に牢獄なんて似合わないし、自分などに、とうていそんな力はない。なんて大それたことを、自分は考えてしまったのだろう。今から、逃げ出す方法はないものか。

激しい恐怖が全身を襲い、震えは際限なくやってくる。強い後悔の念で、私はその場に倒れ伏したい誘惑にとらわれた。今日は無理だ。後日にしよう、そう思った。よく調べてからまた出直すのだ。今日はこのまま引き下がろう——。

所長が、コンさんとの思い出話を始めた。ほっとする。そして今日の集まりが、本来そういう思い出を語る会であったことを思い出した。心の底からほっとする。今はみんなのこんな話を、このままずっと聞いていたい。

所長の話が終わり、続いて高橋さんが、自分とコンさんとの関わりについて語りはじめた。出会いの頃、コンさんがどれほどほがらかで、他者への思いやりがあったか。自分が馬鹿な失敗をしても、決して責めたりなどはせず、冗談にしてくれた、そんなことを言う。すると浅野さんがこれにからみ、自分の失敗談を語る。

二人のそれは、私が知らない頃のエピソードだった。コンさんと談笑など、私には経験がない。私はもう、コンさんが周囲と会話しなくなってから、こちらに来るようになったのだ。

すると、思いがけないことが起こった。夏菜子が話に加わったのだ。下のお店に自分が面接に来た時、コンさんは自分と一番話が弾んだので、それで自分を採ってくれた。自分には銀座のクラブ勤めをしていた時期があるのだけれど、客筋の傾向とか、外国人客のことなどを熱心に聞いてくれた。その頃コンさんはまだしっかりと会話ができ、築地《つきじ》からの仕入れ、魚を扱う店の経営のノウハウについて、細かいところまで指南してくれた。その様子は自分の利害感覚を離れていて、娘に接してくれているかのようだった。分からないところは、岩助さんに訊いてねとも言われた――。

本当だろうか、と思う。水仙の山崎さんも似たようなことを言っていた。そうなら夏菜子は、歳上の女性の心にとり入るのがうまいのだろう。山崎さんも言うように、働き者ではあったらしいし。しかし彼女は、コンさんが動けなくなったのをいいことに岩助さんを誘惑し、近所のホテル水仙でこっそり逢瀬を続けていたのだ。コンさんはそういう夏菜子をすぐに見抜くようになり、デイサービスをやめた。彼女に激しい不信感を抱いていたのだ。

「白井さん」

所長の声が聞こえ、驚いて顔を上げる。

「は、はい」

「あなたの番。何か言いたいことあるんでしょう？」

せっかくおさまっていた震えが、それでまた始まった。やはり、今日はこのままではすまないのだ。

「あ、あの」

と言葉を口にすると、歯の根が合わない。口を閉じ加減にしたら、がちがちと歯が鳴りはじめる。

「わ、私……」

続けようとすると全身がぶるぶると、ほとんど痙攣《けいれん》を始めてしまい、両手でぎゅっと体を抱く。吹雪の夜、外にいる時のようだった。歯の根も合わないこの感覚は、激しい寒さに対するものとそっくりだ。

私は懸命に、あの三月の午後、わずかに咲いた音無川のほとりの桜を見ながら聞いた、コンさんの私へのつぶやきを思い出そうとした。

「ありがとう」

しかしそれも何の助けにもならず、震えは、おさまる気配がない。ああやはり私は、アガサ・クリスティのヒロインにはなれないと思った。現実は小説や映画とはまるで違う。

「私、もうすっかり知っているんですよ、夏菜子さん」

震える声で、やっとそれだけを言った。憶えたセリフをなんとか棒読みする、才能のない女優のようだと自分を思った。

「はい、何をでしょう」

はんなりと、落ち着いた声が返ってきた。この柔らかな声の調子は、少なくとも男性たちを納得させたろう。

「あ、あなたは、経管のボトルに……」

そこで言葉を切り、私はいっとき震えに堪えた。

「コンさんの胃に直接繋がったチューブのボトルに、フ、フ、フグ毒を入れたんです」

ようやく言って顔を上げたら、所長や浅野さん、高橋さんの目がこぼれるほどに見開いているのが目に入った。みんなが度肝を抜かれている。

「ふふふ」

という含み笑いが聞こえた。誰がいったい笑っているのかと思う。こんな時に誰が？

「何のお話でしょうか」

はんなりの声が言った。含み笑いを漏らしていたのは、夏菜子だった。

「いったい何を言ってらっしゃるのか私、分かりませんが」

続いて彼女は、さらに失笑を漏らす。そして言う。

「あなた、大丈夫ですか？」

「夏菜子さん、私はもう知っているんです。ホテル水仙のことも、山崎さんのことも、そして、こちらの岩助さんとのことも」

夏菜子はついと横顔を見せた。高い鼻梁《びりょう》、大きな瞳《ひとみ》、完璧な横顔だった。笑いが消えた。しかし悔しいけれど、この整った目鼻立ちには、自分は勝てないと思う。

「私に、みんな言わせないでください。だから、自首してください。自分で、自分のしたことの始末をつけてください、お願いします」

言って、私は頭を下げた。

「自首？」

刑事が言って、色をなした。

「自首ですって？　誰が？」

刑事が言った。やはり警察は、考えてさえいないのだ。なんて間抜けなの？　と考えると、泣きたい気持ちになった。

「何を言ってらっしゃるのでしょうか、意味が分かりかねます」

夏菜子はにこやかに、落ち着いた声で言った。

「まだ、おっしゃるんですか？　あなたがやったのに間違いありません。岩助さんとの関係をコンさんに気づかれて、今までのように会ったり連絡できなくなったあなたは、岩助さんが二人の好きな和菓子を日頃買いに行っていた時間を利用して、岩助さんを水仙に呼び出すことを思いつきました。岩助さんが買うべき和菓子を予めあなたが用意して、時間を捻出したのです。それで使われたのが、あのカレンダーのアルファベットです。AD→あんだんご、MD→みたらしだんご、GD→ごまだんご、ですね。それに、コンさんが亡くなった日の訪問時間の変更の電話をして来たのもあなたではありませんか？　事務の横内さんが女性の声だったと証言しています」

そこまで説明しても夏菜子は黙ったままだ。

私はカバンを引き寄せ、中からガラスのボトルとゴムのチューブを少し出して見せた。

「私、これを持っているんですよ。これを調べれば、内部にフグ毒の成分が検出されるはずです。そうなってからでは、もう自首はできませんよ」

すると、さすがに夏菜子の顔色が変わったように見えた。

「どうですか？　私がこれを持っているとは、思ってらっしゃらなかったんでしょうけど、今ここで、告白してくださることはないですか？」

私はたたみ込んだ。するといっときだろうが、震えが止まった。

夏菜子は顔を上げた。そして怪訝な、としか言いようのない表情をした。心から、わけが分からないという戸惑いの表情。頭のおかしい娘の言動に、無垢《むく》な一般人が戸惑っている、そういう見事な演技。感心する。なんて女だ、と私は思う。

「何をでしょう、告白って。いったい何のことでしょうか。私、本当にわけが分からないんですが……」

口もとには苦笑を浮かべている。するとさっそく、男性たちに演技の効果が表れた。

「白井くん、ちょっともうそのくらいで……」

赤堀先生が言った。

「自首なんて、穏やかではないですよ」

刑事も言った。

「白井さん、あなた、自分が今何を言っているか、分かってる？」

所長も横から口を出してきた。

「白井さん、とおっしゃるんですか？　あなたは看護師として奥さんの死に責任を感じて、混乱して、疲れていらっしゃるんです。しばらくお休みになったほうが……」

夏菜子が言い、

「本当よ白井さん、しばらく休んで」

所長までが加勢して、私は孤立した。

「ではこれ、調べてもらってもいいんですね？」

私はハンカチに包んだボトルとチューブを摑みあげて確認した。

「そうなさりたいのでしたら、どうぞ……」

夏菜子は冷笑を浮かべて言った。それで私はハンカチごと、ボトルとチューブを王子署の刑事の前に差し出した。

「これを……？」

刑事は戸惑って訊く。

「調べてください」

私は言った。

「コンさんはまだ亡くなるような状態ではありませんでした、容態は安定していたんです。訪問看護ステーションのみんなも、それは証言してくれると思います。夫の岩助さんも」

「そうですか？　みなさん」

内田と名乗った刑事は、ステーションのみんなのほうを向き、訊いた。

「どうです？」

さらに刑事が訊き、

「え、私は担当というより、たまに言われて行くだけなので、なんとも」

高橋さんが言う。

「え、私も……」

浅野さんも言う。そしてあとのみんなも、自分もそうだとばかりにてんでにうなずいている。

「どうして？　みんなそう言っていたじゃない。コンさんはもっと生きたはずだって。経管栄養行ってて、容態安定してたから、口からものが食べられる人よりもずっと長生きしたはずって、みんな言ってたじゃない！」

私は必死になり、声を強めた。しかしみんなは沈黙している。訪問看護はチームでやっている以上連帯責任なのだ。事のあまりの重大さに、みんな怖《お》じ気づいてしまった。そしてあとから問題になることを恐れ、黙ってうつむくばかりだ。

「先生、先生の見解はいかがです？」

刑事は、今度は赤堀先生に向かって訊いた。

「え？　いやぼくは、普段のコンさんの様子は知りません。会ったこともない人です。いきなり運び込まれたコンさんを、ただ蘇生を試みろと命じられただけですから。しかし診たらもう全身が冷たくなっているような状態で、命じた上司も、オペ室に入っていて患者を診ていないから、そんな勘違いをしたんです」

「もうすでに亡くなっていたと」

「そうです」

「死んで時間が経っていた」

「三十分以上経過していたと思われます。蘇生の段階はとうにすぎていました」

「ご主人はどうです？」

「え？　は？　どう、と申されますと？」

いきなり言われて、岩助さんがびっくりした顔で言った。

「奥さんのご様子です。毎日介護されていたわけですよね？」

「私は素人ですから。それに会話もほとんどありません。本人、死にたいとたまに言うこともありましたし、分かりません。急を聞いてびっくりはしたけど、早すぎるとは思いませんでしたが……」

「分かりました。じゃあともかく、これを持ち帰って鑑識班に調べさせますから」

刑事は言った。

「お願いします。で、結果は……」

私は訊く。

「なるべく早くがいいでしょう。明後日《あさって》ではどうですか？　もしも望まれるならば、明後日の午後にでも、王子署の刑事課の会議室にでも来てもらえたなら、担当から結果を報告させますが」

「二十六日ですね？　私、行きます」

私は即答した。

「時間決めますか？」

「はい」

「じゃあ今日と同じ三時にしますか」

刑事は言った。

「分かりました。結果を聞くだけなら、ほんの三十分で終わるでしょうから、みなさんもご一緒しませんか？」

一同を見回しながら、私は言った。所長の顔を見ると、こくこくとうなずいている。

「赤堀先生は？」

「あ？　ああ、ま、いいけど」

彼は言う。

「夏菜子さんも、ぜひお願いします」

私が言うと、

「まあ、そんなにお望みでしたら」

彼女も言った。なんていい度胸なのだろう、私は思った。人一人を殺し、警察へまで来ると言っているのだ。

だがこれでいい、と私は思う。毒さえ検出されれば、夏菜子はその場で拘束、留置だ。留置場のそばだから、手間が省けるというものだ。

五月二十六日（火）

それからの二日間、訪問を終えてステーションに戻っても、みんな誰も私に話しかけてはこなかった。妙によそよそしくて、懸命に記録作成に集中しているというふうを装っていた。誰もが冷たく、私と親しくして私に責任が発生した場合に、連座して責任を取らされることを恐れていた。

確かに、これが私の間違いで、夏菜子が罪を犯していなかったと分かれば、私はこのステーションをクビになるかもしれない。独り者の私ならそれでもなんとかなるけれど、メンバーはみんな生活がかかっている。クビになって、収入を失うわけにはいかないのだろう。

所長もまた、私をどう扱っていいのか困っているふうだ。一度だけトイレの前で、たまたま擦れ違う際に、二人きりになったとみて私の二の腕を摑んできた。そして私の顔を覗き込み、

「大丈夫？　あんなこと言って」

と訊いてきた。

「はい……」

「もし間違えてたら、あなた破滅よ」

「はい、でも、どうしても放っておけなくて」

「あれ、本当なの？　お多福の彼女がフグ毒をって」

「ええ」

私は言ってうなずいた。

「充分に調べました。彼女は岩助さんと、男女の関係なんです」

「ええっ」

所長は目を見開いた。

「本当なの？」

「それは間違いありません。彼女、お店欲しさに籠絡したんです。近所の水仙ってホテルで密会を続けています。そしてこのホテルの経営者の山崎さんのところに彼女昔しばらくいたことがあって、お多福で働くようになってからフグ毒で人殺してあげようかって、言ったこともあるんです」

所長は絶句してしまい、あとはもう何も言えなくなったようだ。


午後三時はすぐにやってきた。私たちは全員ステーションはるかを出ると、ぞろぞろ連れだって歩き、会話のないまま都電に乗って、王子まで行った。王子署までは、そこから歩いてすぐだった。

受付で尋ね、階段を上がって刑事課の会議室に入った。すると赤堀先生が一人ぽつねんとして、私たちを待っていた。岩助さんの姿はない。

五月二十六日（火）

私たちは合板のテーブルの周囲にある、パイプ椅子に無言ですわった。窓の下から大通りの車の音がうるさく聞こえていたので、所長が立って、窓を閉めた。

廊下にカツカツと靴音がしてドアが開き、刑事かと思ったら、夏菜子だった。珍しく洋装で、麻のパンツスーツ姿だった。悪びれたふうもなく、薄笑いを浮かべていて、私とは目を合わせずに、全員に軽く会釈をして椅子にかけた。

すぐにまたドアが開き、内田と名乗った刑事が入ってきた。後方に白衣の、三十代くらいに見える男をしたがえていた。彼は手に、透明なビニール袋に入ったボトルとチューブを持っている。

「みなさんわざわざ、どうも」

内田が言った。

「こちらは、科学捜査研究所の井川《いがわ》と言います」

後方の彼を紹介した。

「井川です」

彼は言った。そしてボトルとチューブの入ったビニール袋をテーブルに置いた。

「みなさんお忙しいでしょうから、結論から申します。フグ毒は、検出されませんでした」

「ええっ！」

私は我知らず大声を上げた。

「フグ毒に限らず、あらゆる毒性のある成分は、出ませんでした」

私は唖然として、声を失った。

一座の恐ろしい沈黙。それは私に向けられた無言の糾弾だった。

「確かですか……?」

私は、そう言うほかはなかった。

「確かです」

井川は私のほうをしっかりと向き、断言した。茫然とした。まさか、という思いが胸中で激しく渦を巻く。

低い含み笑いが聞こえた。ゆっくりと頭《こうべ》をめぐらし、声のほうを見ると、夏菜子だった。彼女がこちらを向いて言う。

「これで、お気がすんだかしら」

「申し訳ございません」

すぐにそういう声がする。所長だった。彼女は夏菜子に向かって深く頭を垂れていた。

「白井さん」

そういう声がして、所長がこっちを向いた。

「あなたも、言うことがあるでしょう?」

彼女は言った。しかし、私は動けなかった。自信があったのだ。どうして、どうして、という思いがしきりに渦を巻く。そんなはずはないのだ。これは何かのトリックだと思った。どうやったのだろう、方法は分からないが、夏菜子がうまくやったのだ。まさか、この井川まで色仕掛けで? と疑った。

「あなたは、私が殺人犯人だとおっしゃったのですよ」

夏菜子の高い声が聞こえた。

「あなたのおっしゃったことは、憶測ばかり、テレビの推理ドラマの見すぎです。現実はそんな子供っぽい、少女漫画みたいなものではありません」

「はい、そのとおりです」

所長の同意する声がする。

それは確かに、ある一面を言い当てていたかもしれない。私は、女探偵を気取っていた。

「お団子の暗号がどうのとおっしゃっていたけど、では会う時間はどうするんですか？　毎日奥様の看護があった岩助さんは、自由に外出できたわけじゃありません。時間を決めずにどうやって私と会うんです？　岩助さん、携帯はお持ちじゃありません」

「はい」

と所長。

「軽々しくそれだけの名誉を毀損《きそん》して、何かおっしゃりようがあるんじゃないですか？」

声の調子はあくまで穏やかで、上品だった。

「さ、白井さん」

また所長のうながす声がした。

すると私の後頭部が、ぐいと前方に押された。見ると、浅野さんだった。

「白井さん、だめよ、ちゃんと謝罪して」

彼女は言った。

私はゆるゆると頭を下げ、額をテーブルに打ちつけた。ごちんと音がした。

「申し訳ありませんでした」

と私は言った。そうはっきり敗北を口にしたら、悔しくて涙がにじんだ。

「では私はもうよろしいですわね、お店の仕込みがありますので」

勝ち誇った夏菜子の声が聞こえた。私は額をテーブルにつけたまま、これを聞いた。

「はい、お忙しい中、申し訳ございませんでした」

所長の声がすると、立ち上がって去っていく夏菜子の靴音がする。ドアを開け、廊下に出ていく。しばらくそのままでいたら、思いがけずすぐ近くから、所長の声が降ってきた。そばに来ていたのだ。

「白井さん、しばらく謹慎していて」

「え?」

私はちょっと顔を上げた。

「一週間、ステーションに出なくていいわ。そうでないと今回のことは、私あなたをかばいきれないから」

そうはっきり言われた。

六月一日（月）

謹慎を命じられた最初の日の夜は寝つけなかった。白々《しらじら》と夜が明けてから、少し眠っては目を覚ますということを繰り返した。自分の何が悪かったのか、どこを間違えたのかと、夜通し考え続けて眠れなかった。けれど、どう考え続けても、自分の頭では分からなかった。

お昼前に起きだし、スーパーに食材を買いに行って、一人で料理を作って食べた。赤堀先生とか、学生時代の友人に電話してみようかと思ってもみたが、謹慎中でもあり、控えた。それに何故なのか、他人と話したいとはあまり思わなかった。

二日目も同様だったが、三日目ともなると、なんとか眠れるようになった。そうなると、今度は朝になってもなかなか起きられなくなった。

六月に入り、どうやら梅雨に突入らしくて、夜更けまで雨がしとしとと降り続いた。もうパジャマに着がえてベッドに入っていたのだが、起き上がり、レギンスを穿いて、白い短パンを穿いた。それからブラウスを着て部屋を出、ビニール傘をさして小雨《こさめ》の降る深夜の街に出た。あてもなくぶらぶら街をさまよっていると、酔客たちとすれちがう。傘をさして、派手な千鳥足の男性も見た。こんな雨の中でも、男の人たちはお酒を飲みにいくのだなと思った。街に酒場の類《たぐ》いがなくならないわけだと思う。

目指したわけでもないのに、気づけば音無川のほとりに出ている。川に沿ってぶらぶら行くと、岩助さん、コンさんのマンションに向かう橋が見え、お多福の明かりも見えた。こんな雨の夜も、お多福は繁盛している。

自分が間違っているとはどうしても思われない。夏菜子はコンさんを亡きものにしたのだ。そしてかねての計画どおり、あのお店を自分のものにしようとしている。このことは確かだ。岩助さんなど、夏菜子にかかれば赤児《あかご》の手をねじるようなものではないか。事は計画どおり着々と進行し、今や最終段階だ。ゴールは目前なのだ。けれど自分は告発に失敗した。もう自分にできることはないのだろうか。このまま夏菜子が目的を遂げるのを、傍観している以外に手はないのだろうか。

お多福を川向こうに見つめながら歩き、歩みが橋に届いたから折れて渡った。橋の上を進みながらも、目はじっとお多福を見つめていた。その時、ぐいと乱暴に肩を摑まれた。悲鳴を上げようとしたが、その声も出なかった。ものすごい力で口もふさがれたからだ。体がふわっと宙に浮いた。持ち上げられたのだ。あわてて足をばたつかせたら、その両足も摑まれて、高く持ち上げられる。何が起こったのか、まったくわけが分からなかった。

乱暴される、と本能的に怯えた。一瞬口から手が離れたので、激しい悲鳴を上げた。しかし次の瞬間、体が空中に浮いていた。続いて、すごい勢いで落下を始めた。大声で悲鳴を上げながら、私は落下していった。

死ぬと思った。思った瞬間、ものすごい水音が背中で起こり、激しい勢いで顔を水が襲った。気づけば私は、水底に沈んでいた。お腹一杯に水を飲み、鼻からも水が入った。苦しくてたまらず、懸命に水をかいた。そして水面に浮かび上がった。体を折って、懸命に足を水底につけて立ち上がると、立ち上がれたのだ。水深は、私のお尻くらいまでしかない。

立ち上がり、激しく咳き込んだ。口に入った水を吐き出した。両手を見たら、手のひらが真っ黒だった。ヘドロだ。川底の不潔なヘドロに、両手をついたのだ。お尻に触れてみると、お尻にもべっとりと、ぬるぬるしたものがこびりついている。

川には、片方にコンクリートの岸があり、そこに上がろうとして、私はのろのろと水の中を歩き出した。そうしたらぬるりと足が滑り、ばっしゃんと再び水の中に倒れ込んでしまって、また不潔な水を飲んだ。

その瞬間、どっと上がる笑い声を聞いた。複数の男の声だった。そしてこんなふうに言う声がした。

「無実の人を泣かせるからだ、よく反省しろ！」

そしてばたばた橋の上を走っていく靴音を聞いた。

コンクリートの平地になんとか這い上がり、四つん這いのまま、激しく咳き込んだ。

大声を上げ、泣きそうになった。全身が、絶望で打ちひしがれた。体中ずぶ濡れで、体のすみずみまで、ヘドロにまみれていた。白い短パンもお尻が真っ黒だった。嫌なにおいがして、その不潔な水をお腹一杯飲んだ。

私は体を抱え上げられ、背中から川に放り込まれたのだ。水から上がり、ようやくそういうことに気づいた。河原にうずくまって、コンクリートの護岸に背中をもたれさせた。そしてそのまじっとしていたら、涙があふれて、いつの間にかしゃくりあげていた。

どのくらいそうしていただろう、パニックや恐怖心がだんだんにおさまっていき、細かな雨が、髪に降りかかるのが感じられてきた。傘がどこかに行ってしまったから、雨を防ぐ方法がない。じっとしていると、寒さが身にしみいるようで、だんだん震えてきた。全身を打ったらしく、痛みも次第に湧き上がってきた。打ち身以外の痛みもあるようだったし、大量に入った水で、鼻も痛い。落とされた瞬間は、パニックで痛みを感じている余裕もなかった。

長いこと雨の中にうずくまり、寒さと、これまで感じたこともないような極限的な不潔感で頭が混乱し、全然何も考えられなかったが、次第に頭が回転するようになって、一つの推測を探り当てた。

夏菜子だ、と思った。これは夏菜子の差し金だ。彼女が、店の常連か、それとも銀座時代のかは知らないが、自分の崇拝者の間抜け男たちを動かし、私を襲わせたのだ。自分は無実なのに、お多福の経営者であるコンさんの胃瘻の経管にフグ毒を入れたと若い訪問看護師に言いがかりをつけられ、警察にまで呼びつけられたのだと、そんなことを言って泣きついたのだろう。

ファンたちは憤慨《ふんがい》し、そんなあくどい小娘には、自分らが天誅《てんちゅう》を加えてやる、などと言って息巻いたのに相違ない。目に見えるようだ。それで自分は、店の前の音無川に罰として放り込まれたのだ。

けれどこんな夜更けに、それもお多福のそばの橋の上を、一人で歩いていた自分も馬鹿だった。まるで川に放り込んでくれと言っているようなもので、歩くなら、せめて人目のある昼間にすべきだった。でも、どうして私が分かったのだろう。男たちも、夏菜子から私のことを聞いて、下調べでもしていたのだろうか。自分の知らないところで、そんなことが密に行われているかと想像すると恐ろしくなる。

雨だったこともよくなかった。どうせ濡れているんだからと男たちは考えたかもしれない。なんてうかつな行動を自分はしたのだろうと思い、悲しくなる。

何時間そうしていただろう。そろそろ帰らなくてはと思うのだが、体中が痛くて、立ち上がれなかった。そうしたら、上から声が降ってきた。

「あんた、そんなところで何をしているの?」

はっとした。そして護岸から背中を離し、苦労して上を向いた。

熟年の男の人だった。ガードレールに両手をつき、身をかがめながら、尋ねてくれた。

「川に、落とされたんです」

私は泣きながら言った。

「ええっ！」

彼は驚いたようだった。

「誰に？」

「分かりません、男の人」

「とにかく、上に上がらないと」

「はい。このへん、上がれる石段とかないでしょうか」

「あるだろうけど、相当先だよ。じゃあ自分が手伸ばすから、つかまって上がって。引き上げるからさ」

そう言ってガードレールを跨いでこちら側に出てくると、左手でガードレールを摑んでしゃがみ、右手を可能な限り下に向けて伸ばしてくれた。私は痛みに堪えながらゆるゆると立ち上がり、その手に懸命に両手ですがった。そうしたら、男の人が私の手を引き上げるので、私も護岸をよじのぼろうとした。すると突然痛みも立ち上がってきて、うめき声が出た。何とか堪えながら護岸を這いあがり、ガードレールを摑むことができた。

道ばたに立っても、私がふらふらしているので、腰のあたりを抱くようにして、彼はガードレールを跨ぐのを手伝ってくれた。そうして彼は地面に置いていた自分の傘を拾って開き、差しかけてくれた。髪がふっと雨に濡れなくなり、その感じを、異様なまでに温かく感じた。この世にそんな空間があったことを、私はようやく思い出した。

「どうしよう、送ろうか？　それとも交番に行く？」

そして彼は、私の体を点検してくれた。そして、

「血が出てる」

と言った。

左手の手首の上のあたりから、出血していた。川底にある何かで怪我をしたのだ。そう思ったらふいと気が遠くなり、倒れまいとしてその場にしゃがみ込んでしまった。

六月二日（火）

それからのことは、ぼんやりとだが憶えている。私はその熟年男性に背負われてタクシーに乗せられ、中森総合病院に入院した。

中森総合病院は訪問看護ステーションはるかの母体で、赤堀先生も勤務している。おそらく私が自分の口で、訪問看護師であることと、ステーションの母体の病院の名を言ったのだろう。けれども、自分ではまったくそれを憶えていない。

急を聞いて、驚いた赤堀先生が病室に来てくれた。担当医にあれこれ訊いて、重傷ではなかったので安心していた。所長以下、訪問看護ステーションのみんなも、驚いて駆けつけてくれた。それでみんなに頼み、汚れていた服を洗濯してもらい、下着を買ってきてもらって、ようやく人心地がついた。暴漢に川に投げ込まれたといったら、みんな口をあんぐりとさせ、続いて憤慨し

てくれた。所長は「刑事事件だから、被害届を出すように」と勧めてくれたが、私はしばらく悩んだすえ、断った。今回の事件は夏菜子のさしがねの可能性がある。このままそっとしておいた方がいいかもしれない。

私の体はあちこちに打ち身があり、頭も打っていた。けれど頭のほうも、ＭＲＩ検査の結果、大事はなかった。転落以降、一度も吐き気は来ていない。レントゲンも撮って、骨折もなかった。けれど左の腕の、手首の十センチ上あたりに、えぐったような深い傷ができていた。たぶん自転車でも沈んでいたのだろうと、外科の医師が言った。もしその上に落ちていたらと思うとぞっとする。

そういうことを考えると、夏菜子を許せない気もした。罪をつぐなわせたいと思ったが、彼女が男たちを動かし、私を襲わせたという証拠はない。警察に聞き込みをしてもらっても、本当のことを言うはずもない。

しかし私が襲われて川に投げ込まれ、怪我をして入院したというその事実が、夏菜子の気分を癒やしたことも確かだろう。

六月八日（月）

病院は二晩で退院となり、夏菜子の側からのクレームも出ず、謹慎も明けて、私は訪問看護ステーションはるかに復帰がかなった。

私を助けてくれた男性のことが気になった。ヘドロ塗れで、しかもびしょ濡れの私を背負い、服もさぞかし汚れたはずだ。せめてクリーニング代を出したいと思う。けれど名前を聞いていないので、連絡のしようもない。

六月二十九日（月）

ステーションのみんなとは、しばらくはぎくしゃくした感じが残ったが、ひと月も経てばそれも消え、また以前どおりの生活が戻ってきた。訪問先では元看護師の菊さんに罵倒《ばとう》され、田中恵子さんにフィリピン呼ばわりされるドタバタ訪問狂騒曲の日常が戻って、そうこうしているうち、長くうずいていた私の左腕の外傷も癒えた。

ほっとしたし、仲間たちとのこの生活に、平凡でささやかな幸福も感じたが、私の気分の底には夏菜子への怒りと、強い疑惑が持続した。彼女の犯罪への疑念は決して晴れたわけではない。お多福とその板前が欲しいゆえに、彼女はコンさんを亡きものにしたのだ。この点は確かだ。

彼女のこの醜《みにく》い私利私欲は、決して許されるものではない。この犯罪を白日の下に晒《さら》すという私の決意は、時を経るにつれて強くなりこそすれ、薄らぐものではなかった。自分が受けた仕打ちへの私怨《しえん》もある。

ただ困ったことには、自分のそういう思い、胸のうちは、もうステーションの誰にも言えなくなった。赤堀先生にだって言っていいかどうか分からない。彼と夏菜子の関係が分からないからだ。彼は夏菜子の味方かもしれず、私が彼に何か言えば、それはそのまま夏菜子に伝わるかもしれなかった。

そう考えると悲しかったし、心細かった。けれどいつかはあの女の尻尾《しっぽ》を摑んでやると、私は一人で闘志を燃やした。

六月三十日（火）

「白井さん、今日岩助さんのところ、訪問してきてくれないかしら」

ステーションに入ると、いきなりそう言う所長の声がした。

「え？」

驚いて私は言った。

「ごめんね、朝一番に急なお願いで。それとも、あんなことがあったから行きづらいかしら？」

所長がそう言って、真新しい水色のファイルを私のデスクに置いた。見ると、岩助さんの名前が書いてある。

「あ、これ……」

「そう、岩助さんのカルテ。コンさんが亡くなってから、一過性のものか分からないのだけど、軽い認知症の症状があるみたいなのね。あなたじゃないほうがいいかとも思ったんだけど」

所長は言う。

「初回訪問だから、本当は私が行きたかったのだけど、あいにく会議とぶつかってしまって、調整つかなくて。もうひと月経ったのだし、このまま岩助さんと平行線というわけにもいかないでしょう。あの家のこと一番よく知っているのはあなただし、あなただけ岩助さんのところに行かないなんて許されないと思う。行ってくれるわね？」

所長の説得する声が耳もとをすぎていく。聞きながら、真新しいカルテを開いてみると、訪問看護計画書や契約書類などが入っている。所長の話は続く。

「契約は民生委員さんの立ち会いのもとでやって来たからそれはいいわ。岩助さんも一度、コンさんの時にやっているから、たぶん分かっているとは思うのだけど、念のために……。だから今日は今後の予定や訪問内容、岩助さんの心配事や希望なんかを、聞いてきて欲しいのね」

大丈夫でしょう？　というような表情を所長がしているので、

「はい分かりました」

そう返事をすると、再び訪問看護計画書に目を通す。健康チェックや身体の観察などの項目に印がある。岩助さんは大きな病気を患っていない。これはよかった。だからコンさんのお世話もできたのだが。時間も三十分未満の訪問で、一番短い時間に設定してある。

「三十分訪問ですね？」

私の確認に、

「うん、そう。実は今回の訪問は、民生委員さんからの提案らしいの。奥さんを亡くして一人になってしまったから、いろいろと心配されているみたいね、日常生活のことなんか」

所長が補足する。それで、なるほどそういう経緯で訪問が始まるのか、と合点がいった。岩助さん自身が依頼してきたというのではないらしい。コンさんの訪問がなくなった今、一人きりの岩助さんのもとに訪ねてくる人はどれほどのものか。見守りの目が必要になるのだろう。

コンさんの死から、もうひと月あまりがたつ。

コンさんは結局解剖されず、死因は急性心筋梗塞となったようだ。脳梗塞を起こしていることから、今回は脱水傾向にあり、心臓の血管が詰まったのだろうと考えられたらしい。

自転車を進めると、朝の清々しい空気が気持ちよく鼻腔に入ってくる。陽が昇り、徐々に今日一日の空気を温めはじめている。大通りを抜けると、車の交通量が減り、空気が少しだけきれいになる。この近くに大きな公園があるので、きっとそのせいだ。だから自分のこの感じも、気のせいではない。

ゆるやかな勾配を上ると川面が見えてきた。水の底を遠くから覗くと、灰色に濁っていて、水中を見ることはできない。

橋が見えてきた。音無川の、自分が落とされたあたりは、どうしても見ることができない。強い恐怖心が湧くからだ。

午前中のこの時間、橋のある通りに出ても人通りがない。いつもなら、買い物で往き来している主婦たちの自転車の群れとよく行き合うが、今日はまったく影をひそめている。

「へえ〜、白井さん、これからは私の訪問をしてくれるの」

久しぶりに会うと、開口一番に岩助さんが言った。

「はい、この前は申し訳ありませんでした、変なこと言って」

私は謝った。すると岩助さんは曖昧な表情で首を横に振る。

「でも今日は三十分訪問で……。ちょっと今後のことなど、お話しさせてください」

「じゃあここではなんですから、あちらで……」

そう言って、リビングのソファのほうへ通された。考えてみれば、ソファで相対してゆっくり岩助さんとお話しするのもはじめてなのだ。

「ではあらためまして……、ですね」

と頭を下げると、

「はい。これからも、よろしくお願いします」

岩助さんも笑って頭を下げた。

「こちらこそ、お願いします」

私は笑顔で返した。

「これからは岩助さんが主人公ですから、なにもお気兼ねなく、どんどんおっしゃってください。今までコンさんの介護を一生懸命されてきたのですから、これからは岩助さんが健康で、安心して暮らせるように……」

「そう言ってもらえて、本当にありがたいです。はるかのみなさんがついていてくれると思うと鬼に金棒、心強いよ」

岩助さんが笑ってくれた。

「いやねぇ～、あいつが死んでから、平気だと思っていたけど、いなくなってみると寂しいものだよ。自分のやることがすっ飛んでしまって、時間がぽっかり空いてしまいましたよ」

思いがけず岩助さんが、ちょっと饒舌《じょうぜつ》気味になる。わざと明るく振る舞っているのかもしれないが。

「それはそうですよね」

言いながら、バイタルチェックの準備をする。

「岩助さん、初回訪問早々、測らせてもらいながらでいいですか？」

言って体温計を手渡す。腕にマンシェットを巻き、加圧する。減圧とともに針が揺れるのが見える。値を記入する。

「高いですかね？」

心配そうに、岩助さんがカルテを覗き込む。

「大丈夫です。正常値ですよ」

書きながら答える。テーブルに広げられたカルテから目を上げると、岩助さんがじっと見つめて言う。

「それは私のですかね？」

どうやらカルテのことらしい。

「あ、これですか？」

真新しいカルテに手を添えて訊き返す。

「そうですよ。岩助さん専用のカルテです」

少々おどけて「専用」の語を強めて言う。岩助さんの目は、キラキラと、嬉しそうに輝いている。想像もつかなかった嬉しがりように、こちらが驚いた。

「……そんなに嬉しいものですか？」

「この歳になって、自分に新しいものが用意されるなんてね、ほとんどないことなんだよね。だいたいのこと、もう経験したしね。白井さんは、若いから分からないだろうけどね」

聞いて、しみじみした気分にさせられてしまう。

「若いって……、私だって、もうそんなに若くないですよ」

小さく言うと、

「なに言ってるんだよ」

と岩助さんが、冗談っぽく怒って見せた。

三十分の短い訪問を終え、表に出ると、太陽はますます高くなり、表は白く光っている。夏が近いのだ。汗ばみそうなくらいで、朝より気温も上がっているのが感じられる。

岩助さんの初回訪問は、時間が一杯一杯で、訪問内容は大まかに説明できたものの、岩助さんの要望や、心配事までは聞くことができなかった。たった今の訪問を思い返しながら、自転車に跨がってこぎはじめる。次の訪問に向けて気分を切り替える。


夕刻、仕事がすっかり終わって時間があったから、久しぶりに都電に乗ってみようという気分になった。駅までは少々距離があるのだが、そうなるといつもの帰路と違う商店街を通ることになり、これも楽しみの一つになる。

個人でやっているお店がたくさん立ち並び、平日の宵の口だというのに、どこもお客さんで混みあっている。

赤い大きな提灯《ちょうちん》がぶら下がっているお店から、煙とともにいい匂いがする。串焼き屋《くしや》さんだ。焼き器の上にたくさんの串が並べられ、おじさんが額にねじり鉢巻きをして、うちわをパタパタさせている。店内を覗くと、みんな立ったままビールグラスをあおっていた。立ち飲みスタイルのようだ。

さらに行くと、梅香堂の看板が見えてきた。

お店に寄ると、たみさんが店先に立っている。ショーケースの中を覗くと、二色のきな粉もちが目に入った。一つは黄緑色のうぐいす餅、もう一つは黄色っぽい色をしている。

「こんにちは」

「きな粉って、二種類あるんですか？」

「そうよ。黄色っぽいのが炒り大豆をひいたの、これが一般的ね。それともう一つは青大豆をひいたの、これは珍しいわね」

そう聞いて、二種類いただいて食べ較べてみることにした。

たみさんは、例の薄紫の紙に二種類のきな粉もちを包んで手渡してくれた。

「たみさん、夏菜子さんですけど、その後、お店には姿を現しました？」

たみさんは黙って首を横に振り、代わりに大きなため息を一つついた。それから、

「来ないわねぇ」

と言う。当然だろう。もうその必要はなくなったのだから。


夕刻の陽射しを背に浴びると、うとうと眠ってしまいそうになる。子供の頃、近所の友達の家に生まれた二匹の犬の赤ちゃんを連れ、近くの保育園の横に置かれていた、コンクリート製の大きな筒形の遊具で遊んだことを思い出す。

横倒しになった大きなコンクリートの土管の中にすわり込み、拾ってきたたくさんの枯れ葉を

膝の上にかき集めて、その中に子犬を埋もれさせた。温かくなったからか、クークーと眠りはじめて、その可愛かったことといったら、今でも忘れられない。

そんなことを思い出しながら歩いていたら、小さな公園にさしかかる。人っ子一人いない静かな公園に、ブランコが二つ、陽だまりに静止していた。入っていってブランコにすわり、薄紫の包みを開けて、大きなまん丸にかじりついた。黄緑のほうは豆そのものの味がして、黄色いほうは香ばしい味がした。

岩助さんの家のカレンダーには、アルファベットが書かれてあったことを思い出す。けれど、あれでは買ってきて欲しい品は分かっても、水仙で落ち合う時間が分からない。王子署で夏菜子に指摘されたとおりだ。時間はどのようにして連絡し合っていたのか。コンさんのそばから離れられないなら電話はおろか、紙に書いて手渡すのも無理だ。コンさんの嫉妬ぶりは並大抵ではなかったそうで、二人を会わせないためにコンさんは、昼食の膳は玄関先に置いて帰るように夏菜子には言い、岩助さんには夏菜子が帰ってから玄関に行くように、言っていたと聞く。

ブランコから立ちあがる。公園から出ると、私の足は自然と音無川に向かう。気づけば川のほとりだ。流れに沿ってブラブラ歩きながら、バッグからまた紙包みを引き出し、残りのきな粉もちにかぶりつく。何の変哲もない味。だけどこの素朴な味に、今私ははまりつつある。

ふと顔を上げたら、犬を連れたおじさんが一人、こちらに向かってやってきていた。犬の散歩と思いきや、そうではない。おじさんは黒いサングラスをかけていた。賢そうな犬はラブラドールレトリーバーで、これはペットではなく、盲導犬だ。おじさんのサングラスは、お洒落でかけているのではなかった。興味が湧き、私はガードレールに腰かけて、おじさんと犬を見ていた。

私の膝の先をすぎ、盲導犬は脇目もふらず、まっすぐに歩いていく。おじさんをかばうようにして左側を歩いている。あの犬は、私たちと同じ仕事だと思う。社会的弱者への福祉だ。一人と一匹の向かう先は、都電通りの方角になる。これから一緒に都電に乗るのだろうか。目が見えなくて、それは大きな冒険ではないのか――。そう考えたら確認したくなり、立ちあがって彼らについていった。

案の定一人と一匹は、彼方に見えはじめた都電のプラットホームに向かっていく。着くとホームへのスロープを上り、ホームの端に立つ案内板の前で、いっときたたずんでいる。ずいぶん長いことじっとしている。そうしたら電車がやってきて、開いた電車のドアの中に消えていった。よくここまで、誰ともぶつからずに来られたものと感心する。盲導犬の訓練のされ方は並大抵ではないのだろう。

自分もプラットホームへのスロープを上った。彼らがじっとたたずんでいた案内板の前で立ち止まってみた。そこにあるものは時刻表だった。あのおじさんは目が見えないはず、さっきここで長いこと、いったい何をしていたのだろう。

顔を近づけてじっと見ると、駅名の下に小さな突起が何個も並んでいる。駅名おのおのの下の突起の配置はみんな違っている。

「これ、点字だ……」

ちいさなでっぱりを指で触りながら、私は口に出していた。この突起は盲人用の文字、点字だ。

瞬間、あっと声が出た。また女探偵が出てしまう。分かった！　岩助さんのお宅の玄関先に置かれた碁盤、その上に並べられた碁石、あれ、点字になっていたのではないか——？

玄関先なんて、ずいぶん妙なところに碁盤が置かれているものだと思っていたが、あの碁盤は、夏菜子との通信手段だったのではないか。それなら玄関に置かれているのも道理だ。夏菜子は玄関で帰らなくてはならない。一方岩助さんは玄関まで出られない。

夏菜子は当初、コンさんのベッドサイドまで昼食の膳を運んでいた。以前の訪問で私は、コンさんの部屋から出て廊下をやってくる夏菜子と、玄関ですれ違った。部屋まで彼女を入れたら、毎回岩助さんと夏菜子は顔を合わせることになる。コンさんがそれを嫌ったのではないか——。

それで夏菜子がお昼のお膳を運んできても、岩助さんは受け取りに出ることを禁じられたのではないか。夏菜子は、膳を玄関先に置いてすぐ帰るようコンさんに指示された。それで二人は会えなくなった。これでは落ち合う時間も、買っておくべき団子も伝えられない。だから暗号が必要になったのだ。

それで二人は、示し合わせて碁盤やカレンダーを玄関先に置くようになった。夏菜子は上がり口に膳を置き、碁盤とカレンダーの暗号を見てすぐに帰る。夏菜子が帰ってから、岩助さんは膳を取りに玄関に出る。これならコンさんに不審がられることもなく、必要な情報をやり取りできる。

真相に気づけたことで嬉しくなり、やってきた都電に乗り込んだ。座席にすわると、チンチン、とベルを鳴らして都電は走りだす。いつも電動アシスト自転車で走っている道を、電車は進む。

視線を車内の上方に向けると、写真入りの広告が壁の上部にたくさん並んでいる。病院、お菓子屋さん、法律事務所、ペットのクリニックもある。その中の一つに、お墓の写真が載っていた。何かと思えば、霊園の広告だ。

こういうのは、山手線や南北線の車内では見かけない。都電はご年配の方の利用が多いからか、それとも沿線に寺社が多いからなのか、などと考えながら揺られていく。

「この歳になると、自分のために新しいものが用意されることがない」

ふと、今日の岩助さんの言葉が思い出された。あの歳になると、自分のために用意される新しいものは、きっとお墓くらいのものなのだろう。でもそのお墓も、新しく用意できる人は限られるだろうし、それすらできずに思い悩む人も多いかもしれない。

二つ目の駅でおり、まっしぐらに部屋に帰る。冷蔵庫からお茶を出して注ぎ、半分ほどを一気に飲んだ。喉が渇いていたからだ。ひと息ついてからいそいそとパソコンを開き、「点字」を検索する。

点字が並んだ表が出てきた。「あいうえお」の表。点字の下にひらがなの文字が並ぶ。アルファベットの表もある。その下は「数字」だ。

あっと思った。その中に、岩助さんのお宅で見かけた碁石の配列を見つけたからだ。あった！思わず叫ぶ。見覚えのある配置、それが数字の表の中にあった。

数字だ！　言って、思わず天井を見た。

なるほど、碁盤に並んだ点字は数字を示していたのだ。それは水仙で、二人が会う約束の時間を伝えていたのだ。

分かった！　私は声に出さずに叫ぶ。

七月九日（木）

夏がやって来た。昼下がりのこの時間帯になると、温められた地面が熱を跳ね返し、気だるい空気が街に漂っている。暑さの中、帽子をかぶらずに歩いていると、熱中症になりそうだ。

交差点を曲がり、とぼとぼ行くと、ＵＣＣ珈琲が見えてくる。

自動ドアを開け、中に入ると、一気に冷たい空気が身を包む。汗ばんだ皮膚がひんやりとして心地いい。そういう季節になった。

「いらっしゃいませ」

席に着くと、ウエイトレスが氷の入った水を置いて、

「ご注文が決まった頃、お伺いします」

と言ってメニューをテーブルに置き、ほかのお客のところに行ってしまった。

注文はアイスコーヒーと心づもりしていたが、あれこれ悩むのも悪くないと思い、しばらくメニューを見ていた。

「宇治抹茶氷」、「苺《いちご》ミルク氷」、「マンゴーミルク氷」あたりが夏季限定商品となっている。ふと顔を上げると、ウエイトレスと目が合った。視線を送ると、うなずいてこちらにやってくる。

「ご注文は？」

「アイスコーヒーで」

「かしこまりました」

彼女はクルッと回っていなくなった。そしてしばらくすると、

「お待たせしました」

そう言って、紙のコースターの上にグラスを置き、小さな容れ物に入ったガムシロップとミルクを置いていった。

見ると、ここのガムシロップは手作りだ。ガムシロップを半分ほど入れ、よくかき回すと、氷も一緒にクルクル回る。上からミルクを落とすと、黒いアイスコーヒーの中にミルクが広がり、マーブル模様を作っていく。その様子がとてもきれいだった。

「あれ、はるかの白井さんじゃないの？」

コーヒーで遊んでいる私に、声をかける人がいた。そのほうを向くと、なんと岩助さんだった。

「あれっ、岩助さんじゃないですか。今日はお一人ですか？」

立ちあがってそう問うと、岩助さんは、

「いや～、それは一人だよ～。こんな年寄りと喫茶店で会ってくれる人なんていないもの。こんな展開になるとはねー。案外来てみるもんだね」

嬉しそうに私の目の前の椅子にすわった。

「いや～、それにしても暑いね～」

岩助さんはズボンに引っかけていた手拭《てぬぐ》いを取ると、額の汗を拭った。

「岩助さんらしいですね、それ」

手拭いを指差し、笑って私が言うと、

「えっ、これかね？　いや〜お恥ずかしい。昔の人間だからね」

「そうでもないみたいですよ。ほら」

そう言って、テーブルの上の、三角柱に折られたメニューを岩助さんに差し出す。

「何だね？」

「夏季限定メニューについてくる、スクラッチゲームの景品が和手拭いですって」

写真に載っている和手拭いを指差す。

「これ？　手拭いっていっても、最近のはずいぶん洒落てるね〜」

と驚いている。確かに昔の手拭いというと、白地に紺や緑の模様で、水玉とか松とか稲とか、そんなものしか記憶にない。

「そうですね、手拭いもずいぶん可愛らしくなりましたね。これだったら、私も使ってみたいな」

確かに、柄は今どきな感じになっている。だけど手拭いって、どういう時に使うのか、いまひとつ分からない。田舎のおばあちゃんが畑仕事にかぶっていっていたような。あと、お料理の時、何かを濾《こ》すとか。

岩助さんが頼んでいたレモンスカッシュが運ばれてきた。

「お〜、来た来た！」

岩助さんが嬉しそうな顔をする。ソーダ水の中に、氷が浮かび、その上に赤いさくらんぼがのっている。

「岩助さん、ハイカラなの飲みますね」

「ははは、そうかい？　このシュワッとするのが、夏にはスッキリしていいねぇ〜」

「ビールとかは飲まないんですか？」

「こう見えても俺下戸なの。どっちかって言うと、甘党」

と言って、いたずら小僧みたいに笑った。

「飲みそうなのに」

意外な顔をして言うと、

「そうでしょう。よく言われる」

そう言いながらストローを差し込んで、一気にすすっている。見る間に半分ほどになった。喉が渇いていたのだろう。

「最近は調子どうですか？」

「すこぶる良好」

と言って岩助さんは両手をグーにして、前方に伸ばしたり曲げたりして元気そうにして見せた。しかし、腕まくりをした袖口から覗かせたその腕の骨からは、だらしないしわしわの皮膚が垂れ下がっていて、一瞬はっとしてしまう。私はつい作り笑いをして見せるしかなかった。

「ゲートボール始めたって聞きましたけど」

はるかのスタッフに聞いたのだ。

「年寄りのグラウンドゴルフ、ひまつぶしだけどね」

そう言うと、岩助さんは肩で大きなため息を一つして見せた。

「運動しないと体力はどんどん落ちていくし、コンもいなくなって時間はできたけど、コンの介護で家を全然出なかったから、気づくと友達が一人もいなくなってたんだよね。誰も年寄りとは友達になりたがらないし、すっかり人との関わりもなくなったよ」

ゆっくりした口調でそう言うと、

「だから、積極的に友達を作るためにも、いいかと思ってね」

自分を励ますつもりか、少し明るく言ったように感じられた。岩助さんのいつもは見せない様子に意外な感じを抱いた。

「えっと、今度の練習はいつだったたっけな……」

と、岩助さんがポケットをゴソゴソやった。

「ちょっと待ってよ、今携帯でスケジュール調べるから」

ともったいぶったように言った。驚いてしまう。岩助さんが携帯電話でスケジュール管理をしているなんて、と感心する。

「えっと、この日とこの日……」

「携帯買ったんですか？」

「そ。今まではコンに禁止されて持てないでいたけど、携帯くらい使えないと遅れるからね」

岩助さんは言う。

「岩助さん、またここに、お茶しに来ましょうか？」

「えっ、本当に？　白井さんとこんなところに来れるなんて、嬉しいな〜」

岩助さんは、子供のように目をきらめかせた。

「そんじゃ、もしよかったらこれに連絡ちょうだい。ひまにしているから、いつでもすぐ飛んでくるからね」

そう言うと岩助さんは、スタンドに挿されていた紙ナプキンを一枚さっと取り、それに素早く自分の携帯の番号を書いて、私に渡した。

そういう岩助さんの電光石火の動きに、ちょっと目を見張った。急がないと、私の気が変わると思っているようだった。違う一面を見て、なんだか感心してしまう。

私には下心があったのだ。こうしてちょくちょく表で会えたら、夏菜子とのことが探れると考えたのだ。私はまだ懲《こ》りていない。

岩助さんが料金を払ってくれた。表に出ると、むっとするような蒸し暑い風に頬が晒される。

「暑くなったな〜」

そう言う岩助さんに、

「今度は私が払いますからね、そんなことをされると、一緒にお茶できなくなりますから」

私は言った。老人にたびたびおごってもらっては申し訳ない。

「いいんだよ、ほかにどうせ使うこともないんだからさ。それくらいさせてよ」

岩助さんがニコニコして言った。

七月二十四日（金）

「もしもし、岩助さん？」

携帯電話で相手に呼びかけると、

「あ、なんだ、はるかの白井さんじゃない。そちらからかけてくれるなんて、珍しいじゃない？」

岩助さんの声はやっぱり嬉しそうだ。

「急ですみません。もしよかったら、これから一杯どうですか？」

そう誘うと、

「ああいいね。行く行く。お店はこの前のところ？」

岩助さんの、またノリのいい返事が聞こえてきた。

「いえ、おすすめのお店があるんです」

「なになに？」

と、少し焦ったような岩助さんの声がする。

「あとで話します。待ち合わせは駅前の花屋さんで」

それだけ言うと、さっさと電話を切った。


駅前の花屋の前に来ると、周りの店々はすっかり閉まっていて、交差点は帰宅の人々が行き交っていた。暗くなった花屋の店先に、小さな影が一つ、ぽつねんとたたずんでいるのが見える。

「こんばんは」

近づきながらそう言うと、向こうも気づいて、

「はい、こんばんは」

と挨拶を返してくれる。岩助さんだ。

くる。

「おでんのお店なんですけど、いいですか？」

「夏におでんか。いやそれも、おつなものじゃないかなあ」

「よかった。ではこちらです……」

そう言って、先に立つ。裏通りに入ると、新しくできた「のんき」というお店の看板が見えてくる。

「あそこです……、入ってみたいと、前からちょっと気になっていたの。でも一人だとあれだから」

指をさしながら言う。

「へぇ～、こんなところに……、いい感じだね」

そう言いながら、二人でガラガラと引き戸を開ける。

「いらっしゃい」

中から元気な声がする。

「二人……」

そう言うと、

「こちらへどうぞ」

カウンターの奥をすすめてくれた。

見渡せば、私たち以外、客はまだ誰も来ていない。おでんのおだしのいい香りが、店内一杯に広がっている。

「おいしそうですね～」

たちまち胃袋を刺激され、そんな言葉が出る。

「いいね〜、若い女の子と二人でこんなとこ。穴場だぞぉ、ここ。大将、生ビール二つね」

岩助さんが威勢よく注文する。

「あれ、この前岩助さん、下戸っておっしゃってませんでした?」

きょとんとする私をよそに岩助さんは自分のジョッキを私のジョッキに当ててカチンと鳴らすと、これまた威勢よくぐいぐいビールを飲んで、二杯目を頼んだ。

「ごめんね、あれ嘘。本当は酒に飲まれるくらいの酒好き。でも、それってかっこよくないよね。昔ほど飲めなくなったんだよ。前よりすぐ酔っぱらうようになってね。本当はやめたいんだけど。いっそ、下戸のふりしていたら本当にそうなりそうな気がして」

少し悪びれたように岩助さんが言うので、私は少し呆れた。

「コンさんの件も、すっかり落ち着きましたね」

「そうだねぇ」

岩助さんがしんみり言う。二杯目のジョッキももう空になりそうになっている。

「なんだか、今日は酔っぱらうなぁ〜」

岩助さんはご満悦の様子だ。しかし、もしかしたら殺されたのかもしれない自分の妻の死を、彼はいったいどう受け止めているのだろう。

「先日お多福の前を通ったら、夏菜子さん、コンさんがいた頃もそうでしたけど、ますます女将が板についた感じでした」

岩助さんも、さすがに一瞬ギクッとしたように表情が強張《こわば》った。しかしかまわず続ける。

「夏菜子さん、きれいな方ですよね。あれくらいの方、なかなかいらっしゃいませんよね」

すると岩助さんの表情がゆるんで、

「白井さんもそう思う？　いや、あなたもきれいだけれどさ、やっぱり夏菜ちゃんは特別だよね〜」

お酒が入ったせいか、すっかりおのろ気モードになる。

「もしかして岩助さん、夏菜子さんにほの字なんですか？」

われながら古めかしい訊き方だが、アルコールの入った岩助さんには効果的。

「いや〜そんな。まぁわしも、なかなか隅に置けないよな〜」

照れながらも、酔った声で言う。ここまで来ると、バカというか、気の毒というか。

「まさか、あのきれいな方を射止めたの？　岩助さんが？　つまり、そういう関係？」

アルコールの助けを借りて質問攻め。しかし岩助さんは終始だんまり笑顔だ。

「正直な話、どうなんです？」

と神妙な顔を作って訊く。しばしの沈黙がつづくが、あれだけの美人、彼には内心自慢したい思いもあるはずだ、そう私は読んでいる。

「え〜正直、夏菜ちゃんにぞっこん惚《ほ》れてます、本気です」

岩助さん、やはり言った。

「はじめて店に来た時から、いい子だなって思って。向こうからよく話しかけてくれて、お互いに話すようになりました。こんな年寄りにね。礼儀正しくて、性格もいいし」

意を決して、

「そういう関係なんですか?」

と訊く。

「そういうって、まあ二人っきりで会うことも多いし、私だってまだ現役ですから」

衝撃が走る。

「あの、体の関係もってことです……か?」

ついひそひそ声になってしまった。

「あなたも礼儀正しくわしに接してくれるよ。でもわしを一人の男性とは見ていない。ただのおじいさんだと思っている。いや、いいんですよ、実際そうなんだから。でも……、夏菜ちゃんだけは違う。ただもう死にゆくだけの老いぼれの人生に、こんないいことがあるとは思っていなかったからね、夏菜ちゃんとのことは神様からの贈りものだと思ってます」

そう静かに白状すると、岩助さんはうつむいたまま、黙ってしまう。

驚いてしまったが、岩助さんはどうやら本気だ。本気も本気、純情そのものだ。訪問した際に見た、カレンダーに書かれていたアルファベットが思い出された。

「お宅にあったカレンダーに書かれていたアルファベット、あれは岩助さんが書かれたのですよね?」

問うが、岩助さんはじっと黙ったまま、下を向いている。

「道明寺がD、あんのお団子がAD、胡麻のお団子ならGD、みたらし団子ならMD、そうでしょう?」

岩助さんはまだ黙っている。

七月二十四日（金）

「お団子ならお団子、そう書けばいいのに、わざわざアルファベットにしたのは、糖尿病のコンさんに買ってくるのだから、私たちの手前、そうせざるを得なかった」

言っても岩助さんの様子は変わらない。

「だけど、あれはただのメモじゃなく、岩助さんがさっき言ったように、夏菜子さんと会う時間を捻出するためのもの。つまりお昼を持ってくる夏菜子さんに、梅香堂であらかじめ何を買っておいて欲しいか、こっそり伝えるための暗号だったんですね？」

私は言った。女探偵の尋問。われながら懲りてないなぁと思う。所長に見られたら、きっと大目玉だ。

「コン、和菓子好きだったから、あれの欲しいものを夏菜ちゃんに前もって買っておいてもらうの。それで和菓子買ってくるよって言って出て、外で受け取っていたわけ」

観念したように、とうとう岩助さんは言った。

「夏菜子さんと岩助さんが、そのような関係にあるのは分かりました」

そう言うと、私は喉を潤《うるお》すため、ごくりとひと口ビールを飲んだ。

「……で、夏菜子さんはコンさんの後を継いで、女将になられたわけですよね」

「まぁ……、そうだねえ」

岩助さんがゆるゆると答える。

「雇われ女将なんですか？　それとも、夏菜子さんにお店を贈与した？　さもなければ……」

そこまで言って言葉を止め、岩助さんの反応を見る。でも岩助さんは、今度は無反応を決め込んでいる。

「まさか……結婚、なんて、考えていたりして?」

冗談っぽく訊いてみるが、岩助さんは、これには答えない。私は一つ、大きく深呼吸をする。

「急に話は変わりますが、五月十九日のこと、聞かせていただきたいのですけど……」

思い切ってそう言うと、岩助さんがギクリとしたのが分かった。さすがに、妻の亡くなった日であることは認識しているようだ。

「あの日、いつもなら午後三時からの訪問が、午前中に変更になりましたよね。午前中は、特にコンさんに変化はなかった。これは高橋さんによって、確認ずみです。お昼のヘルパーさんが来た際も、何か、異変を感じませんでしたか?」

「まったく……」

「ヘルパーさんに対しても、コンさんの態度は変わりはありませんでしたよね?」

そう訊くと、静かにうなずく。

「ヘルパーさんが帰ったあとの様子を聞かせてください。岩助さん、ずっと家にはいましたか? コンさんは、五時頃には亡くなっているんです」

すると岩助さん、黙ったままだ。

「ずっと家にいたなら、五時半に気づいて救急車を呼ぶのは、ちょっとおかしいと私は思います」

しかし岩助さん、微動だにしない。

「岩助さんなら、もっと早くに気づいて救急車を呼べたはずだと思うんです。そうしたら、コンさんも助かったかもしれないんですよ」

責める気はなかった。でもいつの間にか岩助さんを責めている。これはいけないなぁとさすがに思う。ちょっとえらそうすぎる。そう思ったら言葉に詰まってしまい、しばらく沈黙が続いた。

カウンターの向こうでは、おでんの鍋《なべ》がグツグツ言っている。私たちのほかに、お客さんはまだいない。沈黙を破り、岩助さんが話しはじめる。

「あの日は……」

うつむいたまま、ボソボソとした声だ。

「わし、ちょっと、外に出ておりました」

外出していたことを、岩助さんが自分で話しはじめた。たぶん水仙だろう。

「三時過ぎに部屋を出て、四時過ぎには戻るつもりでした。経管栄養も落とし始めていましたから」

「何か、用事でもあったのですか？」

「ええ。あの日は、実はコンの誕生日で、和菓子のケーキで喜ばそうと思って、梅香堂さんに予約してあったんです」

私は一瞬はっとして、桜色の地に5－19と日付けのついた和菓子のケーキを思い出した。思わぬ新事実だ。岩助さんの口から山崎さんの水仙の名は聞かれず、代わりにたみさんの梅香堂の名が出た。

「梅香堂さんに？」

意表をつかれて、驚いた口調になった。

「はい、四時に取りに行くって、そう言ってありました」

岩助さんは言う。

「それで、四時過ぎには家に帰られたのですか?」

そう訊くと、岩助さんはやはり押し黙ってしまい、ずいぶんして、

「それができなくて……」

と言った。言うのがやっとの様子だ。それはそうだろう。三時半から五時十分の間、彼は水仙にいたのだから。

「では何時に帰られたんです?」

「通報したほんの少し前です」

「では、五時半少し前に帰られたのですか?」

そう訊くと、静かにうなずいた。

しかし五時二十分には岩助さん、まだ水仙にいたというのだから、いくらなんでも五時半前に家に着くのはむずかしいだろう。でも実際彼は救急車を呼んでいるのだから、その時に家にいたことは確かだ。

「では和菓子のケーキを家に持って帰ることは、できなかったわけですよね?」

「いいえ、それは大丈夫でした」

意外な答えを聞いて、私は言葉が出なくなった。これは嘘だ。三時半から五時十分まで水仙にいて、しかも五時半には家にいたという人が、どうやって梅香堂さんに寄り、和菓子のケーキを受け取れるというのか。

「岩助さんが、どうやって梅香堂さんにケーキを取りに行けるんです？」

その問いに、岩助さんは黙ったままだ。

ガラガラと戸が開く音がして、男性二人連れが、大きな声で話しながらお店に入ってきた。途端にこれ以上、込み入った話はできそうになくなった。

「岩助さん、ごめんなさいね、生意気言っちゃって。今日のところは帰りましょう」

そううながすと、彼はしょんぼり立つので、

「だけどこれ、とっても大切なことなんです」

そう言うと、

「はい、わしもそう思います」

と岩助さんは、力なく答えた。

「また一緒に、ご飯でも食べながらお話しできますか？」

と訊くと、

「はい、それは……」

と言ってくれた。しかし、その言葉に力はない。

八月十日（月）

赤堀先生に、食事に誘われた。先生いわく、飛鳥山では評判の、都電通り沿いにある和食の店で夏の料理を味わおうというのだ。先生一押しの板長さんが、季節感をかもす創作料理を出して

くれるという。その才能にはいつも感心するそうで、先生は君にも食べさせたいんだと言う。

店に着くと、驚いたことに、先生は煙草《たばこ》を吸っていた。私の姿を見ると、あわてて灰皿に押しつけて消した。

「先生、煙草？」

私が言うと、

「まあまあ、学生時代の悪い習慣がぶり返してしまったんだよ」

などと、言い訳をした。

冷えた生ビールで乾杯してから、先生に手渡されたメニューを見た。「夏野菜の和風ゼリー寄せ」の文字が目に飛び込んでくる。ゼリー寄せの言葉に心惹かれた。板前さんの心意気が感じられる。和食の店では、時には料理の域を超え、芸術品と呼びたいような作品と出会うこともある。

「夏野菜の和風ゼリー寄せ……」

口に出して言うと、

「夏野菜か……。夏野菜っていうと……」

赤堀先生が言いだす。それで私が続けた。

「なす、トマト、きゅうり……。かぼちゃは違う……」

「クイズ番組」

と言って赤堀先生が笑った。

「お料理も一緒にお持ちしました～」

見ると、前かけ姿の仲居さんが、二杯目のジョッキを持ってきてくれた。

料理が載せられた、透明なガラスの皿が二枚、並べられる。でこぼこした厚いガラスで、中に気泡がたくさん見えている。手作りの風合いの作品。その上に、色とりどりの野菜がかたちよく切られ、飾られて盛られている。その上に、琥珀《こはく》色のゼリーがかかっている。

「オクラもそうですね……。パプリカも彩りいいな」

言いながら、しばらく目で楽しむ。

「そうか、この白い粒々、オクラか。さすがだな、白井くん！」

変なところで誉《ほ》められ、ちょっと反応に困る。なにがさすがなのだろう。

「ガラスの器といい、盛りつけといい、涼しげな一品ですね」

私は感想を言った。

「うん、まったくそうだね」

「それにこれ、ほおずきですよ～！」

我慢できず、叫んでしまった。赤堀先生には、大した感動はなさそうだ。

「可愛い～！」

ほおずきが剝かれて、中の丸い実が、クルッと顔を見せて脇に飾られている。

「これ、食べられるの？」

赤堀先生が真剣な顔で訊いてくる。

「飾りですよ先生」

「なんだ、食べられるのかって思ったよ」

冗談で言っているのかと思ったら、本気だった。

「これ、小さい頃、母の実家で育てていて、おばあちゃんがほおずきで赤ちゃんを作ってくれました」

そのかたちが、ちょうど皿に飾られたこのほおずきと同じで、だから懐かしい。

「へぇ〜、そういうの聞くと、なんだか心がほっとするね」

このパターンの発言が逆に、見かけどおりの先生の人間味を感じさせる。

「毎日の仕事、大変でしょう」

急に訊かれたものだから、驚いて顔を上げる。きょとんとした表情だったのだろう。

「いや、だってさ、医者も大変だけど、看護師さんはもっと大変じゃない」

「ああ、はい」

とだけ返事をする。

「夏場は熱中症患者増えるだろうしなぁ。訪問看護は暑い中、大変だよな」

単に口先で言っているのではなさそうだ。同業のよしみで、心からそう言ってくれているらしい。

「そうなんですよね。こっちが熱中症になりそうです」

「だよね。体、気をつけてよね」

「先生も。お仕事大変でも煙草は吸わないで」

言っている間に、お料理はドンドン運ばれてくる。「京野菜の生湯葉包み」は、水菜とレンコンが入り、シャキシャキ感が増していた。それを包む湯葉が、まろやかな味わいをかもしている。なんとなく、勝負心に火がつく感じ。私も作ってみたくなる。

「手作りこんにゃく田舎味噌《みそ》風」は、表面がでこぼこしていて、手で無造作に丸められたのが分かった。少し黒っぽい田舎味噌は、これも手作りか、大豆のかたちがところどころ残って、こんにゃくのでこぼこによくからんでおいしい。

先生の体から、微かに煙草の匂いを感じた。

「先生、病院はやはり、ストレスかかりますか？」

「ああ、まあ。学生時代に読んだ、マリファナの論文思い出しちゃうよ」

「マリファナ？　何でです？」

「ストレス軽減効果。マリファナ、憧れちゃうよ」

「だめですよ先生、麻薬でしょ？」

「いや、違うんだ。マリファナは麻薬じゃないよ」

先生が意外なことを言う。

「え？　そうなんですか？」

「あれは日本を占領したアメリカ軍が麻を麻薬に指定したんだ、自国軍の兵隊に吸わせないために。日本人は昔から麻とともに生きていて、着るもの、草履、蚊帳《かや》とかに利用してきた。誰も麻薬なんて思っていなかった」

「本当ですか？」

「本当、だから燃やして吸う人間なんていなかった。幻覚成分、ＴＨＣ（テトラヒドロカンナビノール）というんだけど、こういう麻薬成分、日本の麻にはほとんどない。それにアメリカの一部の州とか、カナダ、オランダなどでは大麻はどんどん解禁になっていて、医療用大麻は大いに治療に活用されるようになっている。実際制ガン効果は確認されてるし、クローン病やリウマチなんかにはよく効くんだ。偏頭痛や、鬱病にも効果がある。ヒトが感じているストレスの軽減にも大きな効果が期待できる」

「はあ、そうですかあ?」

私は半信半疑で言った。

「そりゃそうさ。でもね、手に入らない。合法麻薬はせいぜい煙草、コーヒー、酒」

「煙草やコーヒーも麻薬なんですか?」

「麻薬と言いたいなら、そうだね。ストレスを軽減してくれる効果があるという意味ではね」

先生は笑って言う。

「でも私は抵抗あるな」

「うん、ぼくも、マリファナを有害とする論文は読んだよ。マリファナに含まれるカンナビノイド、THCなどをラットに注射すると、脳のニューロンが発達阻害されるという実験結果について、報告したものだよ」

「やっぱり!」

「だけどね、この実験はちょっとインチキなんだ」

「どうしてですか?」

「だって、じゃあ酒のエチルアルコールをラットに注射したら死んじゃうよ。それなら、マリファナより酒のほうが有害だという結論にもなりかねない、そうでしょ?」

「はあ……」

笑って応じていたが、次の瞬間、私は何かを感じた。頭にピンと来るものがあったのだ。最初はごく微かで、指先に刺さったちいさな棘《とげ》のような感触だった。でも、その違和感はだんだんに大きくなる。

それが何なのか、すぐには分からなかった。でも笑いを消してじっと沈黙していたら、ゆっくりとゆっくりと気づかされることがあった。たった今の赤堀先生の話の中に、何ごとか、重大な要素が含まれている。

「どうしたの？」

赤堀先生が、私の異常に気づいて声をかけてきた。

私は反応ができない。とてつもないことに気づいたからだ。私は徐々に目をいっぱいに見開いていき、声を上げずにいるのがやっとだった。

「お酒のアルコールって、それくらい有害なんじゃないですか？　小動物に対して」

「そうだね、この実験の発想自体が、秩序に対して迎合的……」

「先生、だったら、弱った人体に対しても同じなんじゃないですか？」

「え？　どういう意味？」

「フグ毒なんかに頼ることないんじゃないですか？」

「え？」

「体温が下がっていたんですよね。それって急性アルコール中毒の症状ではないですか？　急性アルコール中毒の人の体温は急激に低下するんですよね」

「そうか、確かにそうだね」

「人間の体温は死後、通常一時間につき約一度ずつ降下するんですよね。それ以上下がっていたんじゃないですか?」

「た、確かに……」

「経管のボトルです。毒じゃなくても、アルコールを入れちゃえばいい。度数の強いお酒、焼《しょう》酎《ちゅう》とかウオッカとか、強いお酒です。それをされたら、体力落ちた人は死んじゃうでしょう?」

「あ……」

言って、先生は絶句した。

「そ、それは……」

と言ってまた絶句し、やがてこうつぶやいた。

「まあ確かに、そうなるだろうなぁ」

私はうなずいていた。分かった、と思った。

十一月十日(火)

岩助さんと待ち合わせた。夕方になり、「のんき」に入っていくと、岩助さんはもう来ていて一人酒を始めていた。

「こんばんは」

そう言って、岩助さんの隣に腰を下ろす。

「白井さん、待っていましたよ。ま、ま、一杯やりましょ」

すでに岩助さんは酔っぱらいの声になっている。でも五月十九日のことを聞きだすのにはちょうどよいあんばい。

岩助さんは熱燗《あつかん》に炙《あぶ》りもの、私は生ビールをグラスでもらった。

「白井さん、涼しくなったね〜、秋におでんもいよいよオツ」

「岩助さん、五月十九日のことなんですけど……」

能天気な岩助さんの言をさえぎり、単刀直入に切り出すと、

「そのことはもういいよ〜」

と言いだす。

「まぁまぁ、終わったことだからいいじゃないですか。あの日はお二人でずっと、一緒にすごされていたのですか？　夏菜子さんと」

そう訊くと、

「え？」

と言い、でれ〜っと笑ったかと思うと、

「実はあの日、水仙まで行って、いつもどおりお茶を飲んで、二人で寝てしまって……、それから全然記憶がないの。気づいたら、夏菜ちゃんがペチペチって、ほっぺた叩いていて、起こされたんだもの……」

と白状した。呑気なものだ。それが五時十五分から二十分頃のはず。私はもうよく知っている。

「そういう仲だったら、いずれは結婚、考えているんですか？」

あり得ない話だと思いながら、一応訊いてみる。

「それはね、いずれはね……」

仰天した。年齢差五十歳——⁉

岩助さんは本気だ。だからよけいにタチが悪い。調子に乗るにも程があるように思う。

「それで、具体的にお話は進んでいるのですか？」

そう訊く。

「それが、すぐにってわけにはいかないんだよ。離婚や死別してから六ヵ月間は再婚できないんだって。ほかの人にも確認したけど、どうも本当らしいね。今月でやっとその六ヵ月が経つってわけ。民法第七百三十三条の規定、常識だよ、白井さん」

岩助さんがえらぶってそう言った。しかしコンさんと岩助さんでは、妊娠の可能性もないだろうにと思うのだが。

「なんで六ヵ月間待つ必要があるのですか？」

と訊くと、

「それは……」

と岩助さん、先が続かない。さっきの勢いはどこへやらだ。

「どうせ夏菜子さんからの入れ知恵じゃないですか？」

詰問すると、岩助さんは黙り込んでしまった。たぶん彼女が時間稼ぎのため、民法第七百三十三条を持ち出して使ったのだろう。六ヵ月再婚できないのは女性のみなのに、岩助さんはよく知らず、うまく丸め込まれている。

「コンさんはそれ、ご存知でした？」

「一度、離婚届に署名捺印《なついん》してもらおうかと思って、話したことあるよ。全然応じてもらえなかったけど……」

そういう岩助さんの説明に、そこまで思い詰めていたのかと、さらに驚かされる。

しかし、あのような状態のコンさんにそんな話をするのは酷だし、なにより動かない体で署名捺印なんてできたものではないだろう。誰かが代わりにやったと言えば、それですんでしまう話のようにも思えるが。

でもコンさんはお店の権利を持っているから、知り合いの弁護士に、話くらいはしているだろうか。

思い切って疑惑を話してしまうことにする。これは大変に深刻な事態なのだ。いつまでもぼやぼやしているわけにはいかない。

「あの、岩助さん、コンさんが亡くなったあの日、岩助さんが水仙で眠っている間に、誰かがお宅に忍び込んで、コンさんのこと、殺してしまった可能性があるんです」

そうはっきり言って隣を向くと、岩助さんはもう酔っぱらってしまって、カウンターテーブルに突っ伏してしまっていた。

「……岩助さん」

呼びかけるが反応がない。

コンさんが亡くなったあの日、岩助さんは眠らされている。彼は夏菜子と二人で眠っていたつもりで話しているが、そうではない。きっと夏菜子は途中で抜け出し、コンさんを殺害しに部屋に行っている。そしてボトルにアルコールを入れた。お多福の女将なのだから、酒などいくらでもある。強いものから弱いものまで、各種揃っている。

夏菜子は、お多福を早く自分のものにしたかった。だからコンさんのことを邪魔に思ったのだ。自分がきれいなうちにでなくては意味がないし、延々好きでもない岩助さんと関係を続けるのは嫌だったに違いない。一日でも早くコンさんに死んでもらう必要があったが、コンさんは経管栄養をやっているから、当分は死にそうもない。死はまだまだずっと先のように感じられた。だから、自らの手で殺害するしかなかったのだ。

恐ろしい女だ。そしてコンさんが死んだあと、岩助さんにお多福を贈与してもらうつもりでいたのだろう。しかし贈与税の負担もあるから、結婚のほうがむしろいいと考えはじめた。

夏菜子は初婚だから、六ヵ月間待つ必要はない。のぼせている岩助さんは、翌月にでも結婚を迫ったかもしれない。しかしコンさんが死んですぐとなれば、いくらなんでも周りからいろいろと勘ぐられる。そこで民法第七百三十三条を持ち出し、岩助さんをうまく言いくるめて、六ヵ月という期間を待たせているのだろう。

「岩助さん、帰りますよ」

内心の興奮を隠しながら、私はカウンターに突っ伏してしまった岩助さんを揺さぶるが、いっこうに起きる気配がない。

「岩助さん!」

岩助さんの耳もとで声を張りあげるが、何の反応もない。覚悟を決めてお会計をすませ、岩助さんに肩を貸して表に出る。

表は、秋風が冷たく吹いていた。もう冬が近い。

おでんや「のんき」から、岩助さんのマンションまでの距離はそう遠くはなかったが、重くなった岩助さんに肩を貸して歩く道のりは、倍以上に感じられる。マンションに着くと、お多福の明かりはまだついていた。

マンションの入口に着き、再度岩助さんに声をかける。

「岩助さん」

だが彼はだらだらした態度のまま、全然目を覚ましそうもない。ここに置いていってもいいのだろうが、冬が近い今、風邪をひかれても困るので、ズボンのポケットから鍵を探りあて、それで扉を開けて、エレベーターに乗せた。

部屋に着き、玄関を入って電気をつける。

「着きましたよ」

言って、引きずるようにして廊下を進み、寝室を探す。勝手知ったるこの家だ。リビングの隣のドアを開け、電気をつけると、六畳の間に布団が敷かれてある。そこにごろんと岩助さんを転がし、帰ろうとしたら、

「夏菜ちゃ～ん」

そういう声が聞こえたかと思うと、両足首をがしっと摑まれた。

「きゃっ」

声を上げ、ドシンと膝から畳に倒れ込んだ。そうしたら、湿った手の感触が足首からふくらは

ぎを這いあがってきて、スカートの中の太ももに、吸いつくように触れた。

「きゃ～っ！」

大きな叫び声を上げて必死で暴れ、何度も蹴《け》飛ばして、湿った手の感覚を振りほどいた。

頭だろうか、硬いものに何回か足があたったが、気にせずに何回も何回も蹴りまくり、急いで這って二、三メートルも前進したら、やっと自由になれた。布団の上の塊は動かなくなって、もう追ってはこなかった。

ホッとしたのも束の間、われに返り、恐る恐る布団の上の塊を見る。塊は微動だにしない。呼吸しているのだろうか――。

怖くなって、そっと肩を揺すってみる。布団の上の岩助さんは、それでやっと動いたかと思うと、

「夏菜ちゃ～ん……」

と自分の頭を撫《な》でながら、ムニャムニャ寝言を言った。

どっと疲れが出て、畳の上に崩れ落ちる。恐怖が去った安心と、疲れと、岩助さんの態度への失望がないまぜになる。重い岩助さんを苦労してここまで送ってきてやったのに、どうしてこんな思いまでしなければならないのよ。怒りがふつふつと湧いた。しかし相手がこういう状態では、これ以上何もできない。

天井を見上げると、白い蛍光灯の周りを虫が一匹飛んでいて、眼下では岩助さんが高鼾《たかいびき》をかいていた。

十一月二十日（金）

おでんや「のんき」は、開店からもう三ヵ月以上経った。店先に並んでいたお祝いの花輪も消え、店のたたずまいも、街の雰囲気にすっかりとけ込んだ。秋の涼気で街はめっきりすごしやすくなり、昼間の陽射しは暖かくて、肌に心地よい。

一人で昼食をしようと「のんき」の戸をガラガラ開けると、お客は誰もいない。いつものカウンターにすわり、今日のお勧めランチ、「ハタハタの煮付け定食」を頼む。それから手帳を取り出し、今日のスケジュールのチェック。

定食はすぐに運ばれてきて、カウンターに並べられた皿にはハタハタが二尾並んでいる。箸をつけると、身がぽろっとほぐれた。食べはじめたら、入口がガラガラと音をたて、たて続けに三人のお客が入ってきた。一人はカウンターの反対側にすわり、あとの二人はテーブル席に腰をおろした。

食べながらはっと思い出したことがあり、テーブルの上に置いた手帳をもう一度開く。今日の日付を見てはっとする。十一月二十日、今日はコンさんが亡くなった五月十九日から、ちょうど半年が経った日だ。ということは、いよいよ二人の結婚が成立するのだろうか。そうならこの日を待って、夏菜子は何か行動を起こすに違いないと思った。

ガラガラとまた戸が開く音がしては、さらに何人かのお客が入ってきて、おでんや「のんき」の狭い店内は、急激に人口密度が増した。

なんだかせっつかれる思いで、五月十九日のことを自分なりにまとめ、推理してみる。コンさんが救急車で病院へ運ばれたのは午後五時半すぎ。死因は窒息も考えられなくはなかったが、心筋梗塞によるものとされている。その時の状況から、運ばれた三十分以上前にはすでに死亡していた可能性が高いとされ、よってコンさんが死亡したのは、午後の五時前後となる。

この日、午前中に高橋さんが訪問看護に入り、そのあと訪問ヘルパーが午後二時に訪問、三十分後の午後二時半に経管栄養の準備を終えて、退室している。そしてこの時のコンさんの状態には、異常はなかったと言っている。

あり得ないことだが、もしもヘルパーがこの時に経管栄養の管に何かを注入したとすると、三時過ぎには症状が現れはじめる。すると外出前に岩助さんがコンさんの容態の変化に気づく可能性があるし、何よりヘルパーは、岩助さんの外出の予定を知らされていないのだから、こんな細かな時間の計画をあれこれ考えること自体がおかしい。ご主人がずっと部屋にいると思っているヘルパーが、経管に有害物を入れるはずがない。

では岩助さんが自分で入れたのか――？　岩助さんは、奥さんにそんなひどいことができる人ではない。コンさんを殺した犯人は、岩助さんが家を留守にすることを知っている人物だ。それはもう、夏菜子しかいない。

ガラガラと戸が開く音がして、入口からこちらに光が射した。

「あれ、白井さん」

急に名を呼ばれ、声のほうを向くと、そこにはなんと岩助さんが、店内を見回しながら立っていた。

「あら？」

呆気に取られ、返す言葉がない。今私が考えていた内容を聞きにきたかのようなタイミングのよさだ。

「よかったらどうぞ」

岩助さんを呼んで、隣の席をすすめる。

「いや、一緒になるとはね……」

岩助さんはにこやかにそう言うと、横に腰をおろして、私と同じ定食を注文した。

隣り合ってすわると、先日の、岩助さんをマンションまで送っていった夜のことがどっと思い出されてぞっとした。太ももにまとわりついた不快な手の記憶、自分の内に湧いたこの嫌悪感をどう処理していいか分からず、しばらく会話が始められない。

「二日酔いはもういいんですか？」

やっとの思いでそう訊くと、

「え？　白井さん、なんでそんなこと知ってるの？」

岩助さんは、きょとんとしてそう言った。

あんなになるまで酔えば、二日酔いにならないはずがないではないか。知っているも何もない、そう思いながらも黙っていると、

「あの日、白井さんと飲んでいた気がするんだけどね……。わし、どうやって帰ったか知ってる？　喉が渇いたんで目が覚めたら、自分の部屋でびっくりした。全然帰り道のこと憶えていないんだよね……」

岩助さんは、首をひねりながらそう訊いてきた。横顔を睨んでやるが、岩助さんは悪びれる様子がない。どうやら本当に憶えていないらしい。

カウンターに運ばれてきた定食を、岩助さんは食べはじめる。

「コンさんが亡くなった日のことですけど……」

岩助さんの様子をうかがいながら、私は話しはじめた。見ると岩助さんは、黙々と箸を進めている。その様子は、あまり歓迎してはいないぞと態度で示している。かまわず私はさっき自分が考えた推理、そして到達した結論について話す。

夏菜子が水仙でお茶に睡眠薬を入れて岩助さんを眠らせたこと、その間にお宅に忍び込み、コンさんの経管にアルコールを入れて死にいたらしめたことを、感情を抑えながら語った。しかし岩助さんは、表情一つ変えない。

「聞いているんですか？」

無反応の岩助さんに、私は業を煮やして言う。夏菜子の犯行の目的は、ただただお多福を手に入れるための私欲であり、打算で岩助さんに近づいたのだということ。民法第七百三十三条のことだって、岩助さんを言いくるめての自分の都合であること――。

しかし岩助さんは、その間もまったく表情を変えずに食べ続けている。あまりの無関心さに私は痺れをきらし、

「だから岩助さんは、ただだまされているだけなんですっ！」

とつい大声を出した。はっと気づくと、静かな店内に私の高い声が響いていた。

見るとお客たちの顔がみんなこちらを向いている。しばらくすると、店内は再びもとに戻った

もののの、私と岩助さんの間には重い空気が漂ったままだった。

「……だから、どうなの？」

沈黙を破ったのは、岩助さんの妙に静かなもの言いだった。

「だから……、って？」

私は驚き、まじまじと岩助さんの顔を見ながら訊き返す。

「いくらあなたが妻の訪問看護に来ていたからと言ったって、今の私の生活にそこまで言う資格はあるんですか？　私から夏菜ちゃんを奪う権利があるんですか。私から生きる希望まで奪う気ですか。夏菜ちゃんを悪者にしたいみたいだけど、毒は出なかったでしょ？　経管から」

「だから毒じゃなくて、アルコールだと思うんです。体力落ちている人は、それでも死ぬんです」

「毒の次はアルコール？　病院でも心筋梗塞ってことになっているんだよ。もしそうだとしても、なんの証拠もないでしょ？」

妙に静かにそう言うと、岩助さんは爪楊枝《つまようじ》で歯をいじりだした。

「白井さんの憶測」

まるで、すべてをもう知っている、とでも言うような達観した表情だ。私は自分の気持ちの高ぶりを、懸命になだめた。

「じゃ岩助さん、今日は何の日だか知っていますか？」

興奮を抑えながらそう訊くと、岩助さんはうなずく。

「そりゃあね。今日で半年、夏菜ちゃんのよい返事が来るといいのだけれど……」

呑気にも笑いながら、岩助さんはそう言う。あくまで夏菜子を疑うふうではなく、結婚を心から楽しみにし、待っているという表情だ。

「あの日、確かに眠っている間に夏菜ちゃんは外出したでしょうよ。だけどそれは、梅香堂さんに私が頼んでおいたコンの誕生日用の和菓子のケーキを、私の代わりに取りに行ったまでの話で……」

「岩助さん、夏菜子さんに代わりに取りに行ってと頼みましたか？」

けれど岩助さんは何も応えず、すっくと席を立つ。そしてそのまままくるりと私に背を向けて、さっさとレジに行く。代金を払うと、そのままこっちも見ずに店を出ていってしまった。しつこい私に気分を害したぞ、ということを態度で示していた。

今日がコンさんが亡くなって半年経つ日であること、そして夏菜子に教え込まれた民法第七百三十三条のいう、再婚禁止期間が明ける日であることもしっかり認識した上で、岩助さんはあんなことを言っている。夏菜子が人殺しかどうかなど、彼にとってはもうどっちでもよいことなのか——。

今までは岩助さんを私は、ただの気のいい歳のいった人、そう思って接してきていたが、今の状況で、彼のことが分からなくなった。老年期を迎えた人——、老人や年寄りという言い方はあまりよくないと言われるが、私が抱いていた老人のイメージも、私の自分勝手なものだったのだろうか。世間で言うところのイメージとは全然違う岩助さんを見た気がした。

部屋に帰ってベッドに横になり、考え続けて、こんなことに気づいた。五月十九日の和菓子ケーキの注文だ。梅香堂のこの点の調査を、しっかりとやるべきだった。まだこれを、私はやっていない。ここから、何か証拠も出るかもしれないではないか。

よし行こう！　決心した。でも、体がちょっと疲れている、もうちょっと休んでから、と思っていたら、いつの間にか眠ってしまった。

はっと気づくと、もう外は暗くなっている。飛び起き、表に飛び出した。まずい、梅香堂はもう閉まったろうか。

名刺入れの中から梅香堂の案内書きを取り出す。急いで携帯を鳴らすと、三回コールが鳴って、

「はい、梅香堂です」

と聞き覚えのあるたみさんの声が聞こえた。

「すいません、まだ開いてますか？　実は、お伺いしたいことがあるんです」

「ええ、夜の七時までなら開いてますよ」

よかった、と思う。

店につくと、たみさんが渦巻き形の和菓子とお茶を出してくれた。

「訊きたいことは何？」

「はい、五月十九日のことなんです」

「五月十九日？　またえらい前のことね……、おばさん憶えているかしら？」

「その日に、和菓子のケーキの注文あったかどうか、分かりますか？」

そう聞くと、

「それなら特別注文の伝票見れば分かる。ちょっと待ってね……」

そう言って、たみさんは奥へ消えると台帳を持って再び現れた。膝の上に台帳を置くと、たみさんは、老眼鏡を上下させながら伝票を繰っている。

「ああこの日ね」

と声を上げた。見つかったようだ。

「虹野岩助さんという男の方が、和菓子のケーキを注文してくれてますが……」

そう言うと、たみさんはテーブルの上に台帳をドンと置き、老眼鏡の目を近づける。

「え〜、やだ、これ、夏菜ちゃんのサインじゃない。あ、思い出したわ。あの日のことだわね……。確かに十九日の午後四時に受け取りの、虹野さんという人からの注文があったわね、依頼日は十五日。ほら」

たみさんは台帳から目を離し、顔を上げ、こちらを向いた。

「見せていただいていいですか?」

とひと言断り、覗き込んだ。台帳には伝票が何枚も貼られていたが、その中に、「特注伝票」というのがあって、岩助さんの名前が記されている。

岩助さんの言ったことは嘘ではなかった。夏菜子が梅香堂に来ていた。ではあの日、夏菜子はコンさんを殺してはいなかったのだろうか——? コンさんは午後五時頃、絶命している。とすれば、夏菜子はその頃、経管のボトルにアルコールを入れていなければいけないのだが。

「どうしてまた、そんなこと調べにきたの?」

たみさんが不思議そうに訊いてくる。

「はい、この日はコンさんっていう人の誕生日で、これはその人のために、旦那さんの岩助さんっていう人が、特別に注文したものなんです」

言いながら伝票を見るが、五月十五日という注文の日付と、受け取りの約束の時間が書かれてあるばかりで、これではなんの証拠にもなりそうもない。

だけど、本当にこの時間に取りにきたのだろうか？

「もしこの日、夏菜子さんがあらかじめ午前中に取りにきていたらどうなります？」

「そんなことはないわ。だって夏菜ちゃんが四時半に取りにきて、サインまであるもの」

伝票を見てそう言うたみさんの言葉に驚く。

「四時半？　受け取りの時間は四時ではなかったのですか？」

「あらそうね。注文伝票に書いてある予約時間と、受取伝票の時間が違っているわね……」

たみさんはページを何度も繰り直しながら、伝票をまじまじと見較べている。

「つまり、四時に来る予定が、実際は四時半に来ているということですね？」

と、念を押した。

しかし、何故四時の約束が四時半になったのだろうか？

「予約時間と実際に取りに来る時間が違うっていうのはよくあることですか？」

「そうね、お客さんの都合もあるから。でも、だいたいは電話で連絡してくれるけど」

たみさんは言って、首をすくめた。

「夏菜子さんが来たこの日も、連絡はあったんでしょうか？」

「ええ、時間変更なんかは欄外に書かれてあるのよ。ほら、四時十五分に電話が入っていることになっているわ」

　たみさんが差し出す台帳に目をやる。急に行けなくなった理由があるのだろうか。店員の字らしいもので、「留守電」と書かれてある。

「留守電……、これは？」

「うちの子が、留守電聞いてこれ書いたのよ。接客中で電話に出られないこともあるからね」

「あの、たみさん、その留守電のテープ、まだ残ってはいないでしょうか？」

「テープは消すものね。どうかな、もうずいぶん日が経っているから、無理だと思うけど……」

「そうですか……」

「ちょっと見てみるわね」

　そう言うと、たみさんは再び奥に姿を消し、テープを巻き戻して再生に取りかかってくれているようだ。

　しばらく待つが、返事がない。心臓がドキドキする。テーブルの冷めたお茶をすすって、和菓子をいただき、気持ちを落ち着かせる。

「ねぇ、これかしら？」

　奥から、たみさんの大きな声が聞こえた。

「ありました？」

　そう言って立ち上がり、奥に走っていく。たみさんが手招きしている。

「これ時代物の電話機で、まだこんな小さいテープ使っているのよ。もう今はないわね、こんなの、どこにも」

たみさんは言い、留守電のテープを巻き戻し、再生を始める。

すると、女の声が聞こえた。確かに聞き憶えのある夏菜子の声だ。ちょっと冷たい早口で、こんなふうに言う。

「本日四時に予約の虹野ですが、ちょっと用ができて和菓子の受け取り、行けなかったので、今からすぐに伺います」

「あの、もう一度いいですか？」

私は言った。後半が大変な早口だ。どうしてこんなに早口なのだろう、とまず思った。

たみさんが巻き戻し、二人で再度聞いてみる。

テープが流れはじめ、夏菜子の声が聞こえる。

「本日四時に予約の虹野ですが、ちょっと用ができて和菓子の受け取り、行けなかったので、今からすぐに伺います」

「これ、何ですかね？」

たみさんに言う。

「え？　何、これって」

「声の背後、鈴の音みたいなのが聞こえます」

「え、じゃもう一度」

「はい」

巻き戻し、三度目の再生をする。夏菜子の声が流れはじめた。

リンリン、リンリン——。

二人で顔を見合わせる。小さいが、確かに背後で鈴の音が聞こえている。

あっ、と思い、寒気が襲った。看護師の私には、これが何か分かったからだ。

コンさんが使っていた呼び鈴だ。ベッドサイドに付いていて、寝たきりの利用者さんが、人を呼ぶ時に使う。

コンさんの部屋だ！　直感した。これはコンさんの部屋に間違いない。夏菜子は、コンさんの部屋からこの電話をしてきている。

夏菜子のミスだ、と思った。携帯では記録が残ってしまうと考えて、彼女はコンさんの部屋から電話をかけたら、思いもかけず、コンさんが呼び鈴を鳴らした。だから夏菜子はあわてて、なんとかしようと後半が早口になった。音が留守録に入ってしまったからだろう。

しかしもう遅い。梅香堂にある電話機のテープを、夏菜子が消す方法はない。そして年代物のテープ内蔵の電話機だから、録音テープがこうして残ってしまった。

動かぬ証拠だ。鈴の音は、コンさんのＳＯＳだ。そして文字どおり、死の間際のコンさんの、捨て身の一撃――！

「たみさん、これちょっとお借りします！」

叫ぶように言い、マイクロカセットテープを抜き出し、手に持った。梅香堂の電話機が、時代遅れの年代物でよかった。本当によかった。

「お忙しいところ、ありがとうございました！」

そう言って、急いで梅香堂を飛び出すと、テープをスカートのポケットに入れ、岩助さんのマンションに向かって走りだす。

今や私はすべてが分かった。夏菜子のやったことも、そしてその証拠も手に入れた。警察にだって行ける。

走りながら携帯を取り出し、岩助さんの番号を呼び出し、プッシュする。

「はいはい……」

岩助さんの間の抜けた声がする。

「岩助さんですか！　これからそちらに伺います、いいですか？」

息を切らしながら言うと、

「ああ君か……。もう君とは会わなくてもいいよ。もう必要じゃなくなったもの……」

酔っているのか、岩助さんの声は呂律《ろれつ》が回っていない。

「はあ？」

と私は言った。

「それ、どういう意味？　そこに誰かいるんですか？」

岩助さんの声の背後に、誰かがいるような気配。

「おかげさまで、こちら、うまく行ってますから……」

岩助さんは言う。

「もしかして、結婚したんですか！」

思わず叫んでしまう。そうそう、と彼が言ったように聞こえた。そこで突然、岩助さんの声が聞こえなくなった。

耳から離して携帯を見ると、電話が切られたらしい。再度かけなおすが、留守番電話のメッセージが流れるばかりで繋がらない。

夏菜子だ、私は直感した。夏菜子が来ている！

もしも今岩助さんのマンションに夏菜子が来ているとしたら、そして婚姻届を出したとしたら――、岩助さんが危ない！　と私は思った。コンさんはもう亡きものにした。そして岩助さんに婚姻届も出させた。もう、お多福は自分のものだ。夏菜子に、岩助さんを生かしておく理由はなくなった。

夜の人ごみをかき分け、私は懸命に走った。音無川にかかっている橋の手前を左に折れ、川沿いを走る。マンションが見えてきた。お多福の明かりは消えている。

マンションの入口に着くと、インターフォンのキーで岩助さんの部屋番号を押し、チャイムを鳴らす。カチャッと、部屋の受話器の取られた音がするが、無言だ。

「あなた、夏菜子さんでしょう？」

意を決して言ってやるが、反応がない。

「何か言ってよ」

「一人？」

すると女の低い声が訊いた。

「そうです」

するとブーンと音がして、玄関のロックがはずされた。マンション入口のドアのロックが、解錠されたのだ。

夏菜子の、私への挑戦のように感じられた。受けて立ってやる、と思った。

ロビーに入り、エレベーターに乗り込み、最上階のボタン、5を押す。

エレベーターを飛び出し、廊下を走り、岩助さんの部屋のドアに手をかける。鍵はかかっていない。

ゆっくり、ゆっくりと、ドアを開ける。中は真っ暗だ。きっと、夏菜子がひそんでいる。喉がごくりと鳴った。

「いるんでしょう？　入るわよ！」

中に向かって大きな声をかけるが、反応はない。部屋はしんと静まり返っている。

心臓の鼓動が速まる。暗さが、恐怖を加速する。早く電気をつけなければ、と焦り、壁のスイッチを探りながら廊下を進む。途中、トイレのドアの把《と》っ手《て》にお腹がぶつかり、あっと声を上げそうになる。

リビングの入口まで来たろうか、電気のスイッチを探り当て、押した。しかし反応がない。あれっと思い、もう一度反対側にカチッと押してみる。依然真っ暗なままだ。

カチッ、カチッ、カチッ、カチッ、カチカチカチカチカチ――。何度も押すが、事態は変わらない。真っ暗なままだ。

脇の下に、汗がじわじわ滲《にじ》んでくるのが自分でも分かる。その時、背後で突然高笑いが聞こえた。

「きゃー」

と、悲鳴を上げると、

「うるさいよあんた、子供のくせに！」

後ろから乱暴な声が聞こえたと思った瞬間、体に激痛が走り、床に倒れこんだ。

瞬間、激しい恐怖が私を襲った。痛みと恐怖で息が止まりそうになる。来るべきじゃなかった、この時になってやっと気づいた。

かなう相手じゃない？　自分が想像した以上に、相手は悪人だった。いやもしかしたら、もう人間ではないかもしれない。今頃、やってきたことに後悔の念が湧いた。でももう遅い。

真っ暗なままでは夏菜子の姿が見えない。夏菜子は暗闇に目が馴れている。次の一手がどこから来るか、こちらには予想ができない。それがますます恐怖を抱かせる。

体が痛くて起きあがれない。這いつくばりながら前進し、壁際に寄る。ポケットの中で振動が起こった。携帯が鳴っている。出るべきか出ないべきか。しかし、自分一人ではどうすることもできない。携帯を取り出し、見ると、赤堀先生の名前が液晶に映っている。

急いで携帯を開こうとした瞬間、またもや激痛が右手の甲に走り、携帯が音を立てて床に落ち、くるくる回りながら遠くまで転がった。骨の芯《しん》まで痛みが走る。右手がしびれる。

暗さに少し目が馴れたのか、闇の中で携帯を拾いあげる人影が見えた。上体を折った人影は、細身で、膝上丈《たけ》のワンピース姿。長い髪が床まで垂れ下がり、携帯を摑むとすっと上体を起こし、まっすぐに立って携帯を開いた。

携帯の明かりで、あたりがぼんやりと明るくなった。持ち主の白い顔がはっきりと照らし出された。冷酷な表情をした夏菜子だった。

いつもは着物姿に日本結いの髪といういでたちだが、今日は真っ赤なタイトのワンピースに、ストレートの髪を背中まで垂らしている。

「赤堀先生……。あの坊や、あなたにまで手を出していたなんて、見かけによらず、やるじゃない」

そうつぶやいてから、夏菜子は携帯を真っ二つにへし折った。こちらは息を呑んで見ているしかない。二つになって床に叩きつけられた自分の携帯を見ると、明かりが消え、もう黒い塊になっていた。

外と連絡がつかない、絶望的だ――。

「変なこと考えないでね。あなたが来るのが悪いのよ」

頭の上から、夏菜子の冷たい声が降ってきた。その瞬間、何かが背中に押しあてられ、激しい衝撃が全身を貫《つらぬ》いて、一瞬、体が弓なりに反《そ》ったのが分かった。同時に意識がなくなった。悲鳴も上げられなかった。

それからどれくらいの時間が経ったのか、ハッと意識が戻った。自分が思うほどには時間は経っていなかったのかもしれない。体中が痛い。どうやら、床の上に横にされているようだ。動くたび、両方の手首と足首に激痛が走る。

えっ、と思う。ぞっとして、恐怖で髪が逆立った。縛られている。手首と足首を、きつく縛られている。この痛みは縛っている紐が肌に食い込むためだ。

開けば、目はもう暗闇にすっかり馴れている。あれっ？　と思う。どこからか冷たい風が顔に当たる。

あたりを見渡すが、エアコンの点灯らしきものは見えない。この風はエアコンのものではない。窓が開き、外から吹き込んでくる風だ。

「……ムニャムニャ、夏菜ちゃん、ムニャムニャ……」

遠くから、岩助さんらしい声が聞こえる。夢の中とはいえ、こんな事態になってもまだそんなことを言っているとは呆れた人だ。しかし、確かに岩助さんの声だ。しかも、風が吹いてくる方向から聞こえてくる。不自由な身体で、声のするほうに向かって這っていく。

「岩助さん」

叫ぼうとするが、言葉にならない。あっと思った。ようやく気づいた。口を、何かがしっかり塞《ふさ》いでいるのだ。おまけに口の中いっぱいに、布が入っている。

窓が開いていて、ベランダで何かやっているような人影が見える。岩助さんの声は、ベランダのほうからだ。必死になって紐をほどこうとするが、固く結ばれていて、びくともしない。

彼方の床に、小さな白い光が見えた。米粒くらいの白いものが、あわただしくついたり消えたりする。急いで這い、そちらに進む。

携帯のライトだった。着信中だ。この光はそれを知らせている。

たぶん夏菜子のものだろう。床に転がされた携帯は、着信音が消され、バイブにもなっていないので、持ち主にも気づかれていないのだ。誰から？　必死で這っていく。すると、液晶画面に赤堀と表示された文字が、微かに見えた。

えっ、とまた思う。赤堀先生？　赤堀先生が何故？　赤堀先生も共犯なの――？

どちらにしても、今のこの状況より悪くなることは考えられない。赤堀先生と話したい。話さなくては。

でも、手足の自由が全然きかない。両手は背中にしっかりと回され、血がとまるほど強く縛られていて、全然使えない。でも夏菜子の携帯が、折りたたみ式ではないのが救いだった。這い寄っていき、携帯の上に顔を近づけ、歯でボタンを押すと、どうやら繋がったらしい。すかさずうつぶせになり、胸の下に携帯を隠し、ふさがれた口から、できる限りの声を絞り出す。

「先生、先生、白井です、助けて。岩助さんの家です」

そう言ったつもりだったけれど、布が詰めこまれているので、きちんと言葉にならない。

「うるさいわね、白井さゆり！　あんたまだ起きる時間じゃないわよ！」

いきなり頭に激痛が走った。

ベランダからリビングに飛び込んできた夏菜子が、罵声を浴びせると同時に、私の頭を蹴ったのだ。

「うっ」

と呻《うめ》いてこらえると、怒りと屈辱、それに激しい痛みで涙が出た。

夏菜子は自分の携帯に気づいて拾いあげ、さして確認もせず、手に持ってまたベランダに出ていく。何かの作業に戻ったらしい。

今の自分の声、先生に理解できたろうか。そして夏菜子の声も。

もしそうなら、そしてもしも赤堀先生が私の味方なら、これできっと助けにきてくれる。そう望むしかない。お願い、先生――！

私もだけれど、岩助さんが危ない。痛む体を引きずり、芋虫みたいにずるずると這ってベランダへ向かう。岩助さんを守るのは、訪問看護師の責任だと強く感じた。

そしてはっとした。ぐったりした岩助さんが、ベランダの手摺りに体を投げ出している。夏菜子が彼の背に手を置いている。危ない、岩助さんを落とす気だ！

「ンー、ンー」

塞がれた口で、さっきのように、言葉にならない声を力の限り響かせる。

「ママ～、明日もプール行くの～？」

下の道から、小さな子供の朗《ほが》らかな声が聞こえた。さすがに、これには夏菜子もぎくりとしたようで、動作が止まる。

ここではこんなに緊迫した空気が流れているのに、すぐその下には、いつもと変わらぬのんびりした日常がある。その大きな落差。自分の陥っている現状が、悪夢の中のようだ。

音を気にしてか、夏菜子がガラス戸を締め切る。このマンションは、ベランダ側は裏通りに面していて、人通りは少ない。

さっきの親子がいなくなったら、岩助さんは落とされる。なんとか阻止しなくてはならない。きっちりと縛られた両足をわずかに持ちあげ、ドンドンとガラス戸を打つ。これが、思った以上に効果的な音になった。

すると、ガラガラとまたガラス戸が開いて、夏菜子がリビングに入ってきた。そして後ろ手にガラス戸を閉めてしまった。声が外に洩れないようにするためだろう。

「チェッ！」

夏菜子が舌打ちした。

「おとなしくしていてくれないと困るんだけどな。どうやらあんたから先に死んでもらうしかないようね」

ぞっとする。

「……いいわ、ここまで来たのだから、もう落ち着いてやりましょう。話したいことでもあるの？」

夏菜子の目からはすっかり人間らしさが無くなっていて、獣みたいな冷たい光が宿っている。動物だと思った。動物のメスだ。

「でも……、大きな声は出さないでよ」

夏菜子はすごんで言うと、私の口を塞いでいたものを、乱暴に顎までずり下げた。それから、口の中からハンカチらしい布がずるずると引き出された。

おかげで口の周りの皮膚が痛くなったが、口を自由に閉じられるようになった。でも口の中の水分が、すっかりなくなっている。

「あんた、なにしに来たの？　話してみなさいよ、聞いてあげるわ」

夏菜子が高飛車に言う。

「あなたのやったこと、全部分かっています」

私は、ようやくそれだけを言った。

「何が？」

夏菜子が、馬鹿にしたように笑って言う。

「岩助さんまで殺すつもりですか？　私に見られているのに？」

「あんただけ殺し、山に捨ててもいいのよ。彼のほうはいつだっていいのだし」

彼女は笑っている。まるで手馴れているといったふうの余裕の表情だ。

「手伝ってくれる男はいくらでもいるのよ」

夏菜子は言った。それはもう分かっている。

目撃した私だけを消すつもりなのだろうか。話をしなければ、と思った。黙ったら殺されてしまう。この女の関心を引いて、時間稼ぎを、と思う。

「岩助さんに近づいたのは、お多福を手に入れるだけのためでしょう? ……コンさんだって、薄々勘づいていたはず。あなたは、徐々に岩助さんに近づいた。岩助さんは和菓子を買いにいくとコンさんに言って、水仙であなたとの逢瀬を繰り返していましたね」

夏菜子はいっこうに口を開かない。

「それは、水仙の山崎さんだって言っていました。問題はコンさんが亡くなった五月十九日のことよ。あの日、あなたは水仙に来た岩助さんに睡眠剤入りのお茶を飲ませ、眠らせると、一人コンさんが寝ているマンションに向かい、彼女の経管栄養の管から、度数の高いお酒を注入して、死にいたらしめたのではないですか?」

核心を突いた質問をする。そして夏菜子の反応をうかがう。

「あんたの作り話ね」

ひるむ様子もなく、夏菜子は笑って、静かにそう言った。

「お酒を経管ボトルに入れると、その足で急いで梅香堂へ向かいましたね? たみさんが知っています……」

こっちの説明の途中で、夏菜子が口を挟んだ。

「いつもそうしているんだもの」

「違います。いつもは事前に買っておくのよ、逢瀬の時間を捻出するために……」

するとと夏菜子の視線が、一瞬泳いだ。

「だって仕方ないでしょう。時間になっても岩助さんが起きないんだもの。代わりに取りにいってあげたまでの話。それで、そんなこと言われても困るわね」

早口で夏菜子はそう言った。出た、と思う。この早口、この女の癖かもしれない。留守電に入っていたあの口調だ。

「ではあの日、何の日だったか、あなたは知っていますか？」

「コンさんの誕生日でしょう」

夏菜子の冷ややかな声。

「そうよ、でもそれ何で知っているの？」

「この男に聞いたもの」

「でも、忘れていた」

「……」

「コンさんの経管ボトルにお酒を入れた後よ、思い出したのは。それまでは忘れていた。ベッドサイドに梅香堂の特別注文の用紙を見つけて、それであなたは思い出して理解した。これはきっとバースデーケーキ。そして慌てた。それなら取りに行く必要があるのだから。

それであなたの計画は狂ってしまった。コンさんを殺す仕掛けをして急いで水仙に戻ればいいはずが、梅香堂にまで寄らなければならなくなったのだもの」

反論もせずに夏菜子は聞いている。

「受け取り予約の時間は四時。しかし、すでにその時間は過ぎていた。あなたはきっとこう考えたんでしょう。放っておいてもいいんじゃないかって。けれど、バースデーケーキなら、どうして取りに行かなかったのかと、もし万が一岩助さんが警察に訊かれて、しどろもどろになってボロが出てはまずいと考えた。いつも和菓子はあなたが買っていたのだし、今回も自分が受け取りに行って、岩助さんに渡してあげようと思った。それが一番面倒が起きないと考えたのよ。でもどうして、これから受け取りに行くという電話をコンさんの部屋からかけたの？　それがあなたの失敗よね」

質問の意図が分からないというように、夏菜子はこちらを見る。

「梅香堂への電話。今から死ぬ人になら、聞かれてもいいって？」

無言の夏菜子に詰問する。

「だからそんな人のところになんて行ってないわよ」

やっと夏菜子が口を開き、犯行を否認した。

「行ってないって、どうして言えるんですか？」

「あなたこそ、どうして行っているって言えるの、私が。誰か見ていた人でもいるのかって訊いてるんじゃないこっちは」

夏菜子は馬鹿にしたように言うと、さっきまでの緊張はぷっつりと途切れ、余裕の笑みが戻った。だがこちらには切り札があった。この言い合いになら勝てる、と私は思っている。

「それが言えるのよ、コンさんが……」

はっきりそう言う私に、夏菜子はいきなり大きな高笑いの声を上げた。笑い続け、それがおさまると、

「ああ可笑《おか》しい。あなた、それを言いにきたの？」

そしてまたしばらく含み笑いをもらす。

「あの婆さんが言えるの？　ああそう。もう死んだ人よ。あの可愛い坊ちゃん先生まで、心筋梗塞だって証明してくれてるじゃない。何度も聞かされたわよ、ベッドの中で」

最後のあたりを、夏菜子は語気を強めて強調した。

瞬間かっとした。それを見て、夏菜子は含み笑いをもらす。

「私の赤堀先生？　あなた、そう思ってた？」

そう言うと、夏菜子は再び勝ち誇った笑い声を上げた。

強い怒り。赤堀先生の名前を聞いたからかどうか、それは今、自分では分からない。この人は人を一人殺しておいて、男を何人もたぶらかして、いったいどこまで性悪なの？　と思った。

「いい加減にしなさいよ！」

知らないうちに大声が出ていた。すると夏菜子はさっとしゃがむと、ばしっと思い切り、私のほっぺたをはたいた。

縛られていて、抵抗なんか全然できない私だから、手のひらはまともに当たり、左の頰がじんじんする。赤堀先生、結局私を助けにきてはくれなかった。彼女の味方だったのだろうか。

「縛られたそんなみじめな格好で、何生意気言ってんの！」

私は黙っていた。

「いい加減にするのはあなたよ。あの坊ちゃん先生を取られて悔しいんでしょう？　可哀想にね……、だけどあなたの負け。彼は、私にぞっこんなのよ」

そして夏菜子は、右手を伸ばしてきて、私の髪の毛を乱暴に摑んだ。そしてゆさゆさと、頭を乱暴に揺さぶった。

悲鳴を上げた。髪の毛が引っ張られ、痛い上に眩暈《めまい》がしてくる。

こんなところ、来なければよかった。揺さぶられながら、また思った。これでは全然勝ち目なんてない。絶望だ。このまま殺されてしまう、と思った。

訪問看護でこの家に来馴れていたから、つい気軽にやってきてしまった。夏菜子が、ここまでの悪党とは思っていなかった。話ができると思っていた。誤算だった。またしても敗北。乗り込むつもりなら、誰か男の人に頼んで、一緒に来るべきだった。でももう遅い。

その時、脳裏に鈴の音を聞いた。コンさんのＳＯＳ——。

「違う、あなたの負けよ！」

私の頭を揺さぶるのをやめない夏菜子に、私は最後の力を振り絞って叫んだ。

「やめてよ、揺するのやめて。頭痛くなる、話せなくなるっ！」

夏菜子が手を止めた。

「何？　言いなさいよ」

「あなたはあの日、それも午後四時十五分に、確かにコンさんのそばにいたはず。そこから梅香堂に電話をかけたのよ。コンさんがしっかりその証拠を遺《のこ》してくれていた！」

すると、髪の毛から夏菜子の手が離れた。

「どういうことよ？」

どすのきいた声で夏菜子が言う。今までの、線の細い夏菜子のイメージからは想像もつかないような低い声だった。

「ええっ、どういうことだって訊いてんのよ、私は！」

叫ぶと同時に思い切りお腹を蹴られた。激しい痛みが持続する。泣き声が出た。

声どころか、口調までが変わっている。別人になってしまったように夏菜子は振る舞っている。

「早く言いなさい！」

言うが早いか、夏菜子は私の髪を鷲摑《わしづか》みにして、頭部をがんがん床に打ちつけた。

「やめて、やめて、痛い、痛い。言います！」

私は泣き叫んだ。夏菜子はやめてくれたが、私はとうとう泣いてしまい、しばらくの間しゃくりあげ、声を出して泣いた。それから気を取り直し、泣きながら言った。

「梅香堂にあなたの留守電が残っていたから、テープ、借りてきた。そこにコンさんの呼び鈴が鳴っていた。あなたも知っているでしょ？　焦って早口になっていたもの。コンさんは殺される直前、必死に呼び鈴を鳴らし続けたのよ。それを警察が確認すれば、あなたがあの時間、ここにいたことが証明される。あー、やめて！」

夏菜子がまた、無抵抗な私の髪の毛を鷲摑みにした。

夏菜子の髪がみるみる逆立ったようになり、きつい目がさらに吊りあがる。冷淡な目はギラギラと、ますます意地悪そうな光を増し、大きく見開かれる。今や夏菜子は本物の殺人鬼だ。私は恐怖に震えた。

「持ってるのね、それ、テープ。こっちに寄こしなさい！」

低い声が脅しにかかる。動けない私の体に手を伸ばし、夏菜子の手があちこちをまさぐった。

必死に抵抗する。

「ないよ、こんなところに持ってきてない！」

私は泣き叫ぶ。無言でしばらく揉みあうが、夏菜子の力は予想以上に強い。私は難なく押さえつけられる。

「出しなさい！」

スカートにはポケットはついていないと夏菜子は思っていた。これはありがたかった。

「だったらどこよ⁉」

「ほどいて。ほどいてくれたらありか、教える」

私は必死で言った。これが私の最後の切り札だ。これを使って、なんとかこの場を切り抜けなくてはならない。

「どこよ、言いなさい」

夏菜子の両手が首に回され、絞めつけてくる。

苦しい、息ができない、意識が遠のく。

「私が戻らなければ、テープは警察に行くことになってる」

「だまされないわよ、そんな作り話」

突然、夏菜子の高笑い。その絶望の響きを、私は耳もとで聞いた。

夏菜子の手が、私のスカートの腿《もも》のあたりを押さえていた。ポケットに手が侵入し、小さなテープを引っ張りだした。

「あったわテープ、これね。本当に馬鹿な子ね、あんた！」

夏菜子は私の鼻先でテープをひらひらさせる。どっと涙が噴き出して、それがかすんだ。夏菜子の言うとおりだと思った。本当に私は馬鹿だった。どうして持ってきたの。

これでもう終わりなのか――。意識の底で思う。そして私の耳は、唐突にパトカーのサイレンを聞く。ごく微かに。

幻聴？　訪れてほしい事実を、私の意識が空想しているの？

いや聞こえる。本当に聞こえる！

それは突然だった。窓ガラスが派手に割られるような、思わず飛びあがるような大きな音。それが聞こえたかと思うと、ドタドタと床が振動し、靴音が激しく乱れた。

絶望に閉じた瞼越しに、光が感じられた。そして今まで首にあった痛みが消えた。

騒音が続く。何の音だろう。そして時間が経過していく。

ふと気づく。自分がまだ呼吸をしている。薄《うっす》ら目を開けると、誰かがこちらを覗き込んでいる。あっ、赤堀先生だ。

ここはあの世？　私は夢を見ている？

「おい、気づいたか？」

赤堀先生の口から、そういう言葉が聞こえた。

「先生……、先生？」

先生の腕が、私の体を抱きかかえてくれていた。

途端にまた涙がこみあげ、嗚咽《おえつ》してしまう。安心したら、急に怖くなり手足がガタガタと震えはじめた。

「先生、どこから?」

「ベランダからだ、お隣から、ベランダの仕切り板を蹴破ってさ」

「ああ、よかった……」

「あれ、簡単に破れるんだ、火事の時なんかの脱出のため。もう大丈夫だぞ」

赤堀先生はそう言うが、

「……だって、だって」

言葉が出ない。今は何も言うな、とでも言うように、先生の温かな手が優しく口を覆った。

先生から視線をはずし、あたりを見回すと、制服姿の何人かの警官が、室内をうろうろしていた。その中には、あの内田という刑事の姿もある。

「離せー、触るんじゃねえよぉー。殺せー、殺せよー。何すんだてめー、痴漢。おまえらだって同じだろうが!」

ののしるかん高い声がする。鬼と化した夏菜子が、何人もの警官たちに取り押さえられ、頭を押さえられてわめいている。激しい衣擦《きぬず》れの音と息遣い。

しばらくすると、その声もやんだ。夏菜子が、観念させられたのだろう。どたばたした騒音も、次第に入口のほうへ移動し、小さくなっていく。

「固いな、ずいぶん固く縛られたものだな」

赤堀先生の声。苦労して、背中に回された私の手首の紐を、ほどいてくれている。私は身体をあずけ、されるがままになっている。

ハッと気づく。スカートがすっかりまくれあがっている。でも手を縛られていて、それをおろすことができない。でも、もうどうでもいい気がして、疲れて瞼を閉じながら、連行される夏菜子の声を聞いていた。

先生を籠絡し、コンさんを殺した彼女には当然の報いだが、これから一人で向かわされる先を思うと、同じ女として、気の毒に思わざるを得ない。一方私は、赤堀先生の腕の中にいる。その安堵感が、よけいにそう思わせる。それは、彼女の手から赤堀先生を奪い返した私の勝利感、優越感なのだろうか――？

両手が自由になった。ほっとする。途端にどっと手のひらに血が通いはじめ、思わず先生に抱きついた。やはり助けにきてくれた。先生は、夏菜子のものではなかった。

泣き叫ぶ女の声は、もう遥かに遠くなっている。夏菜子のものだ。彼女の怒りの声、悲しみと、憎しみの叫び声――。

「私じゃない、私じゃない！」

意外なことを、夏菜子は口走っている。さっきまでとはうって変わって、まるでダダをこねるような、あまえた、幼子《おさなご》のような高い声。

殺人を犯したのは彼女だ。疑いは何もない。けれど、彼女は自分のその責任を、受け入れられないでいる。でも、それだけなのだろうか。私には、そうは思われない。

私は彼女を知らない。彼女の生い立ちやどんな生育環境にあったのかを知らない。

「ううん」、とどこかで声が聞こえた。岩助さんだ。よかった、彼も無事だ。

彼女の性格を、あそこまで歪んだものにしたのは、いったいなんだったのだろう、その時不意にそう思った。

彼女が、あそこまできれいでなければ、今回のこの事件は起きなかった、そうも思う。

そして経管栄養だ。コンさんという、寝たきりで、胃に直接管が入り、味覚で有害物を拒否できない、あそこまで無防備な人がいなければ、彼女もこんなこと、考えもつかなかったろう。

エピローグ

夏菜子は逮捕され、これから起訴されて裁判になるだろう。周囲の誰もが今、大きなショックを受けている。梅香堂のたみさんは唖然として立ち尽くし、水仙の山崎里子さんは、また寝込んでしまった。

お多福の板長さんも、まったく思いもかけなかったことに驚き、店が営業停止にならないかと心配している。当の岩助さんは、入院した。

経管からアルコールを、寝たきりのコンさんの胃に入れたという立証は、もうほとんど不可能だが、赤堀先生によれば、警察は薄々勘づいていたのだという。王子署での私たちへの検査報告は、毒物の検出に関してのものだけだった。けれどあの時、鑑識班の人は触れなかったけれど、ボトル内に微かなアルコール分の痕跡があり、妙だなとは思っていたという。それで、警察としてはひそかに夏菜子をマークしていた。だから赤堀先生の通報に、非常に迅速に対応してくれたのだという。

だから今後の裁判は、医療関係者たちの証言により、丹念に夏菜子の犯行を立証していく作業になる。夏菜子は、とうてい自白などしないだろうからだ。私も、はるかの仲間たちも、それからコンさんを最後に診て、二十四時間以内ということで「死体検案書」を書いた赤堀先生も、気が重いけれど法廷に立つ可能性は高い。

そういうことを考えると、やりきれないけれど、夏菜子への闘志は持続しているから、私に関しては問題ない。そして今回の事件は、自分が人の生死に関わる重大な職業に就いているのだということを、いやでも自覚させてくれた。この自覚は、今後の仕事にプラスになると思う。

夏菜子は、善意の第三者だった私を、人を使って川に投げ落としたり、いきなり縛って監禁したり、暴行したりといったことで、これも罪状に加わるけれど、コンさんの殺害事件で、死刑になることはないという。けれどこれからの長い長い裁判に加え、裁判の判決しだいでは、二十年以上の刑務所暮らしが待っているそうだ。

彼女の持つあの若さと美貌《びぼう》は、今後は高い塀の中に封じ込められ、もう社会にいて、男性たちを惑わせることはできない。刑期を終え、社会に戻ってくるのは六十歳を超えてからだろう。私にはそのことが、彼女への一番の罰だと感じられる。

そのほかにもずいぶん分かったことがある。だから、最後に書いておくべきことは多い。無我夢中で頑張った私だが、展開の背後には、私の知らない事柄が無数にあった。

まず山崎里子さんのこと。私と話しながら彼女が倒れたこと、そののちも、多少言動のおかしいことが多々あって首をかしげさせられたが、理由が分かった。山崎さんは、岩助さんと昔夫婦だったのだという。

山崎さんとまだ夫婦だった頃、岩助さんはお多福の女将、コンさんと恋に落ち、山崎さんに別れてもらって、コンさんと一緒になったそうだ。岩助さんは、若い頃はハンサムで、女性に人気があったらしい。なかなか華麗なる女性遍歴だ。

だから山崎さんとしては、娘のように可愛がった夏菜子が、自分のもとを去っていったり、不道徳に身を沈めていくことに対するいらだちもあったのだが、もしかしたらそれ以上に、自分が世話をした娘が、自分の元夫と関係していることへの、女としての不快感があったのかもしれない。

そしてあろうことか二人の男女としての行為は、自分の住まいで繰り返され、夏菜子自身は、相手が自分の元夫だという事実を知らない。確かにこれはやりきれないことだったろう。山崎さんは、そのことを私に話せなかった。彼女の挙動不審は、夏菜子一人に対するものではないような気がしていたが、やはりそうだった。

山崎さんを見舞いながら、夏菜子についてさらに聞いた。夏菜子は、二度再婚した母の、二人目の再婚相手の男性に引き取られ、血がつながっていない彼に、ずっと性的な虐待を受けながら育ったという。こんな環境や、それを諾々と許す社会に対する激しい怒りが、世の男性たちに対する強い絶望や軽蔑《けいべつ》心を育て、簡単に体を利用するような彼女の生き方となり、今回の犯罪につながった。少なくとも山崎さんは、そう考えていた。

それまで私は、夏菜子のことが全然分からなかった。自分と同じ女の身で、人一人殺すなどというとんでもない悪事を実行できる人間が、自分と同じ社会に暮らしているということがどうしても理解できなかったし、信じられなかった。しかし彼女のそんな過去を知って、ほんのわずかにだが、理解できた。こんな犯罪だらけの社会なら、自分もやってやるという一種の復讐《ふくしゅう》心。私が聞いた彼女の最後の言葉、「私じゃない、私じゃない！」も、そう考えれば、少しだけ理解できる気がする。

岩助さんは、やはり夏菜子と入籍していた。だから岩助さんは私に向かい、もう君は必要ない、などと言い、一方夏菜子は、もう岩助さんを殺してもよい状態になっていた。お多福の権利は手中にしたからだ。

お多福を手に入れたら、岩助さんをベランダから突き落とすということは、彼女の予定の行動だったらしい。確かに岩助さんが今も独り者で自宅のベランダから転落すれば、妻というパートナーを失った張りの喪失から、発作的にあと追い自殺をしたと判定されるだろう。

しかし、実際はどうであろう。お多福はすでに夏菜子のものになっている。岩助さんは若妻にのぼせている。そんな状態で自殺と、警察は考えるのだろうか――。

夏菜子は、もう少し時間を置くべきだったのだ。入籍したその日に夫を殺すなんて愚の骨頂だ。けれど彼女としては、愛情のない夫、それも遥かに歳の離れた老人と、狭い一つの部屋で身を寄せ合って暮らしたり、夜ごと同じ布団に入って、体を触れられながら朝まですごすといったようなことに、堪えられなかったのかもしれない。

スカートの中に手を入れられた際の、怖気《おぞけ》をふるった感覚を、私は思い出した。やはり、私は無理だと思う。夏菜子もまた、籍を入れた今も、自分が暮らしてきたマンションを、まだ引き払ってはいなかった。

夏菜子逮捕から三日が経ち、岩助さんが退院するらしいので、私は所長に言われ、お見舞いかたがた、家まで連れ帰る世話をしに行った。

病室のドアを開けると、病衣姿の岩助さんがいた。

「あ、白井さん」

私を見ると、岩助さんはうなだれて言った。

「いかがですか」

と私は訊いた。「体調はもういいです」と聞き取れないくらいの小声で答えてから岩助さんは、

「こんな姿で……、いや、なんと言ったらいいか……」

とベッドに起きあがりながら、恥ずかしげに言った。

白い寝具と白い壁、ここは人のあらゆる汚れを排除した白い世界だ。窓の外にはプラタナスの葉が色づいている。

「退院ですね、おうちまでお送りします」

と私は言った。すると岩助さんは、無言で私に頭を下げた。そして頭を上げると、なんだか放心している。

「まだ夏菜子さんのこと……?」

私は訊いた。愚にもつかない質問とも思えたが、岩助さんにとってはそうではないはずだ。

岩助さんは、真剣な眼差しで壁の一点を見つめていたが、やがてこう言った。

「分かりません。だけどあれ……、夢だったとも思えませんからね」

夏菜子とのことは過去の夢、まだそうは思えていないのだろう。

「囲碁はまた始められますか？　昔はよくやったそうですね」

「囲碁……？」

考えてもいなかったというような、岩助さんの短い返事。

「訪問の時、よく碁盤に石が並んでいましたね。あれと同じようなの、都電の駅で見かけました。点字……。あれ、夏菜子さんへの点字のメッセージだったのでしょう？　会う時間を知らせるための」

岩助さんは顔を上げ、こちらに向くと、ゆっくりとうなずいた。

「コンも私も、目がだんだん弱くなっていたから、ちょっと勉強して……」

「カレンダーにしろ、碁石の点字にしろ、男の人ってどうしてそこまで手の込んだことをするんでしょうね」

たかが女と会うために、と言いそうになったが、言葉を呑んだ。

「コンがね、焼きもち焼くから……」

岩助さんが、あんまり穏やかに言ったから、私は驚いた。

それがあまりにも優しさに溢れた言い方だったから、びっくりしたのだ。老いて病み、死んでしまった妻に対して、変わらぬ優しさを維持した夫の言葉だった。

その言葉を聞いて私は、もう夏菜子とのことは、心のなかで決着がついたのだと考えた。岩助さんは、目が覚めたのだと。

「そうですか。夏菜子さんの事件、裁判になるらしいけど……」

私は言った。

「人をだますようなことは、よくないですよね」

と続け、それでも岩助さんが黙っているので、さらにこう続ける。

「岩助さん、これで分かったでしょう、ご自分がだまされていたこと」

そう言ってから、彼の顔を見た。すると岩助さんも私の顔を見ていて、目が合った。そして彼は、こんな意外なことを言った。

「知っていましたよわしは、だまされてたこと」

「えっ?」

「だけど、それでもよかったんです」

「それでもいいですって?」

「まあよくはないけど、わしみたいな老人、無価値です。それがあんなに若くてきれいな子を、手に入れられるのだったら、お多福の権利くらいの金額、当然至極な報酬だと思いました」

一瞬唖然とした。そして、

「呆れた……」

と思わず言った。それから、何にとは分からないが、腹が立った。

「夏菜子はもう、わしの妻ですから、これから死ぬまで面会に行ったり、あの子の罪、わしも一緒に背負って行かんでよいのかと……」

「岩助さん、殺されるところだったんですよ。しかも、コンさんもあの人に殺されたんですよ」

「はい分かっています」

と言って、岩助さんはうなだれた。

「じゃ、何しに来たのかな私、もう帰ろうかな」

と言うと、岩助さんはあわてて言った。

「あ、ごめんなさい白井さん。気分害したのなら、ホントにごめんなさい。白井さんには大変なご迷惑をかけたし、怖い目にもあわせちゃって」

岩助さんの顔を見た。すると、その目がうるんでいるように見えたから、我慢して黙っていた。

「老人は、そのくらい追い詰められています。自分の人生、いったい何だったんだろうと、思わない日はないです。警察官として一生懸命やったつもりだったけど、大した出世もできず、世の中の、何の役にたったたんだろうかって」

私は黙っていた。

「だから殺されかけても、そんなに腹は立たないです、どうせもうじき死にます」

私は呆れた。

「でも白井さんが来てくれなければ、私はベランダから落とされていました。そうしたら夏菜子は、二人も人を殺したことになり、死刑になっていたかもしれません。その意味で感謝してます、ありがとうございました」

この期《ご》に及んで、岩助さんはまだ夏菜子の心配をしていた。

しばらく二人で黙っていた。かなりして、

「じゃ、行きましょうか。ここ出ましょう」

　私は言った。


　二人で都電に乗って、岩助さんのマンションがある町まで戻った。音無川のほとりに出た時、ふと思いついて、私は言った。

「ご自宅から水仙まで行くのに、岩助さんのお話だと、ほんの五分やそこらで移動していますよね。だけど岩助さんのマンションから水仙までは、二十分近くかかります。そうでしょう？　往復で十分かそこらと四十分とでは、あまりにも違いすぎませんか？」

　お多福が見えてきていた。岩助さんのマンションだ。ここの五階は、私には生涯忘れられない場所になるだろう。

「ほら、これで一階の裏、開けてごらん」

　見ると横にいる岩助さんは鍵を持ち、目の前でブラブラさせていた。

「なんですかそれ。裏口の鍵？」

「うん」

　鍵を受け取り、私はマンションへ向かった。

　マンションへ入り、一階ロビー奥へ進むと、そこにひっそりとした裏口があり、開けてみると、一本の細い小道が、左右の壁の間を通っていた。その幅はわずかに七十センチぐらいか、でも長さはけっこうあって、三十～四十メートルにもなるだろうか。

　振り返ると岩助さんが立っている。そして、

「行って、向こう側まで抜けてみて」

と言う。

体を横にして、苦労して狭い路地を抜け、前方にわずかに覗く向こう側の通りまで出てみたら、なんとそこは水仙のまん前なのだった。びっくりした。方向音痴の私だから、この一角のこういう位置関係には全然気づけていなかった。

マンションの前の通りと、水仙の前の通りは、南北方向に並行して走っているが、双方反対向きの弓状で、ちょうどこんな感じ↓)(。

この中央部のくぼみに、マンションが西向きに建ち、その背を見るようにして、水仙も西側を向いて建っていたのだ。これでようやく事態が分かった。岩助さんが細身だからできる芸当、山崎里子さんなどはきっとできない。

山崎さんといえば、岩助さんと別れる際、一つ頼みごとをされた。山崎さんに「すまなかった」と伝えてくれ、というものだった。山崎さんとしては、夏菜子を岩助さんにとられるという恐怖を感じていたに相違ない。岩助さんは、そういう彼女の気持ちを、ちゃんと理解できていた。

山崎さんは、夏菜子からフグ毒についての話を聞いていたところからみて、夏菜子の殺人計画のこととか、その対象がコンさんであることなどに、薄々勘づいていた可能性もある。

そうなら山崎さん、岩助さんやコンさんへの恨みから、夏菜子の犯罪を黙視していたことにもなりかねず、事実ならそら恐ろしいことだけれど、しかしこんなこと、なんの証拠もないことだし、ただの私の妄想かもしれない。

いずれにしても、私が毎日相手にしている老人たちは、本当に無防備だ。悪人がもしその気になれば、生かすことも殺すこともできてしまう。今回のことで私は、この点が本当に骨身にしみた。そして私たち看護師の責任がどれほど重いか、よく分かった。

赤堀先生には今回、本当にお世話になった。医学上の助言だけではなく、岩助さんはじめ、世の男性の心理についても、多くを教えていただいた。多少の皮肉もあるけど、本心から感謝している。

しかし肝心の、赤堀先生ご自身の生態についてはまだまだ明らかになっていない。夏菜子とのことも、もっか追及からうまく逃げられ続けている。私にとっては、この点が唯一、今後の課題となっている。

薦・来るべき「老人の時代」への警告の書

島《しま》田《だ》荘《そう》司《じ》

「団塊《だんかい》の世代」という呼び名がわが国にはあり、これは昭和二十二年から二十四年の間に生まれた日本人が、国民の年代別人口図に作った瘤のような人口の突出を指す言葉である。その最後の世代が昨今定年退職を迎え、日本国は、前例のない新たな時代に突入した。「団塊の世代」という瘤《こぶ》が老人層に移動したゆえである。

いうなればそれは、「老人の時代」ともいうべき新時代の到来だ。ここでいう「老人」とは六十五歳以上の国民のことで、今後は多数派の彼らが日夜都市を闊歩《かっぽ》し、旅をし、スポーツをし、創作をし、恋愛もする。

瘤が働き盛り期に位置した前世紀、日本は高度経済成長を達成し、卓越した緻密《ちみつ》な職人芸が、日本を思いがけずモノ作り世界一の栄誉に輝かせた。しかし彼らは、独特の体質を持ってもいた。圧倒的な工業製品の産出力は、不思議なことに英語力を拒絶することで発揮されていたと見え、また口べたの彼らは、後進の育成に関しては、いささか非凡とは言いがたかった。

こうしたユニークな瘤が不労域に移動した今、果たして日本は産業競争力、経済力を落として見える。戦後日本をかつて大国に押し上げもした彼らだが、それが老人層の核となる新時代、アジアの島国は、いったいどういう国に変貌するのか。

まだ元気な彼らは隠居にのみあまんじる気はさらさらなく、これまでのような年齢による上下感覚では新時代の運営は不能になる。今後しばらくは対等な意識で互いの経験を披露し、知識を提供し合いながら、有意義で創造的な、暮らしがいのある社会を創出し、楽しんでいかなくてはならない。

　これからの何年かはいわば前奏曲であり、若年層の少数化と、老人層の延命肥大から、最短二〇四〇年代には、日本人の四十一％が老人になるという恐るべき予想も存在する。これはすなわち、「日本人の二・四人に一人が老人」という社会が、日本列島に出現することを意味する。

　そしてこういう社会は、いずれ他の先進国も体験することが確実視される。すなわち、世界に先駆けてわが国に老人の時代が上陸する。この新時代には、これまでの常識が古くなり、さまざまなルールが、細部にいたるまで書き換えを要求される。こうした変革は、時代に先駆けて行われる必要があり、後手にと廻りだせば、混乱は悪循環のループを描く。われわれ日本人は新世界を構築し、世界に向けて手本を提示するチャンスを得ている。新世紀、世界に対する指導的地位を得たいなら、われわれは今このチャンスを、上手に生かさなくてはならない。

　現在、老人層に強い不快を与えている年金機構の不手際を見れば、来るべき混乱も、イメージが容易に思われる。その開始時、超巨額に達した徴用《ちょうよう》年金の運用不能、時間経過による貨幣価値下落の予測を思えば、今日の混乱は六〇年代に予想できていた。二〇一〇年代、年金積立金は予想通り激減しており、各自おさめた際の証拠書類がなければ給付されない、これは各人の不手際に帰すの暴言とか、「自身の老後生活費を若い今蓄える」の推奨が、いつの間にやら、「説明した通り若年層の納金が老人層を養うこのシステムであるが、少子化によって、構造的な破綻《はたん》が生じているのは遺憾である」式の詐欺的な言説を国家自身が真顔で弄する無惨に立ちいたっている。そして今、老人の定義を六十五歳以上から七十五歳以上に引き上げる画策が、密かに進行する。

国家の品格を穢《けが》しつつあるこの政府レヴェルの詐欺は、数年後に迫った老人の時代への必要な対処を、初期の今怠るなら、この程度の悲惨は序の口と教える。ここ二十年近く、日本人は老人を中心に年間三万人が営々と自殺を続けている。一般日本人は、この異常事態に誠意の感性が麻《ま》痺《ひ》してしまった。われわれ出版人は、こうした点をよく予測し、深く自覚をして、将来の国家的混乱を最小限に抑える努力を成すべきである。

さて近未来の「老人の時代」新ルールであるが、私自身は二つの方向から設計するのがよいと訴えてきている。ひとつは、引退期を迎えた老人たちの一部が持つ、卓越した能力発揮の場の提供である。これは、年金に頼らない収入の道を創りもする。昨年あたりからいよいよ余生に突入した「団塊の世代」は、焼け跡に茫然自失として佇《たたず》んだ惨めな敗戦国民に、「モノ作り世界一」の誇りをよみがえらせた国際的な職人層でもある。二〇世紀後半、欧米亜を席巻した白モノ家電に自家用自動車の時代を切り拓いたのは、ほかでもない彼らであった。

またこの世代は、ノーベル賞クラスの研究を深めた科学者層を含み、世界的規範秩序を現出させた警察・司法の権威筋を含み、ついにNASAの大型ロケットにも追いつく国産H2大型ロケットを創り上げた工学の人材も含んでいる。こうした高能力者層に、今後は盆栽いじりと俳句制作（これも大いに有意義ではあるが）しか才能発揮の場を与えないのは、国家的な損失といえる。

六十五歳以上の世代は、先述した定義の変更発想にもうかがえる通り、旧来の常識が言うところほどには肉体が衰えていない。六十代のおよそ八割が、医者とは無縁の健康体を持って日々をすごしている。七十代も、約七割が健康体といわれる。八十代となればさすがに衰えて、四割が医者の助けを借りて余生を送る。

団塊の世代とは、筆者自身がそうであるから事情をよく心得るが、まれに見る苛烈《かれつ》な競争にさらされ続けた集団であった。通学途中、記念切手の発売に郵便局に寄れば、局建物を取り巻く大行列、昼食にパンを買うのも、全力疾走ののちの大行列、大学も、一定以上の名門なら倍率二十倍は当たり前という過酷な歳月であった。クラスは常に十組以上あり、各組の生徒数はゆうに五十人を超え、ひしめく机と椅子のせいで教室後方は猫の額のごとく狭く、授業中も教師の目は届かないから、卒業後は暴力団へと進学する悪童の不行儀も野放しであった。

クラス内での挙手発言も無意味な緊張をともない、多くの者が哄笑《こうしょう》や野次を恐れ、黙々とした職人体質に向かった。洒脱な英発音もまた嫉妬哄笑の対象となった。どの分野においても、頭角を現すには気の遠くなるような競争を勝ち続けなくてはならず、真面目な精進や忍耐は早々に放棄、さっさとアウトローに向かう者も多かった。

こういう世代が、社会各領域の上ずみ部分において、優秀な人材を抱えたのはある意味必然である。膨大な頭数は、才能たちに対しては、何段階にもわたって設けられた選別フィルターのようなもので、非人情なまでの競争形態は、下方に脱落者を生みながらも上方に、歴史レヴェルの才能を昇らせた。しかし彼らは、自身は有能でも、先述の通り多くが声を失っていたから、的確な後進の指導は得手ではなかった。

いずれにしてもこうした競争を勝ち抜いた高能力者の多くが、健康体を持って余生を送っているのに、さらなるもうひと仕事を与えないという法はない。この方向は、「『ベテラン新人』発掘プロジェクト」（講談社）や、「ばらのまち福山ミステリー文学新人賞」において、奮起の誘導をと自分は考えてきた。


そしてもうひとつ、考えるべき事柄は、この巨大な人口層が病《やまい》を得た際のことである。先の例で言えば、六十代の二割、七十代の三割が病を得ていることになる。八十代の健康者は六割しかいない。すなわちあと二十年もすれば、日本人の半分が老人になり、その半数に迫る数千万人が、病を得て床に就《つ》いているという、これは悪夢のような予言になる。

列島のいったいどこに、それだけの病床を持つ病院があるのか。街の建物の半分を病院にするのか？　こうした点を考察した政治家の言を、未だに聞いた記憶がない。国レヴェルの準備は、まだまるで整ってはいない。

むろんこれは、寝たきり老人を作り出さない努力がまず全力で行われるべきである。しかしこれに失敗して事態がここに立ちいたれば、病院のベッドなどという従来型の常識発想が、意味をなさないことはあきらかである。医療施設の病床がこれだけの数の老人に開放されれば、すべての病床は老人に占拠され、病院が次々に倒産の危機に瀕することになる。実際こうした病院も出はじめている。

さらにはこうした病の老人に対処する医師、看護師、介護士の数が圧倒的に不足し、マンパワーの不足、病床の不足で、貧困層の老人は路上に放置され、家を持つ層も、深まった個室で無言で孤独死を待たれることになる。

この時代、われわれの社会の常識は、大転換を余儀なくされる。大都市もまた、その構造を変容させざるを得ない。二一世紀もなかばが近づけば、床に就く老人は、ほとんど自宅の寝床であり、彼らの老いに立ち向かう主戦力は、訪問してケアする看護師、介護士たちになる。少数の医師は各地域のステーションに交代で詰め、当番中は二十四時間態勢で緊急事態発生の連絡を待つ。

しかしこのようにしても、津波のような寝たきり老人の発生には無力で、人材は圧倒的に不足する。看護師の下には、地域ヴォランティアのヘルプが必然となる。二・四人に一人が老人なのだから、ヴォランティアの数も、これに迫らなくてはならない。老人介護のヴォランティアなどどこか別世界の他人ごとと考えていた若年層は、まもなく、否も応もなく、発想と生活態様の変換を強いられるはずである。

そろそろ健康に障害を感じはじめた老人たちは現在、さすがにこうした自らの深刻な未来を予想しはじめた。そして、寝たきりになった自身を取り巻く環境、また訪問看護師たちに、自らがどのような処置を施されるのか、不安とともに内容を知りたがっている。

こうした要請に応《こた》えてくれるのが本書となる。この作品には、自宅を訪問しての看護の実際が、細かく、具体的に述べられている。確実にやって来るこの新時代に対する一般の警戒心のなさを、当方は長く心配してきたが、思いがけず本書のような秀作を手にできたことは幸運であった。機会を得るたび、方々で訴えつづけてきたのだが、反応はささやかであった。しかしこうした作品が一般に読まれるようになれば、さすがにみな考えるであろう。

この物語は、訪問看護を職業とする看護師によって書かれている。したがってドキュメンタリーふうの体裁がとられるが、同時に巧みに仕上がった傑作本格ミステリーでもある。熟年のミステリーファンならば特に、そしてミステリー新世代の若い層も、楽しく読んでいただけることをお約束する。

また新時代が内包する未経験の危うさへの、本書は警告の書ともなる。小説創作の世界に長く暮らしてきた筆者であるが、明日に迫った深刻な未来に対し、これほどあからさまに重要性をにじませる新人の作品を手にした経験も、なかなか記憶にない。読者は面白く作品を読みながらも、来るべき新時代が隠す、危険な暗がりに関する知識を、効率よく吸収していただけるであろう。

当作に導かれ、時代に要請されたこうした作品が今後は多く書かれ、できることならばどんどんＴＶドラマ化もされて、われわれ庶民を大いに啓蒙し、来るべき「老人の時代」に対する準備を、全国津々浦々で育てて欲しいものと願う次第である。

二〇一七年七月

この作品は書き下ろしです。

この作品はフィクションです。登場する人物、団体、場所は、
実在するいかなる人物、団体、場所等とも一切関係ありません。

石黒順子《いしぐろ・よりこ》

山形県酒田市出身。群馬大学医療技術短期大学部看護学科卒。総合病院勤務後、訪問看護を経験。作家・島田荘司氏の推薦を受けた本書がデビュー作となる。

訪《ほう》問《もん》看《かん》護《ご》師《し》さゆりの探《たん》偵《てい》ノート

二〇一七年八月七日　第一刷発行

著者……石《いし》黒《ぐろ》順《より》子《こ》

発行者……鈴木　哲

発行所……株式会社講談社
東京都文京区音羽二-一二-二一
郵便番号　一一二-八〇〇一
電話　出版　〇三（五三九五）三五〇六
販売　〇三（五三九五）五八一七
業務　〇三（五三九五）三六一五

本文データ制作……講談社デジタル製作

印刷所……豊国印刷株式会社

製本所……大口製本印刷株式会社

ISBN978-4-06-220565-8
N.D.C.913　382p　19cm